本书由冼为坚学术研究基金资助出版

莫运平 著

佛山文丛

诗学形而上学的建构与解构

中国社会科学出版社

图书在版编目(CIP)数据

诗学形而上学的建构与解构 / 莫运平著. —北京：
中国社会科学出版社,2010.7
　ISBN　978-7-5004-9191-0

　Ⅰ.①诗… Ⅱ.①莫… Ⅲ.①诗歌－形而上学－文学
研究－西方国家 Ⅳ.①I106.2

　中国版本图书馆 CIP 数据核字(2010)第 198386 号

策划编辑　冯　斌
责任编辑　丁玉灵
责任校对　郭　娟
封面设计　人文在线
技术编辑　戴　宽

出版发行　中国社会科学出版社
社　　址　北京鼓楼西大街甲 158 号　　邮　编　100720
电　　话　010－84029450(邮购)
网　　址　http://www.csspw.cn
经　　销　新华书店
印　　刷　新魏印刷厂　　　　　　　　装　订　广增装订厂
版　　次　2010 年 7 月第 1 版　　　　印　次　2010 年 7 月第 1 次印刷
开　　本　710×1000　1/16
印　　张　17.25
字　　数　244 千字
定　　价　30.00 元

总　序

　　2008 年 6 月，我随原佛山市市长梁绍棠、学校党委书记陈汝民等领导到香港拜访校董冼为坚先生，席间谈及近年内地的文化研究和人文科学的发展，先生兴致勃勃，谈锋甚健。席散之际，又约我们次日下午到位于士丹利街的陆羽茶室饮茶，继续谈文论道。我知道，冼先生身为万雅珠宝有限公司董事长，又是酒店、银行等多家大公司的股东，日理万机，惜时如金，实在不宜多扰。然而，待及握手言欢，促膝而坐，但觉春风习习，不禁流连忘返。先生前席相询，不遗凡庸，谦和热情，令人感佩不已。他向我详细询问了佛山人文社会科学研究的状况，包括文科学者的构成，当前学术的重点，以及面临的困惑。他获悉学校汇集了来自全国各地的文化学者，还有一批青年才俊脱颖而出，在文学研究，特别是地方文化研究方面建树颇多，十分欣慰，当即表示，愿捐出一百万元人民币，资助人文社会科学研究，特别是佛山地方文化研究。

　　作为一名从事古典文学研究的高校教师，我虽然在一定程度上也算耐得住寂寞，并常以"无用之用，是为大用"自我宽慰，但我知道，"无用之用"的文学无论过去、现在还是将来都难成"大用"。魏文帝《典论·论文》所谓"文章者，经国之大业，不朽之盛事"不过是夸张之语，清代诗人黄景仁感叹的"十有九人堪白眼，百无一用是书生"倒是普遍事实。当今世界，是一个急剧变化、令人眼花缭乱的世界，也是一个高度物质化的社会。置身注重实惠、讲究实用的时代，处在崇尚实际、追求实益的香港，著名实业家冼为坚先生却对人文科学、对文化事业如此重视，如此眷念，这是我没有想到的。后来我才知道，冼先生对人文社科研究的资助由来已久，且一以贯之。他曾多次慷慨解囊，资助香港中文大学、广州中山大学等高校的社科研究。正是鉴于人们对学术研究的支持多以自然科学为重，很少惠及社会科学，他才精心呵护人文领域的。这份热忱深深感动了我，令我倍感温暖。

回到学校，我向邹采荣校长汇报了香港之行的收获和感受，也向文学与艺术学院全体教师传达了先生的深情厚谊，闻者无不为之振奋，由衷感动。虽然，学院每年都能争取一些课题，获得一定的经费，但得到来自实业家的学术资助还是第一次！我们自能体悟这一百万元所包含的意义。它承载着先生对学术的敬重、激励和厚望！我们唯有加倍努力，以实绩报答先生。

文学与艺术学院拥有一支高效精干、特别能战斗的教师队伍，汇集了一批英才。中文、英语、艺术设计、工业设计等专业互相协作，高度融合，发展边缘学科，促进地方文化研究，取得了可喜的成绩。以艺术设计系教师为主体的团队承担佛山"数字祖庙"项目，运用数字技术对古建筑加以保护，得到政府拨款495万元，这在文科学系中是极为罕见的；工业设计专业开办十余年就获得国家教学成果二等奖，引起同行专家的关注；仅有24名教师的中文系10年间获得国家社科规划项目2项，教育部和广东省社科规划项目18项，每年发表论著60多篇（部），论文覆盖《中国社会科学》、《文学评论》、《外国文学评论》、《文学遗产》、《文艺理论研究》等高档次刊物；大学英语教学部也多次获得教育部和广东省新世纪教育研究课题。由于学院充分发挥了学科交叉的优势，联合攻关，创出了科研的新路子。2009年还获广东省社科联批准建立我校第一个省级人文社科研究基地——广东省广府文化研究基地。

入选《佛山学者研究丛书》（第一辑）的著作，或为省级社科规划项目的结题成果，评级都在优良；或为优秀的博士论文，得到导师的高度评价和推荐。今后我们将本着宁缺毋滥、严肃认真的态度，继续编辑出版《佛山学者研究丛书》第二辑、第三辑，奉上本院教师的最新研究成果。同时，我们也希望得到学界同仁的批评指导。

李克和

2010 年 3 月

前　言

一

　　马克思在谈到人类的生产时曾说道："历史不外是各个世代的依次交替。每一代都利用以前各代遗留下来的材料、资金和生产力；由于这个缘故，每一代一方面在完全改变了的环境下继续从事所继承的活动，另一方面又通过完全改变了的活动来变更旧的环境。"① 也就是说，每一代的生产对于以前各代来说既有继承性，同时也有变更性；既有肯定，同时又有否定。精神生产也是如此。我们知道，精神生产最大的要求是独创性，不像一些物质生产活动可以进行纯粹的复制。而独创既不可能由内心苦思冥想而得，也不可

---

　　① 《马克思恩格斯选集》第一卷，人民出版社 1995 年版，第 88 页。

能是在完全推翻前人的思想成果的基础上进行，而是在前代既有的思想资料上进行合乎历史要求的新的建构。这种"新"与"既有"之间既有着继承，同时又有着否定，也就是说既是一种建构，同时又是一种解构。如卢卡奇在上世纪之初就指出："不是经济动机在历史解释中的首要地位，而是总体的观点，使马克思主义同资产阶级科学具有决定性的区别。总体对于各个部分的全面的、决定性的统治地位，是马克思取自黑格尔并独创性地改造成为一门全新科学的基础的方法论的本质。"① 即马克思主义对于黑格尔既有着一种承继关系，但更本质的是又对之进行了改造，才成为一门独创性的学科。

不仅马克思主义，事实上，任何伟大的思想都同时兼具解构和建构两种姿态。从宽泛意义上来说，人类思维就同时包含着建构与解构的两个维度，而人类思想也就是在建构和解构中不断前进的。这是人类思维发展的一种普遍的矛盾现象。如黑格尔宣称矛盾是一切生命和运动的根源，一切事物都是矛盾，矛盾的原则统治世界，一切东西都会在矛盾中向它的对立面过渡。黑格尔用一个德文字 aufgehoben（扬弃）来表达这种思想。思维的演进也是如此。梯利在《西方哲学史》中用自己的语言描述了黑格尔的思维"正—反—合"的辩证发展过程："一种思想必然从另外一种思想而来，一种思想激起一矛盾的思想，同这种矛盾的思想相结合而形成另一种思想。"② 我们排除黑格尔的唯心主义因素，可以看到，他确实把

---

① 卢卡奇：《历史与阶级意识》，商务印书馆 1992 年版，第 77 页。
② 梯利：《西方哲学史》，商务印书馆 1995 年版，第 511 页。

握住了思想发展的根本特点。任何时代的思想都只能是在扬弃中进行，除此之外别无他途。任何时代的思想都是在克服（解构）前代思想的前提下的建构——尽管这种建构到了解构主义时期是以一解构的姿态出场的。

人类思维的上述特点在康德的批判哲学中表露无遗。康德说自己的纯粹理性批判"是对一般理性能力的批判，是就一切可以独立于任何经验而追求的知识来说的"①，也就是说，他的批判哲学是"不与杂乱无边的理性对象打交道，而只与理性本身、只与从理性自身产生出来的课题打交道"，他所建构的批判哲学"完全不让任何在自身包含有某种经验性的东西的概念夹杂进来"，即他的纯粹理性批判建构的是一种完全纯粹的先天的知识。② 为完成这一目标，他认为在方法论上必须采取"纯粹理性的建筑术"："我所理解的建筑术就是对于各种系统的艺术。因为系统的统一性就是使普通的知识首次成为科学，亦即使知识的一个单纯聚集成为一个系统的东西，所以建筑术就是对我们一般知识中的科学性的东西的学说，因而它必然是属于方法论的。"③ 在这里，康德使用的"建筑术"（Architectonic）这一术语相当于英文中的"建构"（construct）一词。④ 也就是说，康德的批判哲学是对"先天知识"的一种建构。而且这

---

① 康德：《纯粹理性批判》（第一版）序，人民出版社 2004 年版，第 3 页。
② 同上书，第 17、21 页。
③ 同上书，第 629 页。
④ 《纯粹理性批判》的英译者 J. M. D. Meiklejohnd 是这样翻译康德上段引文中的第一句话 "By the term Architectonic I mean the art of constructing a system"。见英译本，伦敦，1991 年版，第 471 页。

种建构在他看来是理性自身的一种能力。

那么，康德的批判哲学的建构是否就是纯粹的建构，而并不包含解构的因素？在此我们不能以康德没有使用"解构"这一术语，就作一简单的否定的回答。术语的使用并不是关键。如同对解构主义来说，并不因传统形而上学不使用"解构"一词就否定形而上学内部有着自我解构性。事实上，在海德格尔那里，Reduction（还原）、Kostruction（建构）与 Destruction（解构）被认为是现象学方法的三个基本环节，其中，Destruction 的内涵主要是对传统存在论的历史的批判性分析。海德格尔的批判精神从精神史角度来说应该是继承了康德的批判哲学精神的。而从康德本人的意图，我们也可以看到，他的批判哲学的前提就是要对此前的形而上学的伪科学性进行解构。他说他的纯粹理性批判就是要"着手进行一场形而上学的完全革命来改变形而上学迄今的处理方式"①，这一革命针对着康德所指责的独断论和怀疑论。因此，康德的批判哲学的建构是在对独断论和怀疑论的解构的基础上展开的。

康德尽管在哲学领域里发动了一场"哥白尼式的革命"，但在力图建构一个包罗万象的宏大理论（grand theories）体系方面算得上是传统形而上学的代表。它虽然包含着解构的要素，但解构并非其理论追求的目标。这一点与康德说的人类追求形而上学的痼癖有着很深的关系。这种形而上学的努力遭到了后现代主义的挑战。在后现代主义看来，传统形而上学的宏大理论是人为构造出来的，人们同样可以推毁（解构）它们。后现代主义哲学的主要目标便是对

---

① 康德：《纯粹理性批判》（第二版）序，人民出版社 2004 年版，第 18 页。

传统形而上学的拆毁、解构和否定。但是，这也只是后现代主义的一面而已。在解构的同时，后现代主义还有着建设性的向度。如倡导创造性、对世界的关爱以及鼓励多元思维模式。即后现代主义其实也是在解构与建构之间活动的"游刃于两种对立之间的人"（罗蒂语）。① 而后现代主义游刃于解构与建构之间，在本质上也属于人类的一种思维的方式。我国专治后现代哲学的学者王治河就主张将后现代哲学作为思维方式来对待。他认为："后现代哲学的推毁一切同时就暗含着保留一切、恢复一切、建设一切的意思。"② 在美国学者格里芬所区分的后现代哲学的两种类型中——偏重解构与偏重建构——其实也只是偏重不同。它们都有着建构与解构的双重因素。

此前言无意对哲学史的建构与解构进行条分缕析。我们只想通过上述描述指出，建构与解构其实不像解构主义者所说的只是"文本"的内在矛盾。我们认为，建构与解构是人类思维中共在与共生的两个维度。

二

建构与解构既然是人类思维中的普遍现象，这给我们切入诗学

---

① 王治河：《后现代主义的建设性向度及其依据》，见格里芬《超越解构》代译序，中央编译出版社 2002 年版。

② 王治河：《作为一种思维方式的后现代哲学》，载《中国社会科学》1995 年第 1 期。

一个很好的角度。因为一部诗学史其实就是一部诗学观念不断建构和解构的历史。

首先，"诗学"观念本身在不断遭到建构和解构。"诗学"一词在各个时代有各个时代的不同的诠释，至今还没有获得一个十分确切的含义。法国学者达维德·方丹在《诗学》一书中就列举了瓦莱里、雅各布森、热奈特等人对诗学所下的不同定义。我们可以说，从古希腊将诗学更多地视为是"诗艺"，到瓦莱里将诗学定义为文学的内部原理，到雅各布森把诗学的研究定位于文学性，以及热奈特作为对各种可能的文学阅读进行的探索，"诗学"观念就在不断地被更新。[①]"诗学"观念的含混甚至在一定程度上成了本书研究诗学的阻碍，我们无法给出一个确切的"诗学"定义。本书也只能在非常宽泛的意义上来谈论"诗学"这个字眼，以之指称有关文学（诗）的一切学说。

其次，诗学史上诗学论域的转换原因复杂，包括文学的、哲学的、政治的、心理的以及宗教等原因，但就诗学自身来说，"转换"就是在解构前代诗学基础上的一种新的建构。不同理论家对诗学的发展阶段或各种理论曾作过不同归纳。如方丹将西方诗学史分为了四大阶段："模仿诗学，主要研究作品与其所呈现的社会景象（公元前 4 世纪—公元后 16 世纪）；实效诗学或叫接受诗学，注重作品在读者心里产生的效果（17—18 世纪）；表达诗学，看重作者及其特殊才能（18—19 世纪）；最后是客体诗学，或称形式诗学，把作

---

① 达维德·方丹：《诗学：文学形式通论》"引言"，天津人民出版社 2003 年版。

品或一般意义上的文学作为研究对象（20世纪）。"① 而艾布拉姆斯则在《镜与灯》中提出文学四要素（世界、作品、艺术家、欣赏者）时，认为不同的批评家往往只是根据其中的一个要素，就生发出他用来界定、划分和剖析艺术作品的主要范畴，生发出借以评判作品价值的主要标准。因此各种不同的文学理论可以分为摹仿说、实用说、表现说及客观说四种，这些理论在历史上有一个演进的过程，"先是模仿说，由柏拉图首创，到亚里士多德已做了一些修改；继而是实用说，它始于古希腊罗马时期修辞学写作诗法的合并，一直延续到几乎整个18世纪；再到英国浪漫主义批评（以及较早的德国）的表现说"。② 而《文学批评理论：从柏拉图到现在》的选编者拉曼·塞尔登则将雅各布森的语言交流理论用于文学理论的区分。认为在批评史中，"有些批评话语采取了作者的观点，另外一些批评话语则探讨读者或听众对作品意义所作的贡献。还有一些批评话语集中研究作品本身，将印在书页上的文字看做一个自足的实体。结构主义者则力图发现潜藏在某类特别'信息'下的符码，最后，还有人认为文学批评主要的研究对象应该集中在作品的历史语境上"。塞尔登还提出了一个我们在面对这些互不相容的理论时所可采取的方法："我们可以把不同批评传统的存在解释为一个各自为确立至高无上的地位而无休止地争斗的过程，也可以把它解释成为建立文学过程的知识体系的一系列努力，我们甚至可以认为这看

---

①　达维德·方丹：《诗学：文学形式通论》"引言"，天津人民出版社2003年版，第2页。

②　M. H. 艾布拉姆斯：《镜与灯》，北京大学出版社2004年版，第26页。

法是同时成立的。"① 用本书的语言来说，就是我们要将诗学史的种种理论解释为同时在进行建构与解构的理论，既有与他者的争斗（解构），也有自身理论的建构。

再次，从古希腊至后现代主义，诗学史可以简约为从形而上学基础上的建构走向对形而上学的解构的历史。诗学虽然同时包含建构和解构的双重因素，但是在不同时期对建构和解构有着各自的侧重。大体来说，从柏拉图至黑格尔，西方诗学是侧重于从形而上学的基点上出发进行建构。而至德里达，则偏向于对形而上学的解构。这一划分非常粗略，但合乎德里达说的西方哲学从柏拉图至海德格尔的历史是形而上学史的断言。而形而上学的明显特点就是要在某一基础上建构一个宏大理论体系。像康德说的"这个世界上一直都有某种形而上学存在"② 一直是传统哲学和诗学所深信不疑的，诗学是自觉或非自觉地在形而上学中建构自身的理论体系。而从德里达始，"解构"上升为一种主要的理论方法，延伸为一股解构主义的思潮。解构诗学也由此而以"解构"二字标划出了与传统诗学的界限。当然，德里达的断言有其武断的一面，因为海德格尔的现象学方法中就已经包含了自觉的现象学的拆毁（Destruction）这一环节。后期海德格尔的"思"与传统哲学也有了本质的距离。因此，本书只是大致遵循这种划分，并不将后期海德格尔纳入传统形而上学之列。而是希望在经过解构主义洗刷后，用海德格尔的资源重构一种生存论诗学。

---

① 拉曼·塞尔登：《文学批评理论：从柏拉图到现在》，北京大学出版社 2000 年版，第 2—3 页。

② 康德：《纯粹理性批判》（第二版）序，人民出版社 2004 年版，第 23 页。

三

　　笔者之所以选取西方诗学形而上学的建构与解构作为论题，从理论层面来说，这是诗学自身的要求。有什么样的对象就应该有什么样的研究方法。就诗学的研究来说，现在虽然是解构之风日盛，但是如果将诗学本身作为研究对象，则还应有一个对建构与解构研究的大全的视野。当然，更主要的是，对诗学形而上学的建构与解构的研究是一个已被学界提上议程的迫切的课题。如我国当今文学理论应该走向创新，在以往的文学理论基础上进行一种适合时代需要的重构，这是文学理论界公认的使命。但是，我国在引入西方诗学时，往往对西方诗学建构的前逻辑及解构的内在机制追究不充分，因此在建构自身的诗学时往往重经验而思辨不足，即对西方诗学的形而上学的规定认识不够；而在解构时又往往批判有余而吸收不足，即只注重以西方诗学的现成结论来批判和解构本国的理论，而不注重在批判的同时进行重构。所以，著名学者季羡林先生指出："反观我们东方国家，在文艺理论方面噤若寒蝉，在近现代没有一个人创立出什么比较有影响的文艺理论体系，王国维也许是一个例外。没有一本文艺理论著作传入西方，起了影响，引起轰动。"①

　　那么文艺理论应该如何走向创新呢？有学者提出了："文艺理

---

① 季羡林：《东方文论选·序》，四川人民出版社 1996 年版。

论的发展取决于文艺基础理论研究的突破，取决于基础理论问题的局部突破带动学理的整体建构。因而，当前的文论研究应该倡导回归本体，而不是解决外围；回到问题，而不是制造概念或急于搭建体系；回到起点、找准支点以解决基础理论命题，而不是凌空蹈虚或避坑落井。"就是说，"首先是要回到基础理论本体，以'元问题'研究来启动文艺学当代形态构建"。①

至于文学理论应如何创新，学界认为有两种思路："一种是不少学者所主张的走综合创造的建构之路，即充分吸纳中外古今的各种理论资源，尤其是整合新时期以来我们的理论突破和探索创新的既有成果，进行综合创造，建构具有广泛的涵盖面和广阔的阐释空间的文学理论系统。""另一种思路则认为，要想建构一种综合众说、涵盖古今中外、包罗万象和包打天下的文学理论，其实仅是一种良好的愿望，是一种幻想，是不大可能实现的。比较现实的建构之路，还是应当鼓励各具独立的理论立场，自创新说，成一家之论。"但是，对于两种思路来说，都存在一个寻根的问题。对于前一思路来说，"我们要能够找到有可能进行这种有机综合或整合的共同的理论基础，就是说要能够找到所要综合的各种理论都可以彼此通约的共同的理论立场和逻辑起点，也就是一切都要能够归结到一个共同的理论根基上，否则就仍将是一种悬浮状态的、无根状态的、非结构状态的综合"。而对于后一思路来说，同样有一个往理论根基上追问和追寻的问题，"其实多年来创立新说的也并不鲜见，但往往少有公认者，原因之一可能也正在于在理论根基上未自觉追

---

① 赖大仁：《当代文论创新建构中的几个问题》，载《文艺报》2001 年 7 月 13 日。

问或是未能深入下去，以至于还是处于悬浮状态"。① 也就是说，文论诗学的创新无论走的是哪一条道路，都有着一个理论寻根的问题。而理论寻根其实就是澄清理论的思想前提，文艺理论如果不首先解决自身的思想前提，那么在理论的发展与创新过程中必然会陷入一片混乱。笔者的博士生导师王元骧先生一直在"探寻综合创造之路"，据他分析，我国五四以来的文学理论尽管基本道路是正确的，但是"在总结历史经验的时候，缺乏对历史传统作全面而科学的研究和分析，以批判继承的态度进行对待；因而使得我们的理论在其发展过程中往往从一个片面而走向另一个片面，不能形成具有我们自己特色的一以贯之的理论传统"。而之所以这样，关键的一个原因在于"在不同程度上受了西方近代哲学中曾经流传一时的知性的思维方法的影响。这种思维方式已由哲学引入到文学理论研究之中，使得西方近代许多文学理论家都不是从总体出发，而习惯于把文学分解开来，孤立地从某一层面、某一视角出发进行考察，因此就很难达到对文学作全面而完整的把握"。② 依笔者之见，我们之所以对西方理论缺乏分辨，无法做一全面的掌握，更关键的是缺少对西方理论的理论前提的研究。西方文学理论是形而上学之下的理论，我们的接受往往是忽视了其理论前提下的接受，在应用到中国文学实践的时候就会出现种种的问题。可见，创新的首要任务就是先厘清理论的前提。我们要吸取西方诗学的资源，首要前提是对建构与解构的内在机制进行分析。总之，"跨世纪的学术文化研究，

---

① 欧阳友权：《面向 21 世纪的文艺基础理论》，载《中南工业大学学报》（社科版）2001 年第 4 期。

② 王元骧：《文学理论与当今时代》，浙江大学出版社 2002 年版，第 293 页。

如果不透析解构和建构方法的理论意义及其误区，那么，任何理论前提的批判厘清，任何理论的价值重估都将是不彻底的，也是会遭遇到难以克服的理论盲点的"。[①] 本书即是响应诗学研究中的这一呼声，将西方诗学作为一个整体来研究诗学建构与解构的内容与机制，以期为中国文论诗学的创新提供一个参照。

---

① 王岳川：《二十世纪西方哲性诗学》，北京大学出版社 2000 年版，第 391 页。

目　录

第一章

传统诗学形而上学的建构

就功能来说，诗学往往有着解释和建构两个方面的功能：一是对文学现象的解释；二是理论本身的建构。诗学既是手段又是目的；既是事实又是观念。它既是诗学制定者用以解释文学的手段又是建构诗学本身的目的，同时它既是诗学制定者对文学事实的阐释又是诗学制定者某一先在观念的反映。理论建构基于事实的解释，但理论的建构又往往有着自己所遵循的规律。就文学解释而言，诗学往往对文学事实进行置换，即将文学中某些不合乎自己诗学理想的事实纳入所制定的诗学的轨道，对文学的实然做一种应然的解释。而就理论建构而言，诗学制定者所力图达到的目的就是对同时或者后来的文学或者诗学进行预设。这表明诗学并非简单是文学现象的理论化，更重要的是，诗学制定者在解释文学现象时已经有了一个先在的理论。从时间性来说，诗学对文学而言是在后的，而从逻辑上看，诗学之思想前提比文学对于诗学处于更基本的层面。这就类似于人类的实践与解释的关系一样，就人类意识的发生史来看，实践活动无疑是在先的，实践活动直接提供了经验，经验成了解释的唯一依据。但是"像这种意识发生史的追溯似乎也解决不了问题"，实践与解释是一种互为因果性的作用。① 那么，如果将诗学作为一种文学实践的"解释"来看待，诗学与文学实践也是互为因果的。不过，文学在时间性比诗学的在先容易造成错觉，似乎诗学就是文学的理论化，就是对文学现象的归纳，它遵循的就是自下而上的思维路径。实际上，对文学经验的理论总结只是诗学的一个方面，对诗学而言，更为内在的是它在总结文学经验时已经有了一个解释的前结构。甚至可以说，人类的任何思想都有着一个思想前提，即"思想前提"对思想具有普遍性。这种普遍性"首先表现在任何思想都有构成其自身的根据。具体地说，任何思想的自我构成，都是以某种'世界观'、'认识论'和'方法论'为前提的"。② 这一点对诗学来说，也不例外。

　　思想前提往往有着隐蔽性和强制性，而任何思想的进步可以说都是有赖于对思想的隐蔽前提的揭露。如康德就把哲学视为一种清理地基的工作，哲学家的事业就是对自明性的东西进行分析。因此他的三大批判的任务皆在追究"认识何以可能"的前提。可以说，只有澄清"他者"思想的隐蔽的前提，自身思想才有稳固的地基。有学者甚至就提出了整个哲学史的发展都是在对思想前提的批判中进行的。"从哲学史上看，古代哲学对原始宗教的批判与超越，

---

① 李咏吟：《诗学解释学》，上海人民出版社 2003 年版，第 17—22 页。
② 孙正聿：《哲学通论》，辽宁人民出版社 1998 年版，第 175 页。

近代哲学的认识论转向和现代哲学的实践转向与语言转向，从根本上说，都是对最深层的思想前提——哲学理念——的自我批判"。①

当然，对思想前提的批判往往是有待于思想的完成。如此，批判才会采取一种马克思所说的"从后思索"的方式进行。马克思在《资本论》中提道："对人类生活形式的思索，从而对它的科学分析，总是采取同实际发展相反的道路。这种思索是从事后开始的，就是说，是从发展过程的完成结果开始的。"② 借用到诗学研究，我们看到传统诗学也已经完成（或曰终结）。这并不是说，传统诗学在面对丰富的文学实践的时候已经江郎才尽，而是指在传统哲学规定的域中进行的传统诗学，或者说以传统哲学的本体论、认识论和价值论为前提的传统诗学已经随传统哲学的终结而终结。而关于传统哲学的完成，海德格尔说道："把真理的本质把握为符合，以及把符合解释为公正，这两种做法就使得实行这种解释的形而上学思想变成了形而上学的完成。"③ 而"完成"也就是"把一种东西展开出它的本质的丰富内容来，把它的本质的丰富内容带出来"。④ 海德格尔认为形而上学的完成是在尼采那里。他认为："尼采形而上学的基本立场乃是西方哲学的终结。……尼采本人早就把他的哲学称为颠倒了的柏拉图主义。但尼采的这种颠倒并没有消除柏拉图主义的基本立场；相反的，恰恰因为它看起来仿佛消除了柏拉图基本立

---

① 孙正聿：《哲学通论》，辽宁人民出版社 1998 年版，第 187 页。
② 《马克思恩格斯全集》第二十三卷，人民出版社 1972 年版，第 92 页。
③ 海德格尔：《尼采》上卷，商务印书馆 2002 年版，第 621 页。
④ 孙周兴选编：《海德格尔选集》上卷，上海三联书店 1996 年版，第 358 页。

场，它倒是把这种基本立场固定起来了。"① 当然，在德里达的解构主义视野里，西方形而上学还延伸到了海德格尔本人。形而上学的终结其实也就意味着新的开端，也就是说后继者自觉地在观念与方法上与传统形而上学拉开距离，对传统形而上学进行解构。不过，无论如何，形而上学当不是具体哪个人所完成的，而就是在海德格尔所说的"把真理的本质把握为符合，以及把符合解释为公正"中终结的。而此中"符合"经过解构主义之后，显然是要解作"符合逻各斯"。因此，逻各斯、真理、公正（即正义）② 这三个范畴便构成形而上学完成之圆圈。而在经过解构主义洗礼之后，我们将形而上学在诗学领域的这种完成，称之为诗学的一种"建构"。因为，解构主义的核心范畴"解构"一词"deconstruction"是由"de"前缀与"construction"合成的，"de"虽然前缀，却实为后置在"construction"上的，它表明"解构"是以一种"从后思索"的方式对"construction"（建构）进行的解构。

第一节　形而上学：传统诗学的理论空间

形而上学（metaphysic），希腊文之意是"物理学之后"，意味

---

① 海德格尔：《尼采》上卷，商务印书馆 2002 年版，第 458—459 页。

② 海德格尔此处所用"公正"一词与希腊文 dikē（正义）同义。海德格尔说道："关于公正的思想早就成了尼采的一个中心思想。……是这个关于公正即 dikē（公正、正义）的希腊思想在尼采那里点燃……"。参见海德格尔《尼采》上卷，商务印书馆 2002 年版，第 616 页。

着形而上学是要"超越物理学"，即超越经验领域到达靠思辨把握的神圣领域。换言之，形而上学是一种超越经验之上的追问，这一形而上的超验中心在西方形而上学中不断地以不同名字被重复。在哲学史上，形而上学正是依靠这一超验中心建构起庞大的体系。而这一中心逐渐获得了一个统一的称谓：逻各斯。传统形而上学正是逻各斯中心主义的哲学。

如果将"诗学"与"美学"相比的话，诗学是幸运的，因为它在亚里士多德手里就有了正式命名，而美学则直到 1750 年在鲍姆迦通手里才得以诞生。如果说美学问题在美学得以命名之前都是在哲学领域里展开的话，那么诗学问题则在一定程度上是归属于自己的学科领域。不过，就传统诗学的建构而言，诗学并没有逃脱哲学的樊篱，或者说，诗学之花的盛开离不开哲学的浇灌之功。从柏拉图有自觉的诗学意识始，传统诗学的理论空间便一直被限定在形而上学之内。

西方的形而上学是由柏拉图所奠定的。"随着柏拉图把存在解释为 idea〔相〕，形而上学就开始了。在全部后继时代里，形而上学烙印了西方哲学的本质。自柏拉图直到尼采，西方哲学的历史就是形而上学的历史。而且，因为形而上学始于对作为 idea〔相〕的存在的解释，而这种解释一直是决定性的，所以，自柏拉图以降的一切哲学都是'唯心主义'——这是在一种清晰的词义上来讲的，意即：人们是在理念中、在观念性和理想性的东西中寻找存在。因此，从形而上学的奠基者的角度出发，我们也可以说：一切西方哲学都是柏拉图主义"。① 在诗学上，柏拉图虽然没有像亚里士多德那

---

① 海德格尔：《尼采》下卷，商务印书馆 2002 年版，第 852 页。

样明确为诗学定位，但是，"他暗示了一种严肃诗学，这就是他自己作品中的内在诗学"。① 这种"内在诗学"很明确无误地是属于柏拉图哲学这个大文本的。内在诗学是内在于柏拉图对话哲学中的诗学。柏拉图诗学虽然是以驱逐诗的面貌出现的，但是由于他在哲学上将"理念"视为世界的本原，将诗视为"理念"的"摹仿的摹仿"，他对"摹仿真实的本体论定位低于被摹仿对象的定位"。因此，柏拉图论诗的空间其实是在形而上学的本体论下展开的。"理念"是柏拉图建构诗学的基点。也就是说，柏拉图论诗并不是基于诗本身，而是基于一个超越于诗的事实之上的超验的基点上来谈论的。

另外，在希腊人早期的诗学观念中，还有一个对所有艺术追问具有指导性意义的概念：艺术乃是 tekhnē。这个概念并不与我们狭义的用以指认经验的作品的"艺术"一词的意义相合。海德格尔经词源学的考察，认为古希腊人用同一个词 tekhnē 来既命名艺术，也命名手艺。后来人们就在一种"技术上的"用法，以一种完全非希腊的方式用 tekhnē 来指称一种生产方式，以为 tekhnē 就意味着手工制作。其结果就是，"因为我们所谓的美的艺术也被希腊人称为 tekhnē，所以人们就认为，希腊人借此突出了手艺，甚或把艺术事业贬降为一种手艺了"。但是，这种流行的意见"并没有洞察到希腊人据以规定艺术和艺术作品的那种基本态度"。② 海德格尔在《艺术作品的本源》中别具一格地挖掘了古希腊"tekhnē"一词的

---

① 让·贝西埃等主编：《诗学史》上册，百花文艺出版社 2002 年版，第 20 页。
② 海德格尔：《尼采》上卷，商务印书馆 2002 年版，第 87 页。

本义，指出诗学之思并非"以手工艺为引线去思考创作的本质"，因为"不管我们多么普遍、多么清楚地指出希腊人常用相同的词tekhnē来称呼技艺和艺术，这种指示依然是肤浅的和有失偏颇的。因为 tekhnē 并非指技艺也非指艺术，也不是指我们今天所谓的技术，根本上，它从来不是指某种实践活动"。海德格尔还说："tekhnē 这个词更确切地说是知道（Wissen）的一种方式。……对希腊思想来说，知道的本质在于 aletheia，亦即存在者之解蔽。它承担和引导任何对存在者的行为……tekhnē 作为希腊人所经验的知道就是存在者之生产。tekhnē 从来不是指制作活动。"由此，在海德格尔看来，"把艺术称为 tekhnē，这绝不是说对艺术家的活动应从手工技艺方面来了解"。①恰好相反，"只有从存在问题出发，对艺术是什么这个问题的沉思才得到了完全的和决定性的规定"。② 也就是说，诗学之思并非是从具体的诗思入，而是要由存在问题所导引。

可见，古希腊人对艺术的追问并不是直接建立在经验之诗的基础上的，而是有着形而上学的根基。关于此，海德格尔同样说过："柏拉图关于艺术的问题却成了'美学'的肇始，这一事实的原因并不在于，柏拉图的追问根本上是理论的，亦即起源于一种存在解释，而倒是在于，'理论'作为对存在者之存在的把握是建立在某种确定的存在解释基础上的。"③ 柏拉图的这种艺术追问方式"划定

---

① 海德格尔：《林中路》，上海译文出版社 1997 年版，第 43 页。
② 同上书，第 69 页。
③ 海德格尔：《尼采》上卷，商务印书馆 2002 年版，第 184 页。

了后世一切艺术追问活动的视界"。

因此，西方诗学的追问一直是在哲学的层面上给予答案，关于文学的困惑也从来都是由哲学给予澄明。德瑞克·阿崔基在德里达《文学行动》一书的"导言"即谈到传统诗学这一特点："什么是文学？这个问题对于任何把自身交付给文学研究的学者来说肯定是一个中心问题。从柏拉图与亚里士多德以来，这个问题在西方的哲学传统中已经给予重复的设问。说到底，这是一个哲学问题，而不是一个文学问题；它必然招致关于文学本质的论述，招致把文学从所有的非文学中界分出来。在传统界分的文学与非文学中，只有哲学才能更为清楚地确立这两者的属性。"①

当然，海德格尔的诗学入思方式未必能被早年的亚里士多德所认可和赞成。但海德格尔确实道出了对诗学而言至关重要的一点，即，对于诗学而言有着一个待解的理论前设的问题，或者说是理论根基的问题。就亚里士多德而言，他认为形而上学"并无任何实用的目的"，"这类学术研究的开始，都在人生的必需品以及使人快乐安适的种种事物几乎全都获得了以后"。② 即亚里士多德"把哲学研究从与人类生存活动的内在联系中剥离出来"。③ 在亚氏的学科分类中，形而上学被称为"第一哲学"，它研究的是最高原则和首要原因，其他各门学科研究的原则和原因都取决于、从属于最高原则和首要原因。可以说，形而上学（metaphysic）在亚氏那里既是各学

---

① 转引自杨乃乔《悖立与整合：东方儒道诗学与西方诗学的本体论、语言论比较》，文化艺术出版社 1998 年版，第 107 页。

② 亚里士多德：《形而上学》，商务印书馆 1996 年版，第 5 页。

③ 俞吾金：《俞吾金集》，学林出版社 1998 年版，第 11 页。

科之后的理论，也更是各门学科的理论预设和逻辑前提，是元理论。

第二节　逻各斯中心主义的诗学

　　形而上学对诗学问题的划定，在于本体论的意义上，诗学"无法逃避设定一个形而上的超验中心作为'思'、理性及逻辑起始与回归的终极——'telos'"。[①] 这一形而上的超验中心在西方形而上学中不断地以不同名字被重复：从赫拉克利特的逻各斯到巴门尼德的存在、柏拉图的理念、亚里士多德的实体、普罗提诺的太一、基督教经院哲学的上帝、笛卡尔的天赋观念、康德的物自体、黑格尔的绝对理念、再到尼采的强力意志等等无一不是对世界的本体、始原的不同命名。西方传统诗学正是借助于这个形而上的超验中心不断地建构了形而上的诗学体系。而这些对形而上学的超验中心的不同命名，在现代诗学和后现代诗学逐渐获得一个统一的称谓：逻各斯。形而上学即逻各斯中心主义。

一　逻各斯

　　"逻各斯"是支撑西方古典形而上学的中心、本体。胡塞尔、

---

　　① 杨乃乔：《悖立与整合：东方儒道诗学与西方诗学的本体论、语言论比较》，文化艺术出版社1998年版，第107页。

海德格尔、伽达默尔、德里达等人皆将西方传统形而上学的核心范畴名之为逻各斯。J.C.艾文斯在《解构的策略》一书中就提到了，在海德格尔的《逻各斯》一文中，"指出有一个漫长的逻各斯传统向古代延伸，这个逻各斯传统把赫拉克利特的'逻各斯'解释为本质、宇宙的规律、逻辑、'思'之必然、意义与理性。……一个人可以把这样一个位置称为'逻各斯中心主义'，这个假设即逻各斯是中心的，以自我为根基的"。① 德里达也宣称："尽管在西方哲学史中存在着所有那些差异和断裂，逻各斯中心的母题却是恒常的：我们在所有地方都能找到它。"②

当然，逻各斯中心主义之所以得以用来称谓西方形而上学，主要在于"逻各斯"虽然是一种理论话语，但由于它被表述与阐释为一种控制形而下物理世界的先验本体，由此而获得了独立的生命，成为一种权威话语，控制了哲学家和诗学家的理论生产。那么，逻各斯有着什么样的内涵让西方哲学在长达两千多年的进程中，无法摆脱它的牢笼呢？

第一，逻各斯有着"思想"与"言说"两重含义。这是从逻各斯（logos）的拉丁文词源上来说的。张隆溪在其《道与逻各斯》一文中对此有过一长段的描述：

> 叔本华曾引用西塞罗的话说："逻各斯"这个希腊词既有理性（ratio）的意思，又有言说（oratio）的意思。斯蒂芬·

---

① 转引自杨乃乔《悖立与整合：东方儒道诗学与西方诗学的本体论、语言论比较》，文化艺术出版社 1998 年版，第 108—109 页。

② 德里达：《书写与差异》上册，三联书店 2001 年版，第 11 页。

乌尔曼也评论说："逻各斯"作为一个众所周知的歧义词，对哲学思想产生了重大影响，因为它"具有两个主要的意思，一个相当于拉丁文的 oratio，即词或内在思想借以获得表达的东西，另一个相当于拉丁文 ratio，即内在的思想本身"。换句话说，"逻各斯"既意味着思想（denken）又意味着言说（sprechen）。伽达默尔也提醒我们："逻各斯"这个词虽然经常翻译成"理性"或"思想"，其最初和主要的意思却是"语言"，因而，人作为"理性的动物"，实际上也就是"有语言的动物"。在这个了不起的词中，思想与言说从字面上融成了一体。①

第二，从逻各斯的希腊文的词源 legein 来看，逻各斯又有着聚集（gather）、拾取（pick up）和聚置（lay together）的意思。海德格尔说："存在把一切存在者聚集起来，使存在者成为存在者。存在是聚集——即逻各斯。"② 德里达也说："在哲学的历史中曾经有过一个时刻，这个时刻来得相当晚，在那里这种聚集获得了某种系统、某种哲学系统的形式。但在这个晚到的时刻之前，逻各斯观念就已既是理性又是聚集的观念，因此它也是在场及向自身显现的观念。所以，哲学姿态的那种同一性或持续性，我认为就在我称之为'逻各斯中心主义'的那种东西之中，即那种将在者整体、存在整体，以逻各斯的权威或面对着它，或作为它的一极、它的相关项聚集在在场形式中的东西。"③ 也就是说，逻各斯是"使聚集者"，

---

① 张隆溪：《道与逻各斯》，四川人民出版社 1998 年版，第 72 页。
② 海德格尔：《海德格尔选集》上卷，上海三联书店 1996 年版，第 595 页。
③ 德里达：《书写与差异》上册，三联书店 2001 年版，第 11 页。

是使存在、存在者及理性、言说等聚集为系统的本原。

值得注意的是，逻各斯的上述含义都是在本原的意义上来谈的。思想与言说并非指经验世界中人的思想与言说，而是逻各斯在理性的自律中的思与言。这是一个在逻辑上"先在"于此在世界的本体。逻各斯在言说中不仅创生了自己，而且赋予历史以意义。海德格尔在《存在与时间》中谈道："逻各斯作为话语，毋宁说恰恰等于敞开：把言谈之时'话题'所及的东西公开出来。……这种'使……公开'的意义就是展示出来让人看。""逻各斯之为话语，其功能就在于把某种东西展示出来让人看；只因为如此，逻各斯才具有综合的结构形式"。① 而德里达则在《书写与差异》中写道："由于终极是完全敞开的，也是敞开它自己的，因此我们说它是最有力量的、结构上的一个历史性先在，不是把它作为一个静态的、规定及关涉存在与意义起源的价值而指出。就普遍意义而言，终极是具体的可能性、历史的诞生与存在的意义。因此它作为起源和存在于结构中创生了它自己。"②

因此，在西方哲学中，"'逻各斯'即是一个先验的终极存在——源点。从一个反面切角看视，西方哲学与西方诗学也正是在本体论上认同了'逻各斯'的先在性而成就了这个源点，从这个源点衍生出理性、诗、美、文化及其这个世界的精神与形而下的物理

---

① 海德格尔：《存在与时间》（修订译本），三联书店 1999 年版，第 38—39 页。
② 转引自杨乃乔《悖立与整合：东方儒道诗学与西方诗学的本体论、语言论比较》，文化艺术出版社 1998 年版，第 120 页。

生存现象"。① 由于逻各斯的先在性，人仅仅是受动于逻各斯之下的一个代言者。传统诗学与逻各斯所签署的是一张无形的契约。柏拉图的理念、亚里士多德的实体、普罗提诺的太一、笛卡尔的天赋理性、布瓦洛的理性、黑格尔的绝对理念等这些成就了西方诗学的源点都只是逻各斯的不同理论表达而已。从亚氏将"诗学"的首要原理定为是"诗的艺术本身"即诗的艺术的整体，就可以看出，诗学采用的方法并不是一种朴素的归纳——即把文学视为一堆聚集在一起的或混杂的彼此无关的"作品"——的方法；而是弗莱在《批评的剖析：论辩式前言》中强调的培根说的"归纳的飞跃"（inductive leap）：占据一个新的有利的地位，借此把这门科学以前的资料看成是要解释的新东西。弗莱说，归纳的飞跃的第一个基本原理就是对全部的连贯性（coherence）的假设。② 亚氏《诗学》一般就是被认为是对古希腊文学艺术的一个总结，它将古希腊的不同时期和不同样式的文学"聚集"在一起进行，讨论其类别、本质、功能及构成因素，反映出对"文学整体"的这一概念的趋求。这种方法的基础正是西方传统的逻各斯中心主义。由此，如果德里达所言的从柏拉图到海德格尔的历史都是形而上学的历史为确论的话，西方传统诗学除了逻各斯中心主义诗学以外，别无其他。

---

① 转引自杨乃乔《悖立与整合：东方儒道诗学与西方诗学的本体论、语言论比较》，文化艺术出版社 1998 年版，第 116 页。

② 诺思罗普·弗莱：《批评的剖析·论辩式前言》，百花文艺出版社 1998 年版，第 18—20 页。

二　逻各斯的诗学立法

西方诗学一直在"非诗"和"诗辩"中循环演绎。诗是一种逻各斯的本真的言说，抑或诗遮蔽了逻各斯？这在传统诗学中一直有着很大的争议。"非诗"说的出发点在于将经验的诗看做是对语言的工具性使用，诗因而遮蔽了逻各斯。如柏拉图以理念将诗人逐出理想国，其理念无非是逻各斯的化身，所谓艺术是摹仿的摹仿也就是说艺术是逻各斯在思与言之后的第二次符号化摹写。在柏拉图看来，这种摹写已经远离了逻各斯。因为诗人所懂的只在于通过"语词"来进行摹仿的技术，对于其他是一无所知的。柏拉图说："诗人虽然除了模仿技巧而外一无所知，但他能以语词为手段出色地描绘各种技术，当他用韵律、音步和曲调无论谈论制鞋、指挥战争还是别的什么时，听众由于和他一样对这些事情一无所知，只知道通过词语认识事物，因而总是认为他描绘得再好没有了。"① 也就是说，诗人的这种做法只是为了达到某种效果而"操纵语言"，而非真正的追求知识。②

"操纵语言"即对语言的工具性使用，这已经是逻各斯的世俗化。因为，逻各斯集思想与语言为一体，其中"语言并不是意识借以同世界打交道的一种工具，它并不是与符号和工具——这两者无疑也是人所特有的——并列的第三种器械。语言根本不是一种器械

---

① 柏拉图：《理想国》，商务印书馆 1986 年版，第 396－397 页。
② 马克·爱德蒙森：《文学对抗哲学》，中央编译出版社 2000 年版，第 1 页。

或一种工具"。① 依柏拉图的看法，"灵魂的本质是自动"。② 灵魂对逻各斯（理念）的认识，是灵魂的一种自我运动的过程（主要借助回忆来达到），工具性的语言在认识理念过程中根本无地位可言。诗作为一种工具性语言之一种必然遭到驱逐。

由于柏拉图对诗的否定，后世诗学主要是以"为诗一辩"的方式进行的，因为如果不为诗的存在寻找到存在的理由的话，诗学本身将无法成为一门学科。如果说，柏拉图的非诗说看到的是诗对语言的操纵，那么，为诗一辩则主要是论述逻各斯在诗中的隐蔽在场。其实，在柏拉图的对话里，我们依稀可以见出这一思想。柏拉图在讨论迷狂的时候提到，有一种迷狂"是由诗神凭附而来的，它附到一个温柔贞洁的心灵，感发它，引它到兴高采烈神飞色舞的境界，流露于各种诗歌，赞颂古代英雄的丰功伟绩，垂为后世的教训。若是没有这种诗歌的迷狂，无论谁去敲诗歌的门，他和他的作品都永远站在诗歌的门外"。③ 如此，我们可以看到，柏拉图对诗有着一种应然的要求，即要求诗与逻各斯的亲近。其弟子亚里士多德在为诗辩护的时候，采取的便是这一相同的策略。不同的是，在亚氏的诗学里，逻各斯化身为"理性"，而非"理念"，"《诗学》的全部努力就是要证明诗就是一种准理性知识（真理），并且有道德净化功能（善）"。④ 从表面上看，亚氏诗学是"起于各种文学事实，

---

① 伽达默尔：《哲学解释学》，上海译文出版社 1994 年版，第 62 页。

② 柏拉图：《斐德罗篇》，载《柏拉图全集》第二卷，人民出版社 2003 年版，第 159 页。

③ 柏拉图：《柏拉图文艺对话集》，人民文学出版社 1983 年版，第 118 页。

④ 余虹：《中国文论与西方诗学》，三联书店 1999 年版，第 115 页。

终于成套通则的建立"①，但在美国理论家 J. 希利斯·米勒的解构主
义语境中，即使像亚里士多德的从艺术摹仿对象、媒介和方式出发
的诗学也未能逃脱逻各斯中心的命运。"亚里士多德认为任何东西
都能够而且应该得到合理的解释，应该回到主宰它的理性或'逻各
斯'上去。……亚里士多德认为一部好的悲剧必须自身合乎逻辑，
也就是说，其各种成分须与一个单一的行动和意义相关联，这样它
们才会具有意义。任何无关的东西都必须排斥在外。这个合理的统
一体就是剧本所谓的'逻各斯'。'逻各斯'一词在此有几种主要含
义：存在的理由、目的、内在根据等。但正如亚里士多德的用法所
示，'逻各斯'在希腊语里还有其他含义：理智、词、次序、安排、
比率或比例"。②

　　如果像雪莱说的："诗人们是世界上未经公认的立法者。"③ 那
么，逻各斯则是诗的立法者。雪莱的诗学即是以一种"诗辩"的形
式出现的。在雪莱的诗学中，诗人之所以被视为是立法者，其原因
在于诗是一种逻各斯的言说。他在分析诗时说道："较为狭义的诗
则表现为语言、特别是具有韵律的语言的种种安排，这些安排是那
无上庄严的力量所创造，但这些力量导源于语言的本性"，"诗超越
意识，并且高于意识，以一种神圣的、不可知的方式起着作用"。
雪莱还说："自有人类以来就有诗的存在。"诗人们是那些想象和表

---

① 颜元叔：《西洋文学的几个重镇》，见卫姆塞特等著《西方文学批评史》译
序，人民大学出版社 1987 年版，第 1 页。

② J. 希利斯·米勒：《解读叙事》，北京大学出版社 2002 年版，第 3 页。

③ 雪莱：《诗辩》，载伍蠡甫主编《西方文论选》下册，上海译文出版社 1985
年版，第 57 页。

现这个不可毁灭秩序的人，是"法律的制定者、文明社会的建立者、人生种种艺术的发明者"。① 在此，雪莱赋予了"诗"以一种先验的权威，诗之所以有这种权威在于它有着某种终极的、先验的、永恒的根据。法律、文明、人生的种种艺术无非皆是由逻各斯所创生的。在此意义上，我们可以说："逻各斯'喝令''人''服从'，'掌握了'Logos 的'人'，则自身处于'发号施令'的地位，人从'奴位'转化为'主位'，也从'客位'转化成'主位'。"② 诗学在逻各斯面前是"奴位"，但当诗学家自以为是掌握了逻各斯后，他又转化为"主位"，对诗进行立法。

如此，我们不难发现，传统诗学之间虽然存在着矛盾，但它们无法展开一种真正对立的诗学斗争，因为它们有一个共同的先验设定，即逻各斯中心主义。其诗学行为可以说就是在逻各斯中心主义基础上的建构，到胡塞尔、海德格尔则展开了对这一基础的解构，但起到彻底颠覆的则是德里达及其引发的解构主义诗学。

三　对理性的信仰

如果怀特海所言的"两千五百年的西方哲学不过是对柏拉图的一系列脚注"是中肯之论的话，我们可以发现，"所有后来的西方哲学的主题、问题、甚至术语，很大程度上在柏拉图的著作中都已

---

① 雪莱：《诗辩》，载伍蠡甫主编《西方文论选》下册，上海译文出版社 1985 年版，第 52—53 页。

② 叶秀山：《从 Mythos 到 Logos》，载《当代学者自选文库·叶秀山卷》，安徽教育出版社 1999 年版，第 590 页。

初具雏形。所有后来的哲学家都暴露出对柏拉图的递相依属关系，就连亚里士多德这个所有反柏拉图主义者中的伟大英雄也不例外"。① 也就是说，两千五百年的西方哲学实际上在柏拉图那里已经有了奠基。而西方传统诗学的雏形也是在柏拉图和亚里士多德手里奠定的。从柏拉图所说的古希腊的诗与哲学的论争，我们可以知道，古希腊诗学有两大话语系统："荷马为代表的诗人传统"和"亚里士多德为代表的哲人传统"②，即一种是潜在于诗之中的诗学观念，一种是在哲学思想中的诗学。而古希腊诗与哲学的论争是以哲学获胜而告终的。"哲人传统"实际上是古希腊诗学的主流。"亚里士多德的《诗学》标志着古希腊神话诗论的终结和哲学诗学的诞生，此一转折以神话诗论的哲学（科学）理性化整合定向为特征，它预定了未来诗学与文学理论的入思之路与言述空间"。③ 余虹在《中国文论与西方诗学》中所说的这一段话无疑揭示了西方诗学的一个特征，就是西方传统诗学并没有逸出西方的理性传统，无论是古代的本体论诗学还是近代以来的认识论诗学，其理论的建构依托的都是"理性"。而这种建构表面上看来是诗学家借助于"理性"对"诗"进行规约，但从诗学与理性的本质关系而言，诗学在内在精神上对理性有着一种信仰。

对理性的这种信仰起于柏拉图，"在柏拉图那里，理性意识本身在人类历史上第一次成为一种分离出来的单独的精神活动"。④ 而

---

① 威廉·巴雷特：《非理性的人》，商务印书馆 1995 年版，第 79—80 页。
② 李咏吟：《诗学解释学》，上海人民出版社 2003 年版，第 357 页。
③ 余虹：《中国文论与西方诗学》，三联书店 1999 年版，第 14 页。
④ 威廉·巴雷特：《非理性的人》，商务印书馆 1995 年版，第 80 页。

且，理性一经从无意识的深渊中被提取出来，它便取得一种至高无上的地位。柏拉图在《斐多篇》中有个著名的比喻。他认为理性是驭手，手里挽着的白色和黑色骏马，则象征激情与欲望。柏拉图在"诗与哲学之争"中看到，只有在纯粹的理性之中，人才能逃避时间的无常与劫掠，获得一种拯救。"理念"对于柏拉图而言，并非是推理的对象，而是比自身和周围物体更为真实的值得信赖的对象。巴雷特说："进入理性主义的伟大进步必须要有自己的神话"，这一"神话"，也就是对"理性"的信仰。原始神话中，人之根基及人之获救皆源于"神"，而当人进入理性主义，理性便取代"神"的地位。这就又如同巴雷特分析柏拉图一样："关于永恒形式或理念的理论对他具有巨大的情感力量，因为理念是人能进入的永存的领域。我们不能把柏拉图的理性主义看做是冷静的科学研究，就像后来欧洲启蒙运动可能为自己规定的那样，而必须看成是一种充满激情的宗教学说——一种向人许诺可以从死亡和时间中获得拯救的理论。……柏拉图对理性的特别强调，本身就是一种宗教式的冲动。"[1]

福柯说：西方文明史就是一部"理性对非理性的征服，即理性强行使非理性不再成为疯癫、犯罪或疾病的真理"[2] 的历史，这种做法实际上是"另一种形式的疯癫"。对理性的信仰本是一个矛盾的说法，理性主义的核心是理性，但理性主义者对理性采取的却又是"信仰"的疯癫形式。理性主义的盛行在西方导致的是一种唯理

---

①　威廉·巴雷特：《非理性的人》，商务印书馆 1995 年版，第 83—84 页。
②　福柯：《疯癫与文明》，三联书店 1999 年版，第 2 页。

性的"工具理性"或"权力理性"。如果说柏拉图的理性还有着道德形而上学的色彩，那么从亚里士多德将人定义为理性的动物，并将知识理性的地位提到高于实践理性之上始，理性在人们的心目中便逐渐只剩下"技术理性"的含义。对理性的推崇尤其到启蒙运动达到极致。休谟说过："理性首先出现在拥有君王、立法、外加的普遍真理这些具有绝对权势和权威的地方。"① 唯理性的理性主义的策略就是以整体、普遍性、理性来驱逐"碎片"、偶然性和非理性。费耶阿本德别出心裁地将西方知识传统区分为历史传统和理论传统两大传统。历史传统"产生的是地域性的、重视条件的、相对的知识"（关于什么是好、什么是坏，对与错、美与丑等等）。而另一方面，"理论传统试图创立一种不再依赖或相关于特定环境的知识"。② 费耶阿本德认为西方的理性传统往往是以牺牲历史传统为代价而取得"进步"的。"为那种被当作西方理性主义而为人所知的东西作筹划并为西方科学打下智力基础的社会集团，为了面子而拒绝丰富多样"。从巴门尼德以下的哲学家几乎都称赞统一而指责丰富多样。"理论传统的成员用普遍性确认知识，把理论当作信息的真正支撑物，并试图以一种标准化的或'逻辑的'方式推理"。由此，历史传统便被理论传统所替代。③ 当然，唯理性的理性主义相对古希腊把理性当做拯救手段的理性主义，也许是走了样。但在其内在精神上无疑都有着对理性深信不疑的信赖。

对理性的信仰导致的必然结果是使理性置于理性批判之外，这

---

① 转引自保罗·费耶阿本德《告别理性》，江苏人民出版社 2002 年版，第 101 页。
② 保罗·费耶阿本德：《告别理性》，江苏人民出版社 2002 年版，第 190—191 页。
③ 同上书，第 129—130、132 页。

一点即使是在 19 世纪后兴起的非理性主义思潮也概莫能外。非理性主义在长时期内一直被视为理性主义的对立面。但其真正的关系却如海德格尔所揭示的：

> 西方形而上学建立在理性的这种优先地位基础上。……这种对理性的信赖以及理性（ratio）在其中所起的强大的支配地位，我们不可把它片面地把握为理性主义，因为非理性主义同样也在这种对理性的信赖的范围之内。最大的理性主义者最容易沦于非理性主义，而且反过来，我们也可以说，在非理性主义决定着世界图像的地方，理性主义就欢庆它的胜利。①

事实上，正如有学者指出的：非理性思潮对传统理性主义的挑战并非是理性的终结，而是理性内部两种不同形态的较量，是对理论理性的补充。就像雅斯贝尔斯所说："尼采瓦解理性的哲学思想的真正意旨本身是一种大理性，他对'理性'发动的攻击是大理性对小理性的攻击，后者即所谓的无所不知的理智。"② 事实上，作为人类文明基本构架的理性的存在具有一种真正的人类学意义。以至于哈贝马斯提出："我们必须承认，任何批判都内在地隐含着理性的要求和批判者的理性立场。"

对理性的信仰是形而上学的内部要求，它对传统诗学的影响表现在进行诗学建构的时候，往往是重演绎而轻经验的归纳。康德在

---

① 海德格尔：《尼采》上卷，商务印书馆 2002 年版，第 518 页。
② 雅斯贝尔斯：《尼采其人其说》，社会科学文献出版社 2001 年版，第 233 页。

《未来形而上学导论》中提到,"形而上学知识的原理(不仅包括公理,也包括基本概念)因而一定不是来自经验的,因为它必须不是形而下的(物理学)的知识,而是形而上的知识,也就是经验以外的知识。……所以它是先天的知识,或者说是出于纯粹理智和纯粹理性的知识"。[①] 就像他在《纯粹理性批判》里谈到的某些理性原则,"这些理性原则虽然就经验来说似乎是构成性的、立法性的,但它们是纯粹出自理性的,而理性不能像理智那样被视为一个可能经验的原则"。[②] 受形而上学的支配,传统诗学的出发点往往不是经验的材料而是先验的知识,如柏拉图是"把理想形式优先的概念应用于诗"[③],谢林则宣称,艺术哲学只能处理"如其本然的艺术",而决非"经验的艺术",其意也就是说艺术哲学只能是形而上学。有学者就指出了,"谢林明确表达了传统美学的一种基本信条:有着一种基本的、普遍的艺术概念,美学的实际任务和全部目的就在于解释这个概念"。[④] 此等观点皆把诗学的原则"看视为先于诗学与文学现象之外所设定的先验公理,并且,这一公理具有先验的话语权力性质"。[⑤] 由此,传统诗学建构在面对活生生的文学事实之前就已经有了一个明显的理论预设,对于文学事实的认识和评判都受限于诗学的理论预设。

---

① 康德:《未来形而上学导论》,商务印书馆1997年版,第17—18页。

② 同上书,第158页。

③ 让·贝西埃主编:《诗学史》上册,百花文艺出版社2002年版,第21页。

④ 沃尔夫冈·韦尔施:《重构美学》,上海译文出版社2002年版,第107页。

⑤ 杨乃乔:《悖立与整合:东方儒道诗学与西方诗学的本体论、语言论比较》,文化艺术出版社1998年版,第193页。

四　空间性

传统诗学具有的形而上学冲动，在本体论上追求一种永恒不变的终极存在。关于对形而上学的理解，狄尔泰曾提出，要以亚里士多德对第一哲学的理解作为界定这个概念的基础，而"第一哲学以存在的整体或者说作为存在的存在为研究对象，也就是说，它以对存在的各种一般的确定过程为研究对象"。所以，"所有形而上学都是超越经验的。它用一种客观和普遍内在的体系，来补充在经验这种给定的东西，而只有当人们根据各种意识条件对经验加以详细推敲的时候，这样的体系才会出现"。[①] "存在的存在"即各种存在的本体，它是现实秩序得以展开及演化的依据。而在本体和现实秩序之间，"空间"概念得以出场。按柏拉图的说法是："存在、空间、生成这三者以其自身的方式在宇宙产生之前就已存在"，柏拉图说：

> 有一类存在是始终同一的、非被造的、不可毁灭的。既不从其他任何地方接受任何他者于其自身，其自身也不进入其他任何地方；任何感觉都不能感知到它们，惟有理智可以通过沉思来确认它们的存在。另一类存在与前一类存在拥有同样的名称并且与之相似，但它们可以被感觉所感知，是被造的，总是处于运动之中，在某处生成而且又在那里消逝，可以被结合着感觉的意见所把握。第三类存在是永久存在不会毁灭的空间，

---

① 威廉·狄尔泰：《精神科学引论》第一卷，中国城市出版社 2002 年版，第 211、213 页。

它为一切被造物提供了存在的场所，当一切感觉均不在场时，它可以被一种虚假的推理所把握，这种推理很难说是真实的……①

在柏拉图的哲学里，"空间"并非我们感觉到的经验的物理空间，它是始终同一的终极存在转变为现实秩序的中介，"空间"并不在感觉经验中，相反，它是感觉经验的前提，是一切现实秩序得以理解的前提。换句话说，柏拉图式的"空间""它不是在时间中的，因此，我们无法去讨论它的经验的实在性，无法用一种动态和过程的眼光去看它"。②

如此，柏拉图的学说是一种从终极存在和空间开始建构起来的学说，他与基督教思想有着同构性，并与之共同奠定了西方传统哲学中"空间"的举足轻重的地位。正如在古希腊与古希伯来的创世神话里，"创世"是一种时间性的行为，但是这种行为都是源自一种无时间性的混沌（空间）。空间先于时间，是时间的源点。而作为追本溯源的古希腊本体论哲学，其"本体"无疑是不在时间中的，因为，时间中的一切皆是被创生的易逝之物，无法承担本体的重担。基督教为了突出上帝的本原作用，也是强调上帝"是今在、昔在、将来永在的全能者"，即上帝是超时间的。普洛丁正是在本体论上融合了两希文化才创立了柏拉图主义思想。古代希腊人实际上把"时间"问题搁置起来了，诚如后来的黑格尔所言："决没有

---

① 《柏拉图全集》第三卷，王晓朝译，人民出版社 2003 年版，第 303—304 页。

② 洪涛：《逻各斯与空间：古希腊政治哲学研究》，上海人民出版社 1998 年版，第 256 页。

任何研究时间的科学，对应于研究空间的科学，即几何学。"① 当然，西方传统哲学并非完全没有"时间"这一主题，而是会把"时间""空间化"，因为逻各斯作为本体是变中之驻，时中之空。叶秀山在《从 Mythos 到 Logos》一文中就认为："从根本上说，Logos只有把那'实有'的东西当作'无'，或'无'化了，才能'说'，即 Logos 把'时间''空间化'，实际上就是把'有'当作'无'来说，才能'捕捉''本已不在'的'人'和'事'，'说'那个已不存在的'世界'。Logos 把'有'的世界当作'无'的世界来'说'。"② 可以说，这是一种"时间性的空间模式"，米勒就认为从柏拉图到亚里士多德，到奥古斯丁，甚至到胡塞尔的《内在时间意识的现象学讲演》都有着这样的时间的空间模式，"这种时间意象的空间性系统地联系着对存在的接受，即认为存在是一种原始范畴，其他范畴都由它派生出来"。这种时间观都"将各自的时间意象建立在现在的优先权之上，他们将过去和将来都看成现在，虽然一个业已发生、一个即将发生"。③

如此"时间性的空间模式"的结果是，诗学在考察和分析"诗"的问题的时候，总是将存在作为出发点，将"本体"视为一种理想性的、范型的存在，它既是"诗"的本原，又是解释诗的最

---

① 黑格尔：《自然哲学》，梁志学等译，商务印书馆 1980 年版，第 52 页。

② 叶秀山：《从 Mythos 到 Logos》，《当代学者自选文库·叶秀山卷》，安徽教育出版社 1999 年版，第 579 页。

③ J. 希利斯·米勒：《重申解构主义》，中国社会科学出版社 1998 年版，第21—22 页。

终的依据。如此，"诗"并非是时间的艺术，相反的，正如爱默生所说的："诗都是先于时间而写就的。"① 传统诗学的表现说或摹仿说，似是对某一时间之流中的"物"或"精神"的诗性加工，但在本质上，却是将时间空间化了，因为，诗人并非在时间上后于时间，而是首先占据了空间。"诗人就是言者，命名者，他代表着美"。② 因此，逻各斯中心主义与表现说或摹仿说有着逻辑上的内在联系，或者说表现说与摹仿说都是源自逻各斯主义。逻各斯在传统哲学和诗学中充当了"父亲"的角色。

第三节　真理语境中的诗学

真理与艺术的关系一直是西方诗学史上的一个主题。伽达默尔在《美的现实性》中曾说过："对于艺术的正当辩护（Rechfretigung），不仅是一个现实的、而且是一个非常古老的主题。……艺术也有要求真理的权利。"③ 对这一问题的解答，西方古典诗学要么是以真理的名义驱逐诗，要么是以真理规约艺术。而由于艺术真理与艺术真实含义上的交叉，文艺理论的研究至今基本上还只停留在

---

① R. W. 爱默生：《诗人》，《自然沉思录》，上海社会科学院出版社 1993 年版，第 169 页。

② 同上。

③ 转引自宋祖良《拯救地球和人类未来：海德格尔后期思想研究》，中国社会科学出版社 1993 年版，第 314 页。

艺术认识论领域来探讨艺术真实是什么的问题。其论域在三个方面展开：一是创作论领域，认为艺术真实是艺术反映的"事理之真"和"情意之真"；二是在欣赏论领域，认为艺术真实是读者在阅读或欣赏时与作品的真实相契合所得到的真实感受；三是在批评论领域，主张以艺术真实为艺术批评的尺度。这些研究在总体上是属于传统真理符合论的领域，即强调知与物的符合，或是艺术与其反映对象的符合，或是欣赏心理与艺术的符合。它们得出的一些结论对于艺术创作如何免于空泛化和避免艺术与人生的脱节方面是有一定的贡献的。但是，不可置疑的是，这些研究无意中遮蔽了"真理"的形而上学的本义。但是，只有在形而上学的层面上，真理与艺术的关系才有可能得到澄明。因为真理与诗的关系原本就是在形而上学语境中才会发生的问题。

一 真理与诗作为生活方式

艺术真理的话语无疑是哲学催生的产物。我们当然不好将它转述为"真理＋艺术"的话语，但是哲学所言的真理确实对于艺术真理具有时间的在先性，并且规定了艺术领域里论及艺术真理的路向和方式。在哲学史上，最先明确地将追求真理当做哲学的核心问题的是前苏格拉底哲学家巴门尼德。值得注意的是，巴门尼德并不像后来者一样仅把真理当做对事物的一种认识或陈述，而是把真理当做人的真实生活的担保或根据，或者说，真理在他眼里是一种真实的生活方式。他根据正义女神的教导把人的生活区分为两条道路："一条是：所是的东西不能不是，这是确信的途径，与真理同行；

另一条是：不是的东西必定不是，我要告诉你，此路不通。"① 这就是"真理的道路"和"意见的道路"的区分，"真理的道路"通往圆满的、不可动摇的中心，而"意见的道路"则与此相反。巴门尼德主张将追求真理当做人的使命，强调人不要被流变的感性世界所迷惑，被哲学家所攻击。"真理"因而具有了一种生存论的意义，并且一开始就被树立起对"意见"的权威。其必然结果就是，"真理"话语在时间上对于艺术明显是在后的，但在逻辑上却取得了在先的权力。

那么，在诗学中为什么会发生真理的问题呢？由巴门尼德将"真理"视为是人的一种可靠的生活方式来看，真理问题介入诗学至少有两个前提：一是诗被视为与哲学不同的一种生活方式。在柏拉图的《理想国》中，苏格拉底曾问格劳孔是否有哪一个城邦是因为荷马之类的诗人被治理好的，格劳孔承认说从未听说过。苏格拉底就说："荷马对于国家既然没有建立功劳，我们是否听说过他生平做过哪些私人的导师，这些人因为得到他的教益而爱戴他，把他的生活方式留传到后世，象毕达哥拉斯那样呢？据说毕达哥拉斯……他的门徒还在奉行他的生活方式。"② 在苏格拉底看来，荷马与毕达哥拉斯分别代表了两种截然不同的生活方式，这种不同实际上在柏拉图所说的长期存在的"诗与哲学"的论争中就一直隐蔽地存在着。诗与哲学的论争在本质上并不是两种不同文本的比较，而是两种不同生活方式对所代表的生活方式正当性的抢夺。二是艺术

① 《西方哲学原著选读》上卷，商务印书馆 1981 年版，第 31 页。
② 柏拉图：《柏拉图文艺对话集》，人民文学出版社 1983 年版，第 75 页。

中存在着与真理相对而言的谎言。有学者认为在古希腊文学的两个传统——荷马传统和赫西俄德传统——中就已经见出了影响全部希腊诗学的基本对立之一：严格忠于真实与想象偏离真实之间的对立。"古时候的各大传统都接受虚构性，每种传统本身接受虚构性，相互之间也承认来自其他传统的虚构性"。因此，在荷马传统中，真理并非诗的必有之义。品达洛斯说过："在荷马的谎言和幻想中，有着某种令人肃然起敬的成分。"① 因此，"谎言"倒是在艺术一诞生始就合法地存在，并得到了诗人及读者的认可。艺术真实对于神话及"荷马的谎言"并不具有约束力。

作为生活方式而言，诗与哲学对于大众都有一个要求承认的问题。荷马在史诗的开篇向缪斯女神呼求灵感，表明自己的诗作是神赐灵感的结果，这是要求自己的诗作被大众承认。而哲学这种与真理相伴的生活则不仅证明了自己的合法性更期许可以引领大众。苏格拉底也许是一个较好的例证。他的一生都在用对话术启发青年人的智慧，使他们不断地接受真理和认识自我。在苏格拉底看来，哲学的求真其实就是一种生活方式，只有达到"真"才能无惧于变动的世界，因此才有他的"哲学就是学习死亡"的惊世命题。尼采认为苏格拉底用理性扼杀了古希腊悲剧，其意也不在于指责审美苏格拉底是一种文体意义上的悲剧的凶杀原则，而是指责苏格拉底的"理性"生活取代了酒神式的生活。古希腊的诗哲之争其实并不是文体之争，而就是生活方式之争。因为"只要两个渴望承认的人相

---

① 让·贝西埃等主编：《诗学史》上册，百花文艺出版社 2002 年版，第 8、11 页。

遭遇，这样一场生死大战就是免不了的"。① 诗与哲学的上述对立已经注定了，"哲学在其历史中曾经是诗学开端的某种反省而被确立的"②，哲学追求真理的冲动也注定了哲学对艺术加以驯服的欲望。因为"哲学起源于一种试图约束难以驾御的能量，即文学能量的努力"。③

因此，真理话语之所以介入到艺术问题中，主要的原因是进入文明社会的人类希图以理性规约人性中的"天赋"、"激情"、"灵感"等非理性因素。这是人类"进步"的一种方式：人与人自身分离，人与人自己作战。哲学驯服艺术就是要使人过一种合乎真理的生活。而在哲学对艺术的驯服中，我们无疑可以看到福柯所说的"权力"。福柯说过："在我们这样的社会以及其他社会中，有多样的权力关系渗透到社会的机体中去，构成社会机体的特征，如果没有话语的生产、积累、流通和发挥功能的话，这些权力关系自身就不能建立起来和得到巩固。我们受权力对真理生产的支配，如果不是通过对真理的生产，我们就不能实施权力。"④ 福柯的"权力"，它既是有形的，又是无形的；既是显现的，又是隐蔽的。它与"真理生产"有着互为依赖的关系。哲学约束文学的机制也正在于真理与权力的机制中。

---

① 科耶夫：《黑格尔、马克思和基督教》，载科耶夫等《驯服欲望》，华夏出版社 2002 年版，第 13 页。

② 德里达：《书写与差异》上册，三联书店 2001 年版，第 47 页。

③ 马克·爱德蒙森：《文学对抗哲学：从柏拉图到德里达》，中央编译出版社 2000 年版，第 11 页。

④ 《权力的眼睛：福柯访谈录》，上海人民出版社 1997 年版，第 228 页。

由此，艺术真理并非纯粹是艺术与其反映对象间是否相符合的问题，还有更为根本的艺术合法性的问题。后一问题在艺术领域里还更为根本。如此，我们对艺术真理的谈论就不能停留在传统的艺术认识论视域，而是应从达生存论的角度来认识之。由福柯的"权力的眼睛"来看，有关艺术真理的命题应该是："我们为什么对真理如此迷恋？为什么要真理而不要谎言呢？为什么要真理而不要幻觉呢？"①

二、真理对诗的驯服

以真理为预先建构的话语要求来驯服艺术，将艺术纳入理性的框架，是西方古典哲学和诗学的一条主线。简洁地说，柏拉图和亚里士多德对诗的攻击和对诗的辩护奠定了整个西方诗学关于艺术真实的论争。而黑格尔的艺术终结论则使这一话题在传统诗学中达到了顶点。

前苏格拉底哲学家克塞诺芬尼（Xenophanes）在哲学史上较早地将真理与艺术真实联系在一起，其理神论（deism）思想认为："至于诸神的真相，以及我所讲的一切事物的真相，是从来没有，也决不会有任何人知道的。即便他偶然说出了最完备的真理，他自己也还是不知道果真如此。各人可以有各人的猜想。"② 因此，他认为泰坦、巨人和半人半马的怪物，只不过是"从前的编造而已"，并且他还批评荷马和赫西俄德"把人间认为无耻丑行的一切都加在

---

① 《权力的眼睛：福柯访谈录》，上海人民出版社 1997 年版，第 32 页。
② 《西方哲学原著选读》上卷，商务印书馆 1981 年版，第 30 页。

神灵身上：偷盗、奸淫、尔虞我诈"。①可见，克塞诺芬尼对艺术"编造"的批评，主要是通过生产一种非"神"（真理）的话语的策略所达到的。

柏拉图对荷马的指责与克塞诺芬尼如出一辙。如果我们承认柏拉图有关对诗的态度是诗学思想的话，那么柏拉图的诗学则是以取消诗学探索对象的姿态而出现的。而且，"真理与诗"的关系在柏拉图那里也不再停留于生活方式之争了，而是转入到了知识学的层面。柏拉图以其生产的"理念"天平将"真"与"诗"首次搬到了哲学舞台上对决。柏拉图对荷马的最大的不满就是荷马的存在。因为在他看来，其一，艺术是摹仿的摹仿，而"摹仿术和真实距离是很远的"，艺术是和真理隔了三层的知识。其二，艺术具有非道德性。诗人的"作用在于激励、培育和加强心灵的低贱部分毁坏理性部分……摹仿的诗人还在每个人的心灵里建立起一个恶的政治制度"。基于这两个理由，柏拉图建议"拒绝让诗人进入治理良好的城邦"。②在柏拉图看来，非道德性源于艺术不是真理。因此，柏拉图对艺术的谴责实可归纳为一个理由，就是艺术是谎言不是真理。讨论这一说法是否合理是于事无补也是毫无助益的。柏拉图的非诗说暗示了这样一个思想：艺术真实（真理）是艺术合法性的条件。哈贝马斯指出："如果每一种有效的合法性信念被视为同真理有一种内在联系，那么，它的外在基础就包含着一种合理的有效性要求，这种有效性要求可以在不考虑这些基础的心理作用的情况下接

---

① 《西方哲学原著选读》上卷，商务印书馆1981年版，第29页。
② 柏拉图：《理想国》，商务印书馆1986年版，第393、404页。

受批判和检验。"① 如果说对话的平等取决于理想性的情境的话，柏拉图的"对话"明显是不利于"诗"的，他的非诗说就是割裂艺术的合法性与真理间的关系，最终将艺术非法化。

当然，柏拉图的"理想国"是理想的空间，它先于现实的城邦，它赋予现实城邦以秩序，它只是一幅静止的图像。柏拉图将诗人驱逐出理想国说明了理想国无法将时间中的诗真正驯服。这恰恰说明了，实然的诗于理想国而言是一种具有独立性的"他者"，柏拉图将荷马之类的诗人礼貌地送到另一城邦意味着荷马之类的诗并没有被柏拉图规约到"真理"的话语中，也意味着荷马之类的诗与哲学是截然不同的一种写作或生活方式。这可能就是后世诗人在要求诗的独立性或自主性的时候总是回到柏拉图去的原因吧。

但是，柏拉图并非弃诗于全然不顾，而是已经显露了驯服诗的欲望。他虽然把艺术家驱逐出境，但是他从来不曾建议理想国废诗；他要求诗服务于道德，以此来培养城邦卫士，对于诗人"要监督他们，强迫他们在诗篇里培植良好品格形象"。柏拉图这番话可谓是哲学驯服艺术的开端，而其驯服的有效性全有赖于真理的权力。艺术的实然是存在谎言，柏拉图则将真理视为艺术的应然，非如此，则艺术无法在理想国立足。对现实中荷马之类的诗人的无奈以及在理想国内对诗人的监督，使柏拉图将艺术拉来拉去。其对诗学的影响就正如阿瑟·丹托所说的："这场复杂的侵犯是哲学从未有过、以后也未曾见到的意义深远的胜利，自此以后，哲学史便在两种选择中跳来跳去：一是试图作分析，使艺术认识论化，继而诋

① 哈贝马斯：《合法化危机》，上海人民出版社 2000 年版，第127页。

毁艺术;一是允许艺术有一定程度的合法性,即承认艺术做着哲学自身所做的事情,不过做得笨手笨脚而已。"①

亚里士多德加入的是后一种模式。他以一种巧妙和隐蔽的方式在诗学史上第一次将艺术驯服入"真理"的范畴中。首先是以艺术真实论证了艺术的合法性,这种论证既有认识论上的,也有心理学上的。亚里士多德则指出应把哲学理解为"真理的知识",是一门求知的学问。同样,在亚里士多德看来,诗是技术,而"技术是一种以真正理性而创制的品质"。总之,诗所属的"技艺"是灵魂用以追求真理或解除遮蔽的五种方式之一②,也就是说,哲学与诗学在亚氏看来都是有关真理的学问。所以,他说:"写诗这种活动比写历史更富于哲学意味,更被严肃的对待;因为诗所描述的事带有普遍性,历史则叙述个别的事。"③ 如此,亚里士多德就从艺术认识论的角度以艺术的对象的真实纠正了柏拉图对诗的攻击。艺术在心理上造成的效果也不像柏拉图说的是腐蚀人心,而是使"我们一面在看,一面在求知,断定每一事物就是某一事物",让人感到"快感"。这样,亚里士多德就建立起了真理对于艺术行使权力的话语权。"真"是权衡艺术是否合法的标尺。

其次,亚里士多德通过将艺术中的非理性因素置换为理性因素,使艺术被驯服入某种理性主义的话语体系中。美国解构主义叙

---

① 马克·爱德蒙森:《文学对抗哲学:从柏拉图到德里达》,中央编译出版社2000年版,第8页。

② 亚里士多德:《尼各马科伦理学》,中国社会科学出版社1999年版,第126、124页。

③ 亚里士多德:《诗学》,人民文学出版社1988年版,第29页。

事学理论家 J.希利斯·米勒就深刻地看到这一点。他说："亚里士多德认为一部好的悲剧必须自身合乎逻辑，也就是说，其各种成分须与一个单一的行动和意义相关联，这样它们才会具有意义。任何无关的东西都必须排斥在外。这个合理的统一体就是剧本所谓的'逻各斯'。"从逻各斯出发，"我们必须使不合理的东西带有事实上的合理性，必须将不合逻辑之物视为合乎逻辑"。由此，古希腊悲剧《俄狄浦斯王》中的非理性因素就被亚里士多德的"理性"加以了置换，"《诗学》归根结底旨在置换《俄狄浦斯王》，用亚里士多德自己坚信的理性来替代剧中有威胁性的非理性。通过这一置换，亚里士多德可成为（但丁所说的）'智人之王'和西方诗学理论之父"。[①] 应该说，"置换"只是表面现象，亚氏的真正意图是将诗纳入理性主义的话语中，以便能用理性主义话语对艺术进行统治。最后，亚里士多德还将艺术纳入某一学科范型中，使艺术成为某一学科的对象，确立了艺术在学科中的地位。在《分析续论》中，亚氏将知识分为三大类：科学或系统研究知识、生产或制作知识和实践或行为知识。而诗是属于技艺，是生产或制作知识研究的对象。这样，诗便被完全置于某一学科的分析之中。

亚氏对诗及诗学的规训虽然使诗有了合法性的身份，但同时也造成了负面的影响。如果说，诗在柏拉图的理想国之外还有着不为哲学所控制的能量的话，那么，在亚里士多德那里，诗则完全被理性化，被规约到人类的学科体制中。真理或学科对于亚里士多德而言就如古希腊神话中的普罗克拉斯蒂的铁床，将不合于它的尺度的

---

① J.希利斯·米勒：《解读叙事》，北京大学出版社 2002 年版，第 3—5 页。

东西都牺牲掉。诗由于被赋予的真理内涵获得了人类知识体系中的合法性，但也付出了惨重的代价。这就如布鲁姆说："亚里士多德几乎从一开始就把文学毁了。"① 亚里士多德的初衷是为诗歌辩护，但他从真理立场拉拢文学的后果却在一定程度上使文学失去了应有的独立性。

亚里士多德与柏拉图并没有形成尖锐的对立，德国学者策勒（1814—1908）说："只有将他的整个体系看作是柏拉图体系的发展和进步，是由苏格拉底建立、由柏拉图推进的理念的哲学的完成，我们才能理解亚里士多德。"② 在以艺术真实作为艺术合法性的基础，以及通过生产真理话语将艺术驯服，柏拉图和亚氏的方向是一脉相承的。这一倾向在德国古典哲学家黑格尔的思想里达到了顶点。伽达默尔就指出，在黑格尔那里，"一切艺术经验所包含的真理内容都以一种出色的方式被承认，并同时被一种历史意识去引导。美学由此成为一种在艺术之镜里反映出来的世界观历史，即真理的历史"。③ 黑格尔同样把真理（绝对精神）视为是艺术合法性的前提。他说："只有把它和宗教与哲学处在同一境界，成为认为和表现神圣性、人类的最深刻的旨趣以及心灵的最深广的真理的一种方式和手段时，艺术才算尽了它的最高职责。"但是，就与绝对精神的关系来说，黑格尔认为："无论是就内容还是就形式来说，艺

---

① 马克·爱德蒙森：《文学对抗哲学：从柏拉图到德里达》，中央编译出版社2000年版，第10页。

② 转引自蒋孔阳主编《西方美学通史》第一卷，上海文艺出版社1999年版，第405页。

③ 伽达默尔：《真理与方法》上卷，上海译文出版社1992年版，第126页。

术都还不是心灵认识到它的真正旨趣的最高的绝对的方式。"所以，艺术必然由于表现绝对精神的有限性而走向解体。由于绝对精神的自我发展，"一些普泛的形式，规律、职责、权利和规箴，就成为生活的决定因素和重要准则"。而在艺术中"普遍的东西不是作为规则和规箴而存在，而是与心境和情感契合为一体而发生效用"，因此，艺术解体是势在必行的了，"就它的最高的职能来说，艺术对于我们现代人已是过去的事了。因此，它也已丧失了真正的真实和生命，已不复能维持它从前的在现实中的必需和崇高地位"。[①] 可以看出，黑格尔对艺术的驯服并不像柏拉图将艺术驱逐出境，而是以真理整合艺术，最终使艺术成为真理的一个环节，从而否定艺术的独立自主性。

可见，在传统的论域里，"真理"对于艺术而言是一个被建构出来的元话语，艺术的合法性是由"真理"维护的，而不是由艺术经验可以检验与判断的。

三 真理与诗关系的现代转向

将诗驯服入真理的话语体系中，意味着哲学的生活方式逐渐取代了诗的生活方式。即使是美学的兴起，也只是"理性必须找到直接深入感觉世界的方式，但理性这样做时又必须不危及自身绝对力量"的一种策略而已。因为，美学是产生于理性主义话语内部的，"审美预示了麦克思·霍克海默尔所称的内化的压抑，把社会统治

---

① 黑格尔：《美学》第一卷，商务印书馆 1995 年版，第 10、13、14、15 页。

更深地置于被征服者的肉体中，并因此作为一种最有效的政治领导权模式而发挥作用"。① 所以，美学的兴起并没有中断哲学对艺术驯服的努力，相反倒使驯服更加内在化，使真理的权力更加深植于人的内心中。

诗能够摆脱哲学的粗暴侵犯吗？诗与真理关系有其他维度吗？诗就只能被哲学所驯服，它自身就无法证明自身的合法性吗？诗中的真理就只能是被置入，而不是真理自行置入吗？诗本身能成为人的生存的看护吗？海德格尔和伽达默尔关于艺术与真理关系的论述揭示了全然不同于传统真理符合论的内涵，开启了艺术与真理关系的不同维度，同时也使艺术回复到其作为生活方式的本原含义。

海德格尔对真理与艺术关系采取了与传统真理观截然不同的思的路径。

其一，海德格尔重新挖掘了真理作为 aletheia 这一古希腊的本意，称这种真理为 Lichtung，即澄明、林中空地、去蔽。他提出了"真理的本质揭示自身为自由"②，"真理是存在者之为存在者的无蔽状态"。海德格尔的真理观意在颠覆传统符合论真理观，因为真理在他看来并不是"由某个人类主体对一个客体所说出的"，即真理并不是对符合某物的陈述。"自由"也并非传统意义上属人的自由，而是"让存在者存在"，是"绽出的、解蔽着的此之在"，人与自由的关系并不是人把自由占有为特性，而是自由"源始地占有着人"。海德格尔的这种真理观与传统符合论真理观已有本质不同，是一种

---

① 特里·伊格尔顿：《美学意识形态》，广西师范大学出版社 1997 年版，第 3、16 页。

② 海德格尔：《路标》，商务印书馆 2000 年版，第 221 页。

生存论意义上的无蔽论真理观。

其二，关于真理与艺术的关系，海德格尔提出："艺术就是自行设置入作品的真理。""建立一个世界并制造着大地，作品因之是那种争执的实现过程，在这种争执中，存在者整体之无蔽亦即真理被争得了"。① 大地与世界的争执是海德格尔艺术沉思的基本话题，从它的来源看，它起于卢梭的自然与文明的对立。在海德格尔看来，世界是公开的东西，大地是自身关闭的东西。世界建立在大地上，大地贯穿了世界。大地和世界的彼此关联和彼此相对是争执。海德格尔之所以在艺术沉思中让大地和世界争执，"目的是恢复大地的本来面貌，不随意用技术去干涉自然，维护大地的不可侵犯性，维护大地的不可耗尽性和自身关闭性，让大地仍是作为人的居住地的在地"。② 而由于"争执是原始争执"③，在作品中通过大地与世界的争执，实现和完成原始争执，存在者在整体上就被带入无蔽状态，真理由此而发生。因此，作品的作品存在是真理的发生方式之一。如此看来，真理对于艺术并不像传统哲学中超验永恒的真理与经验世界中的艺术的关系，而是，真理就是艺术存在的本体。

其三，荷尔德林诗句中的"人诗意地栖居"是海德格尔关于真理与艺术关系之思的目的。在此，"诗"并非指文学体裁，也并非某种文艺性的活动，而是指古希腊作为人之生活方式之一的诗。海德格尔认为人的非诗意般地居住来自技术的框架，在技术的框架

---

① 海德格尔：《林中路》，上海译文出版社1997年版，第65、29、39页。

② 宋祖良：《拯救地球和人类未来：海德格尔后期思想研究》，中国社会科学出版社1993年版，第169页。

③ 海德格尔：《林中路》，上海译文出版社1997年版，第44页。

里，人成为中心，成为主宰，大地和自然都是人可利用的对象。所以，"在艺术和神话中重建人的居住地，保护人的居住地，这就是海德格尔艺术沉思的真正意图"。① 海德格尔说："作诗建造着栖居之本质。"因为，"作诗首先把人带向大地，使人归属于大地，从而使人进入栖居之中"。② 因此，在海德格尔那里，作诗意谓一种本真无蔽的栖居方式，而栖居的本质也必然是诗意的。

由此，我们看到，诗（艺术）与思（真理）是有明确的本质区分的，但更重要的是有此区分，"诗与思才相遇而同一"，海德格尔认为"同一把区分聚集为一种原始统一性"。③ 如此，本真的诗与思才合一，"一切凝神之思就是诗，而一切诗就是思"。海德格尔对于柏拉图将艺术与真理分裂从而把真理置于艺术之上，或是自称"倒转柏拉图主义"的尼采将艺术置于真理之上都表示了不满。其用意就在于调谐真理与艺术的矛盾，使人之生存能达于无蔽而"诗意地栖居"。

海德格尔"是处在哲学终结和新思想生成之间的过渡人物"④，在真理与艺术这一话题上，得益于海德格尔最多的恐怕就是伽达默尔了。伽达默尔的《真理与方法》就是以对"艺术真理的辩护"为出发点"发展一种与我们整个诠释学经验相适应的认识和真理的概

---

① 宋祖良：《拯救地球和人类未来：海德格尔后期思想研究》，中国社会科学出版社 1993 年版，第 183 页。

② 孙周兴选编：《海德格尔选集》上卷，上海三联书店 1996 年版，第 478 页。

③ 同上书，第 469 页。

④ 陈嘉映：《海德格尔哲学概论》，三联书店 1995 年版，第 378 页。

念"。① 如果说，海德格尔的"存在"还有颇多的神学意味，其对真理与艺术的揭示还让人难以把捉的话，伽达默尔的艺术真理观则将艺术视为真理的经验形式，而艺术中的真理也"只存在于以后对艺术的理解和解释的无限过程中"。如此，艺术的真理就"永远是无法穷尽的，只存在于过去和现在之间的无限中介过程中"。这样，我们也就不可能再有传统哲学中对世界整体的真理，我们可做的就是"对世界采取态度"，即"尽可能地同由世界而来的相遇物保持距离，从而能够使他们如其面目那样出现在我们之前"。② 伽达默尔的意思就是我们只具有关于"相遇物"的真理，而不可能有绝对真理。伽达默尔此举是对海德格尔"真理是非真理"说法的回避，避免了真理与谬误同在的结论，将"真理"视为只在"视界融合"中存在。但是，"真理"既然只在理解和解释的过程中，极端相对主义和多元主义的真理观便同样也有了合理性，后现代主义对真理的解构也就具有了合理性，真理与艺术的关系也就完全被"语境化"，而不再有任何客观的标准来加以权衡。这实际上已经提示了后现代主义对真理解构的趋向。

四 "真理与诗关系"的精神意向

至此，我们可以清晰地看出，真理与艺术的关系在西方哲学史上有两个明显的发展阶段：在古典哲学中，真理是艺术的合法性前提，哲学借真理对艺术加以了驯服；而在后期海德格尔哲学中，真

---

① 伽达默尔：《真理与方法》上卷，上海译文出版社 1992 年版，第 19 页。
② 伽达默尔：《真理与方法》下卷，上海译文出版社 1999 年版，第 566 页。

理则在艺术中才找到自己的家园，艺术反而成了真理的庇护所。关于真理与艺术关系的后一维度，伊格尔顿在《美学意识形态》一书论及海德格尔时就明确地谈到了，"哲学……现在已变得无家可归，四处漂泊，它们寻求着一片蔽身的瓦顶，终至在艺术的话语中找到了安身立命之所。倘若艺术的话语现在要来扮演原先为哲学所扮演的权威性角色——如果它必须回过头来对存在的意义以及艺术的意义等问题加以回答，那么它就必须拓展自己的视野，提高自身的地位，把哲学从其传统的王座上罢黜下去。尼采和海德格尔正是因此而越过马克思与黑格尔的思想而回到了谢林那里——谢林认为哲学在艺术中发展到了极致"。如果说，古希腊诗学是借助"摹仿"这一概念为中介对"诗"加以驱逐或加以驯服，海德格尔则是"以一种先锋派富于反叛性的滑稽摹仿泯灭了艺术与存在的界限"。①

但是，无论真理与艺术在哲学史上以什么维度被关注，我们都看到哲学家对两者的关系都表现了同样的迷恋。那么，在哲学家对真理与艺术关系的迷恋中，是否存在着要解决同一问题的意向？或者说，是什么样的更为根本的问题让哲学如此迷恋真理与艺术的关系问题呢？是否有同一语境让哲学家思考真理与艺术的问题？

前述已指出，真理与艺术的关系问题是两者都是作为生活方式之一种才出场的，真理与艺术之争即在于争夺生存的合法性。由此一视角反观真理与艺术关系问题，我们不难看出，哲学家对真理与艺术关系的迷恋，其真实动机即在于是以真理还是以艺术来引导共

---

① 特里·伊格尔顿：《美学意识形态》，广西师范大学出版社 1997 年版，第 312、309 页。

同体的问题。在此仅以柏拉图和海德格尔作为代表作一分析。

柏拉图对真理与艺术关系的思考语境一般来说并无疑问。因为，其真理与艺术问题是在《国家篇》中被提出的。而"国家"就是"作为人类共同体的基本形态"。柏拉图的《国家篇》的整体意图就在于合乎"正义"的国家如何可能的问题。在柏拉图看来，城邦公民分为三个等级：统治者、武士及农夫、工匠和商人。三个等级只有各守其位，国家才有正义。另外，个人的灵魂也有三种成分：理性、信念和情欲。一个人之正义的前提就是灵魂的三部分各司且只司其职，并且智慧在其中起到"领导的作用"。而诗由于滋养人的情欲，逢迎人心的无理性的部分，于正义的国家不合，由是被柏拉图驱逐出理想国了。总之，"柏拉图整个关于国家的对话的关键性的认识就是：'哲学家必然地要成为统治者'。"海德格尔就此指出了："这话的意思并不是说：应当由哲学教授们来领导国家，而是说：承担和规定着共同体的基本行为方式必须建立在本质性的认识基础之上，前提条件当然是，这个共同体作为一种存在之秩序是建立在自身基础上的，而不是要从另一个秩序中接受其尺度的。"① 就柏拉图对艺术有保留的驱逐来看，"在共同体范围内并且对于共同体来说，艺术在功能形式上和行为方式的等级秩序上并不占有最高的地位"。② 因此，诗与真理的关系，在柏拉图眼里，是由诗与共同体的关系来确立的。与其说柏拉图是从哲学的眼光，不如说是从政治哲学的眼光来驱逐诗的。因为，哲学与政治在柏拉图实

---

① 海德格尔：《尼采》上卷，商务印书馆 2002 年版，第 183 页。

② 同上书，第 185 页。

是二而一。这就如柏拉图自己所说的，要"使得哲学和政治这两件事情能够结合起来，而把那些现在只搞政治而不研究哲学，或者只研究哲学而不搞政治的人排斥出去，否则我们的国家就永远不会得到安宁，全人类也不会免于灾难"。① 这一点在哈贝马斯的《后形而上学思想》中也有过精到的评论，他针对古代的"理论生活方式"提出：

> 哲学则把沉思的生活，即理论生活方式当作拯救途径。理论生活方式居于古代生活方式之首，高于政治家、教育家和医生的实践生活方式。由于成为了一种示范性的生活方式，理论本身也深受感染；它替少数人打开了真理的大门，对大多数人而言，这扇门却一直都是关闭的。理论要求放弃自然的世界观，并希望与超验事物建立起联系。②

可见，柏拉图关于真理与艺术问题的论述并非是纯粹学术兴趣，它完全是在政治哲学的领域内展开的。柏拉图也没有纯粹的诗学，诗学对他而言就是政治学、就是伦理学。合乎正义的共同体是其理想，也是其诗学表征出的真正意图。

海德格尔既然注意到了柏拉图对真理与艺术关系的思考是在共同体的语境中进行的，他自己是否也是如此呢？就海德格尔自己的表述而言，他并未想发展出一种政治哲学，就如他对荷尔德林诗的

---

① 转引自《古希腊罗马哲学》，三联书店 1957 年版，第 231 页。
② 哈贝马斯：《后形而上学思想》，译林出版社 2001 年版，第 31—32 页。

阐释也不是一种美学或伦理学一样，所有一切只是"出自思之必然性"。然而，正如理查德·沃林已经指出的，这"并不意味着他的思考中完全没有系统的政治哲学反思"。而且，在海德格尔的思之中，"政治哲学的思考基本上采用为作为历史—本体论真理的主要载体的国家辩护的形式。所以，国家在存在者的无蔽过程中扮演着一种不可缺少的元本体论的（meta—ontological）角色"。从本书关心的话题来看，海德格尔首先将国家也视为真理发生方式之一，"真理发生的另一种方式则是缔造政治国家的行动"。其次，海德格尔还将国家视为"一切作品成为作品的作品，一切无蔽和所有人的现世关系的历史前提，也是一切将真理设置入作品不可或缺的先决条件"。他说："人本身的此在之基地与处所，所有这些路的交汇处即 Polis。……这个 Polis 是历史境遇，是这个此，历史就在这个此中，从这个此中并为这个此而出现。属于此历史境遇中的有诸神、神庙、祭司、节日、演出、诗人、思想家……"如此，就可见出，在海德格尔的思想里，"国家"有着本体论的优先地位，国家与艺术作品虽然都是把真理设置入作品，但是，国家是总体艺术品，在其中"一切其他的亚作品都承担了各自预先规定的角色"。因此，海德格尔对于真理与艺术关系的兴趣指向在于坚持"诗必须再次成为史诗，它必须支配和决定着一个民族的历史性"。因为，在他看来，"一个民族此在的真理，最初乃是由诗人奠定的"。①

沃林对海德格尔的分析虽不无偏激之处，但大体还是合乎海德

---

① 本段引用了理查德·沃林对海德格尔政治思想的分析。请参阅理查德·沃林的《存在的政治：海德格尔的政治思想》第四章，"国家社会主义的内在真理和伟大"，商务印书馆 2000 年版。

格尔的思想指向的。就海德格尔本人的表述而言,他主张"思"实际上也就是提倡一种能亲近本原存在的生活方式。他认为"当今人类在逃避思想",采用的是一种"计算性思维","不是思索在一切存在者中起支配作用的意义的那种思想"。① 人如要返回"故乡",就需采取一种"对技术世界既说'是'也说'不'的态度:对于物的泰然任之"。这种泰然任之是与"对于神秘的虚怀敞开是共属一体的"。② 伊格尔顿认为这是"一方面是对客体的一种丰富的感受,另一方面在存在的神秘力量面前它又显出一种谦卑的恭顺"。因此,海德格尔思想中的真理与艺术关系问题根本不是艺术问题,而是"一种与世界的联系方式"。③

当然,共同体并不是一个抽象的概念,而是具有其历史的具体性。柏拉图的理想国与海德格尔的"国家社会主义"都有着其历史的局限性。从这一意义上说,人是始终无法提出超出人类共同体这一问题的。后现代主义将真理置于语境中加以理解,认为真理就是由促进共同体中的个人和促进共同体整体的福利的基本规则组成的,从面相上看这与传统形成了断裂,但它们在精神上却是一脉相承的。有所变化的只是个人或时代的旨趣。真理和艺术的关系问题必定还会在不同的时代不断被更新。

---

① 孙周兴选编:《海德格尔选集》下卷,上海三联书店 1996 年版,第 1232—1233 页。

② 同上书,第 1239—1240 页。

③ 特里·伊格尔顿:《美学意识形态》,广西师范大学出版社 1997 年版,第 312 页。

第四节 正义语境中的诗学

说到正义，我们首先想到的大概是政治哲学、道德哲学、法律等学科领域中的正义观念。传统的正义观念一般都各执千秋，像在道德哲学里，"这些正义概念相互间在许多方面都处于鲜明的对峙之中。有些正义概念把应得概念作为中心概念，而另一些正义概念则根本否认应得概念与正义概念有任何相关性；有些正义概念求助于不可转让的人权，而另一些正义概念却求助于某种社会契约概念，还有一些正义概念则求助于功利标准"。①

本章主要在"正义"一词的古希腊语的原意基础上按照形而上学来运用"正义"这一术语，从而分析出正义是如何影响了传统诗学的建构的。

一 "正义"之原初含义

按当代美国伦理学家麦金太尔对"正义"一词的语源考辨，表达"正义"的有两个希腊语词 dikē 和 themis，dikē 的词根是动词 deiknumi，意指"我表明"、"我指出"，themis 的词根是动词 tithēmi，意指"我提出"、"我制定"，所以，dikē 指划分（划定）出来的东西，而 themis 是指制定出来的东西。"而且，这些名词与这些动词是相

---

① 麦金太尔：《谁之正义？谁之合理性？》，当代中国出版社1996年版，第1页。

联系的，以至于我们所要处理的不仅仅是已经固定的词源学，而且是在大量日常生活言谈中预先假定宇宙秩序之本性的那种方式"。①麦金太尔还提道：

> 自从荷马史诗第一次被翻译成英文以来，荷马史诗中的"dikē"这个词便一直被译为"正义"（justice）。但是，在现代说英语的社会里，有关如何理解正义的问题已经发生了各种变化，这些变化使得这一翻译越来越容易引起误解。……无论是荷马本人，还是他所描绘的那些人，对"dikē"的使用都预先假设了一个前提，即宇宙有一种单一的基本秩序，这一秩序既使自然有了一定的结构，也使社会有了一定的结构。②

在此大量引用麦金太尔的考证无非是想表明，"正义"的原初含义是指"预先假定宇宙秩序之本性的一种方式"。它至少包含以下几个层面的意思：

1. "正义"是古希腊对于宇宙大全的形而上学之思。海德格尔就指出了，把希腊词'dikē'翻译成"正义"是错失了其本真的含义，因为，"正义"这个说法就被置入了道德领域，或单纯法律领域。"可是，dikē 却是一个形而上学概念，原不是一个道德概念。它在一切存在者合乎本质的安排角度命名着存在。诚然，dikē 正是通过柏拉图哲学而招来了道德意味；但更为必要的事情是，我们要

---

① 麦金太尔：《谁之正义？谁之合理性？》，当代中国出版社 1996 年版，第 20 页。
② 同上书，第 19 页。

一并抓住其形而上学意义"。① 如果说古希腊哲学对于宇宙本原的追问得出的答案有所不同的话，那么，他们在宇宙是一个完整的统一体这一点上是并无分歧的。古希腊形而上学的本体论思想也就是要在永恒流变的世界中寻求永恒的不变的本体，世界万物皆由此生发。因世界万物皆由某一本体而来，因此，古希腊本体论哲学在寻求本体的同时也就预先假定了永恒流变的世界是一个有机的整体，而不是像神话中所说的处于"卡俄斯"（Chaos）的纷乱无序状态。

2. 正义观念所假定的秩序是按等级秩序化的秩序。像宇宙、城邦、公民以及城邦的统治者、武士、生产者还有个人的理性、激情和欲望在正义观里面分别有着不同的等级上的价值。某一因素在秩序中如不守本位，就是侵犯了正义。而如果能够按自己在秩序中的位置做自己的事，就是具有美德。

3. 正义观念具有实践指向。正义两个词根的"我表明"、"我制定"等意思就标明了"正义"虽是人对于宇宙大全秩序的命名，但反过来，正义观念又是一种命令。"正义"虽首要的是一种形而上学之思，但它反映出来的是人类的一种理想指向，在"正义"观念的具体运用中，人们往往会将之世俗化，而使正义有了道德意味。在此含义上，正义含义相当于"正当"。如柏拉图在《理想国》中就不断地借苏格拉底的谈话指出："我们每一个人如果自身内的各种品质在自身内各起各的作用，那他就是正义的，即也是做他本分的事情的。"② 另外，海德格尔也认为尼采的"公正"（即正义）观

---

① 海德格尔：《尼采》上卷，商务印书馆 2002 年版，第 182—183 页。
② 柏拉图：《理想国》，商务印书馆 1986 年版，第 169 页。

念有此含义："公正乃是正当的东西的统一联系——所谓'正当的'（recht），即 rechtus，就是'正直的东西'，可口的东西（Mund—gerechte），就是为某人所接受、适合于某人的东西。公正就是指引着正确方向的东西和被同化到这个方向中的东西的统一联系。还有所谓定向，就是对一个方向的指定以及向这个方向的指引。"① 这表明，正义观后面有着强烈的人的主体性因素。人对宇宙秩序的假定，其目的最终还是在于解决属于人的问题，如人类共同体、人的行为、人的道德等问题。

简言之，正义在古希腊是对宇宙秩序、城邦各社会等级及个人灵魂各个部分之间"应当"和谐的一种预设方式。这一"预设"是对宇宙秩序的认识结果，它源于一种本体论的思想而有着价值论的内涵，因此，是本体论、认识论、价值论思想的交集体。以"正义"为预设的诗学毫无疑问都会将其价值指向于社会秩序和人心秩序的建构。

二　正义之为诗学前设

正义与诗之间的关系，我们可以从柏拉图在《理想国》中的一段话清晰地看出。正义对于柏拉图来说，实际上是分析诗的逻辑前提。柏拉图的艺术问题是在《理想国》"这篇关于国家的对话的主导问题的语境中"② 出现的。柏拉图在对诗进行攻击之前，他一直在分析正义的城邦及现实城邦衰落的原因。《理想国》卷十就直接

---

① 海德格尔：《尼采》上卷，商务印书馆 2002 年版，第 621 页。
② 同上书，第 185 页。

谈道：

> 我们一定先要找出正义是什么，正义对正义的持有者有什么好处，无论别人是否认为他是正义的。弄清楚这个以后，我们才能在关于人的说法上取得一致意见，即，哪些故事应该讲，又怎样去讲。①

柏拉图诗学本质上是正义背景下的诗学。比勘柏拉图的正义观和诗学在《理想国》的先后出场顺序，我们晓得，正义是诗学的先行的预设。简白地说，正义的国家和正义的人先于诗学观念，这种"先于"的基础即是柏拉图对于合乎正义秩序的城邦及和谐人性的构造，可以说就是基于正义论上的人学思想。而关于"人论"，卡西尔曾提道："每一个思想家都给予我们他自己关于人类本性的描述。所有这些哲学家都是彻底的经验主义者：他们总是告诉我们事实而且也仅仅限于事实。但是他们对经验证据的解释却从一开始就包含一个武断的假定……每一种理论都成了一张普罗克拉斯蒂的铁床，在这张铁床上，经验事实被削足适履地塞进某一事先想好了的模式之中。"② 卡西尔提到的"模式"在我们看来就是"正义"的模式。海德格尔说："在历史上，话语往往比事物和行动更强大。"西方精神世界以及一般世界的形态构成，在很大程度上是取决于形而上学这个词语及其历史的强力和统治地位。③ 正义在古希腊作为一

---

① 柏拉图：《理想国》，商务印书馆 1986 年版，第 94 页。
② 卡西尔：《人论》，上海译文出版社 1985 年版，第 28 页。
③ 海德格尔：《尼采》上卷，商务印书馆 2002 年版，第 439 页。

种宇宙预设方式在历史上独立为一种话语，并参与了对西方精神世界的形态构成。如果说，诗学属于人类的精神世界有机组成，那么，它的形成与历史恰恰就是受到了正义论建构的结果。

柏拉图的诗学最能凸显上述思想。艾布拉姆斯说：柏拉图著作中的那些对话"只有一个可能的趋向，也只有一种结果，那便是人的完美境界，因此艺术问题决不可能与真理、正义和道德问题截然分离"。[①] 伽达默尔也指出了，对柏拉图驱逐诗人的真正理解必须与他对理想国的设想和教育规划联系起来才有可能。[②]《理想国》中柏拉图的苏格拉底是在同许多人讨论了正义的语境中才讨论诗的问题的，因此，很容易看清柏拉图的正义观是如何影响了他的诗学观念的。在柏拉图看来，正义就是城邦（理想国）或灵魂的每一部分都"做其天性最适合的工作"，一个人正义的前提是其灵魂的三部分（理性、激情、欲望）各司其职且只司其职，而一个城邦的正义前提则在各等级（生产者、武士、统治者）都只做自己的工作。在此意义上，正义与中和是同义的，如柏拉图在《会饮篇》同时提到这两个词："最高美的思想和智慧是用于齐家治国的，它的品质通常叫做中和与正义。"[③] 另外，在柏拉图看来，灵魂的三部分各司其职就意味着其理性部分具有智慧且居于统治地位，而且作为理性的服从者和同盟者的激情部分有助于理性抑制欲望的无限膨胀。

柏拉图对于艺术优劣的评价依据也就建立在艺术与正义的关联

---

① M. H. 艾布拉姆斯：《镜与灯：浪漫主义文论及批评传统》，北京大学出版社2004年版，第7页。

② 伽达默尔：《伽达默尔论柏拉图》，光明日报出版社1992年版，第43—80页。

③《柏拉图文艺对话集》，人民文学出版社1983年版，第269页。

上。艺术是否有价值全凭它是否能教育公民成为正义的个人。"把重点放在教育上，这是柏拉图正义观的逻辑结果。如果正义是使社会和谐一致的社会伦理原则，如果它就在于社会中每个成员都恰当地履行特定的职责，那么社会为了它自身的协调，必定向它的成员灌输它自己的原则；为了它自己的卓越，它又必定培养它的成员卓越地去履行职责"。① 柏拉图对艺术的分析基本上都是在谈论国家公开教育体制里展开的。如他非常重视音乐的教育作用，认为"节奏与乐调有最强烈的力量浸入心灵的最深处"，从而使心灵美化，而其原因就在于，当人在"理智还没有发达的幼年时期，对于美就有这样正确的好恶，他就会亲密地接触理智，把她当作一个老朋友看待，因为他过去的音乐教育已经让他和她很熟悉"。② 即是说，音乐使人接近理智，有利于塑造正义的人。而对于诗歌，柏拉图认为它是理念的影子的影子，与真理隔了三层，因此它几乎没有什么认识价值，加上它总是诱导情欲放纵导致理性的迷乱，因而诗歌只会造成人格的不和谐。而诗歌的这一缺陷原因在于诗人对于人的看法没有以正义性质为前提，"他们说的许多事例可以表明许多不正义的人是幸福的，而许多正义的人遭受不幸，还说不正义的行为只要不被发觉就有利可图，正义是对他人有利，对自己有害"。③ 由于灵魂与国家在柏拉图思想里是彼此的镜像，因此，诗歌逢迎人性中的低

---

① 厄奈斯特·巴克：《希腊政治理论：柏拉图及其前人》，吉林人民出版社 2003 年版，第 254 页。

② 《柏拉图文艺对话集》，人民文学出版社 1983 年版，第 62—63 页。

③ 柏拉图：《理想国》，《柏拉图全集》第二卷，人民出版社 2003 年版，第 356 页。

劣部分，实质也就是破坏城邦的正义。如此，柏拉图拒绝让诗人进入治理良好的城邦。

大多学者在谈到柏拉图对诗的非难时都认为这是柏拉图对诗的政治的、伦理的和心理学上的指责。这种说法固然没错，但忽视了一个隐蔽在柏拉图思想中的最基本的问题，即柏拉图的理想国是"无论在希腊还是在希腊以外的任何地方都是很难找得到的"或是"在地球上是找不到的"[①]，柏拉图构建的"是一个"的国家，而不是"似乎是一个"的国家，它是一种城邦正义的原型，而非现实政体。"理想国是一个有结构的理想空间，其本质正是城邦的'空间性'特征"。也就是说："理想城邦是纯粹空间性的结构，是纯粹原则的聚合，它不是在时间中的，因此，我们无法去讨论它的经验的实在性，无法用一种动态和过程的眼光去看它。……对柏拉图的'言说'，操作性不是一个要求。"[②]

柏拉图的诗学可以说奠定了西方传统诗学的基础，从而使之成为西方诗学的"上文"强行规范了西方传统诗学的"下文"。怀特海说两千多年来的西方哲学是柏拉图的一系列注释，我们也可以说，两千多年来的西方诗学也是柏拉图的一系列注释。当然这并不是说，西方传统诗学的结论与柏拉图一致或无冲突，而主要是指柏拉图的诗学奠定了西方传统诗学的理论框架、入思方式及提问方式。海德格尔认为自古希腊至尼采的全部西方思想都是形而上学的

---

① 柏拉图：《理想国》，郭斌和等译，商务印书馆 1986 年版，第 137、386 页。

② 洪涛：《逻各斯与空间：古代希腊政治哲学研究》，上海人民出版社 1998 年版，第 254—258 页。

思想，尼采哲学则是西方形而上学的终结。① 海德格尔还说尼采哲学是"倒转过来的柏拉图主义"②，"倒转了的柏拉图主义"还是柏拉图主义，只不过它是返回到希腊思想的开端，并且使形而上学的追问所构成的那个圆球闭合起来，穷尽了柏拉图主义的可能性。因此，"公正"（即正义）仍是尼采形而上学五个基本词语中的一个。③"尼采以'公正'一词指的是什么呢？说到'公正'，我们立即会把它与法律和判决、与品德和道德联系起来。但对尼采来说，'公正'一词既没有'法律上的'含义，也没有'道德上的'含义；而毋宁说，它指的是那个承担和完成［符合］之本质的东西"。④ 尼采的公正"排除一切传统的公正观念，一切来自基督教的、人道主义的、启蒙运动的、资本主义和社会主义的伦理的公正观念"。⑤ 尼采一反传统，将艺术置于真理之上，认为"艺术比真理更为价值"。这一诗学思想应该说也就是建立在形而上学思想基础上，或者说是其形而上学思想的一种体现。

如果说，海德格尔的断言"自柏拉图直到尼采，西方哲学的历史就是形而上学的历史"⑥ 是正确的话，西方传统诗学无疑也一直是形而上学参与的历史。形而上学的正义观一直是西方传统诗学的

---

① 海德格尔：《尼采》上卷，商务印书馆 2002 年版，第 469、454 页。

② 同上书，第 221 页。

③ 海德格尔认为尼采形而上学五个基本词语是：强力意志、虚无主义、相同者的永恒轮回、超人、公正。参见海德格尔《尼采》下卷，商务印书馆 2002 年版，第 889—963 页。

④ 海德格尔：《尼采》上卷，商务印书馆 2002 年版，第 620 页。

⑤ 海德格尔：《尼采》下卷，商务印书馆 2002 年版，第 955 页。

⑥ 同上书，第 852 页。

逻辑前设。换言之，传统诗学有着隐蔽的正义品性。

三 诗对生活之正义

当然，柏拉图诗学的正义品性是以非诗说的面貌出现的，在他看来，正义并非诗之必然，而是人及城邦之应然。因此，对柏拉图诗学的理解，要有一个整全的观念，即要从他对城邦的正义性规定这一整体思想出发。很有意思的，柏拉图的非诗说，借用的是诗的形式所表现出来的。他的著作采用的对话形式本身就是一种哲学戏剧：自己完全隐身，在对话中，将思想委托给一个或多个人物。柏拉图的对话展现了这样一种信念：对话可以达至对真理的理解和对人之正当生活方式的理解。

柏拉图对"对话"的信赖也许潜在的影响了其弟子亚里士多德，让亚里士多德在诗与历史的比较中倾向于诗的力量。不过，柏拉图是以充满激情的方式来探讨正义之城邦，而亚里士多德则代之以冷静的科学的方式了。如果说，柏拉图界定了正义的形而上学品性，使正义城邦成为一种批判现实政治的标准的话，那么，亚里士多德的科学理性则以"自然"转换了柏拉图的"正义"，他的思想"包含着对公正的贬低，亦即将公正贬低为政治活动的动机和政治分析的要素"。① 不过，就艺术问题而言，亚里士多德虽然消解了艺术与超验秩序（正义）的关系，但是却以一种学科分类的方式确定了艺术在人类活动中的地位，使艺术成为一种与现实相对而言不同

————————

① 列奥·施特劳斯等主编：《政治哲学史》上册，河北人民出版社 1988 年版，第 133 页。

的"形式"。这为在理论上确立艺术对生活的正义性奠定了基础。亚氏使艺术摆脱了超验正义的制约,但却使"正义"降格到艺术这一形式,从而赋予艺术对生活及对读者的权威性。

1. 艺术对生活的正义性

艺术与生活、艺术与非艺术的界限在传统诗学中往往显得非常清晰,如柏拉图视艺术是"摹仿的摹仿""影子的影子",与理念世界隔了三层,也就是说艺术不同于非艺术的物质客观世界,它只是后者的摹仿。亚里士多德则区分了诗与历史,诗"描述可能发生的事",而历史则"叙述已经发生的事"。[①] 到 19 世纪德国古典时期,黑格尔还说:"艺术的目的是要在内容和表现两方面都把日常的琐屑的东西抛开,通过心灵的活动,把自在自为的理性的东西从内在世界揭发出来,使它得到真实的外在形象。"[②] 虽然柏拉图与亚里士多德和黑格尔对艺术的态度不同,但在将艺术与非艺术、艺术与生活剥离开来这一点上则是完全一致的。那么,艺术是借什么超越了非艺术而获得正义呢?

就艺术对非艺术的正义来说,主要是"艺术形式"。此处所指的艺术形式是指艺术作为形式而言,而非艺术中的形式。[③] 艺术中的形式是指与内容相对而言的内容的一种表现方式,而艺术作为形

---

① 亚里士多德:《诗学》,人民文学出版社 1988 年版,第 29 页。

② 黑格尔:《美学》第一卷,商务印书馆 1995 年版,第 365 页。

③ 形式概念的含义在西方主要有四种,基本上都源于古希腊:毕达哥拉斯学派的"数理形式",柏拉图的"理式",亚里士多德"四因说"中与"质料因"相对而言的"形式因",贺拉斯的与"合理"相对而言的"合式"。这四种形式概念,是整个西方形式美学原初本义和简化形态。参见赵宪章主编《西方形式美学》,上海人民出版社 1996 年版,第 9—12 页。

式的形式则是艺术的存在方式。亚里士多德的《诗学》是西方第一部将诗的艺术作为形式展开系统研究的美学著作，亚氏对形式概念的使用有两个不同的层面。一是相对质料而言的形式，在他看来，质料、形式、动力、目的是事物产生变化和发展的四种内在原因，这四因实归结为"二因"，即质料因和形式因，动力因和目的因都可归属于形式因。质料因是事物的原始质料，即"事物所由形成的原料"①，而形式因是事物的本质、定义、存在、现实，因为"事物常凭其形式即名，而不以物质原料即名"。② 二是具有先验独立性的形式，即形式在先的思想。在谈到人工制品时，亚氏说："关于制造过程，一部分称为'思想'，一部分称为'制作'——起点与形式是由思想进行的，从思想的末一步再进行的功夫为制作。"③ 亚氏还说："意想就是技术就是形式。"④ 也就是说，人工制品是由一个观念形态在先的形式所派生的。诗与艺术作为"创制"同样也有个形式在先的问题。在传统诗学中，"博物馆"一直是艺术的一种隐喻与象征，"这种观念认为，为了认识现实，人必须站到现实之外，在艺术中则要求画框的存在和雕塑的底座的存在。这种认为艺术可以从它的日常环境中分离出来的观念，如同科学中的客观性理想一样，是一种文化的积淀"⑤（伯恩海姆语）。由此，雨果提出："艺术从绝对之中演绎而出，在艺术中就像在绝对中一样，只要目的正

---

① 亚里士多德：《形而上学》，商务印书馆 1959 年版，第 84 页。

② 同上书，第 143 页。

③ 同上书，第 137 页。

④ 同上书，第 139 页。

⑤ 转引自《艺术的未来》，王治河译，北京大学出版社 1991 年版，第 98 页。

确，手段也无可非议。我们顺便说一句，在艺术里正有一种对于世俗的普通法则的违抗……"。① 法兰克福学派代表人物马尔库塞将艺术的这种作用干脆称为"形式的专制"，他说："一出剧，一部小说，只有借助能'溶合'和升华'素材'的形式，才能成为艺术作品……在艺术作品中，这个'素材'已脱离了它的直接性，成为某种具有质的差异的东西……内容已被作品的整体改变了，它的原意，甚至会被转化成相反的意味。这就是'形式的专制'。形式的专制是指作品中压倒一切的必然趋势，它要求任何线条、任何音响都是不可替代的。"② 很明显，艺术形式对于现实来说，是"达到反抗性升华的手段"③，而对于艺术本身来说，则是"艺术本身的现实，是艺术自身"。④ 总之，艺术对现实的反抗，对生活的正义，正是出于艺术形式，"艺术正是借助形式，才超越了现存的现实，才成为在现存现实中，与现存现实作对的作品"。⑤

2. 艺术对读者的正义性

艺术虽然是对生活的摹仿，但无疑它采取的是与生活不同的一种形式。正是出于这种看法，艺术对读者才有意义可言。亚氏视"诗"的意义与目的在于"知"，追求文本意义的确定性，把读者看作是一个需要指导和教育的被动者。这种读者理论隐含了一个前提：文本与读者具有无可争议的可公度性。传统诗学就是从文本与

---

① 雨果：《雨果美文集》，中央编译出版社 2003 年版，第 90 页。
② 马尔库塞：《审美之维》，三联书店 1989 年版，第 235 页。
③ 同上书，第 236 页。
④ 同上书，第 120 页。
⑤ 同上书，第 121 页。

读者的可公度性出发，要求读者的参与，而且文本对于读者是居高临下的态度，类似于传统哲学中"哲学家的声音永远居高临下地要求谈话的其他参与者洗耳恭听"[①]（罗蒂语）。如此，文本永远是第一位性的，而读者永远是第二位性的。文本要求读者的只是理解，而不是创造。亚里士多德将悲剧功用定义为"借引起怜悯与恐惧之情来使这种情感得到陶冶"，而这两种情感又是如何引起的呢？亚氏说"怜悯是由一个人遭受不应遭受的厄运而引起的，恐惧是由这个这样遭受厄运的人与我们相似而引起的"。可见，亚氏把悲剧—读者的关系视为一个单向的线性作用关系。他说悲剧情节不应写"好人由顺境转入逆境"、"坏人由逆境转入顺境"，也不应该写"极恶的人由顺境转入逆境"，而只有"摹仿比我们今天的人好的人"由顺境转入逆境才会引起"怜悯与恐惧之情"。由此，亚氏便人为地将文本与读者加以了剥离，使两者成为主动与被动的关系。怜悯与恐惧之情一经引起得到陶冶，对悲剧的理解活动便终止。

亚氏这一思想无疑受到了知识论哲学的影响，把文本与读者关系理解为"刺激—反应"的关系。文本是刺激读者的独立主体，而读者却成了要产生怜悯与恐惧之情的客体。这种读者理论的明显缺陷就如马克思批评的旧唯物主义一样："对对象、现实、感性，只是从客体的或者直观的形式去理解，而不是把它们当作感性的人的活动，当作实践去理解，不是从主体方面去理解。"[②] 传统诗学就这样把理解活动的起点与目的规定为"作品"，走的是一条理解的循

① 转引自王治河《扑朔迷离的游戏：后现代哲学思潮研究》，社会科学文献出版社 1998 年版，第 54—55 页。

② 《马克思恩格斯选集》第一卷，人民出版社 1995 年版，第 54 页。

环道路：悲剧应该描写好人由顺境转入逆境才会引起怜悯与恐惧之情，而怜悯与恐惧之情的引起是由于作品描写了好人由顺境转入了逆境。也就是说，悲剧应该描写什么要由它引起什么情感来决定，而怜悯与恐惧之情的引起又要由悲剧描写了什么来决定。

很明显，读者需要接受教育是基于一个政治哲学上的设定的：并非人人都是"好人"，都是合乎正义的人。因此，柏拉图与亚里士多德的艺术教育理论是为他们的城邦教育服务的。柏拉图的音乐教育是针对城邦中的武士这一阶层的。在他看来，音乐文艺教育之所以紧要，就在于"一个儿童从小受了好的教育，节奏与和谐浸入了他的心灵，在那里牢牢地生了根，他就会变得温文有礼；如果受了坏的教育，结果就会相反"。① "因此我们必须寻找一些艺人大匠，用其大才美德，开辟一条道路，使我们的年轻人由此而进，如入健康之乡；眼睛所看到的，耳朵所听到的，艺术作品，随处都是；使他们如坐春风沾化雨，潜移默化，不知不觉之间受到熏陶，从童年起，就和优美、理智融合为一"。② 亚里士多德同样也重视艺术的教育作用，在《政治学》中他就提出了，在"实践"与"理论"两种生活方式之间，后者是居于较高的地位的，而教育的宗旨即在于使人们"更善于闲暇与和平的生活"，音乐艺术恰恰能起到教育、被除情感（卡塔西斯）、操修心灵的作用。③

因此，柏拉图和亚里士多德对艺术的重视，是属于其政治哲学的有机组成部分的。艺术的价值在于培养正义的人与建设正义的国

---

① 柏拉图：《理想国》，商务印书馆1986年版，第108页。

② 同上书，第107页。

③ 亚里士多德：《政治学》，商务印书馆1983年版，第388、430页。

家。而他们对艺术的教育功能的强调，其实是隐含着这样一个思想前提的：人生性具有道德的欠缺，并非人人都有平等地成为"好人"的能力。柏拉图的城邦与灵魂有着对应的关系，统治者、武士、生意人分别对应于人类灵魂中的理性、激情和欲望。其中，只有智慧者才是真正正义的，激情和欲望对于正义都有着破坏的作用，而艺术教育的目的就在于达到节制，"达到对美的爱"。亚里士多德则认为人的灵魂有两个不同部分：一为内涵理性（又分为实践理性和理论理性），一为内无理性。这两部分具有尊卑之别，具有理性的部分是较高较优的部分，理性中理论理性又高于实践理性。由是，亚氏将人生至高的目的视为是"操修理性而运用思想"。① 如此，我们不难看出，人生性有欠缺以及艺术能改进人的灵魂是艺术价值论思想中的一体两面。

尽管柏拉图与亚里士多德的诗学都将艺术的价值定位于对城邦公民的教育，但其最终旨归是不同的，对后世诗学也有着不同影响。柏拉图对诗有所驱逐也有所保留，他所要求的诗是有着终极价值的诗。因此，柏拉图是所要达到的最终目的是要"拯救灵魂"，其艺术教育是要使人的灵魂最终能摆脱肉体的枷锁，他的思想表面上看是唯心的，但充满着一种要超越当下物质现实的形而上学的精神意向。而亚氏则将诗的作用视为求知与"净化"，这在一定程度上消解了柏氏的超验色彩，使诗的价值降低到对人的当下心理的作用。但是，无论这两位师生有着多大的分歧，其诗学的价值指向都是为了能让人心秩序得以安定，从而使人合乎一种正义的人，在这

---

① 亚里士多德：《政治学》，商务印书馆 1983 年版，第 395 页。

点上则是相同的。

四　诗学建构之正义性

基于读者是需要受教育的这一基本设定，诗学在建构自身的时候往往会有着正义品性，即诗学建构就是一种正义行为。有学者指出："任何文学理论都不只是对文学现象的一种解释和说明，它总是这样那样地带有理论家自己倡导的性质"①，此语可谓说到了诗学的根本，从正义的视域看来，理论家的"倡导"对于诗学而言是更为根本的，诗学对文学现象的解释和说明往往是其所"倡导"理论的附带产品。而"倡导"，就其本质而言就是规范，就是立法，就是以诗的"应然"置换诗的"实然"。换言之，诗学对于诗采取的往往是"命令语式"。是"提出"和"制定"，即是正义之行为。国内有学者已经指出了，我国古代文论与西方诗学在这一点上具有共同的本质。"文论诗学与诗文的关系是'指令性'的，它不管诗本身如何，而不停地对诗文说，'你应该这样，应该那样'。文论诗学的工作是为诗文立法，而不是从诗文的事实本身出发去描述这一事实。为此，中西文论诗学的'价值论陈述'掩盖了'诗的事实'，也妨碍了对这一事实的揭示"。② 传统诗学无论是受柏拉图影响还是受亚里士多德影响，都有着这方面的特点。这可以说是形而上学对理性信仰的必然结果。

费耶阿本德说过："早期西方理性主义者发明的不是证据，而

---

① 王元骧：《文学原理》（修订本），广西师大出版社 2002 年版，第 3 页。
② 余虹：《中国文论与西方诗学》，北京三联书店 1999 年版，第 130 页。

是一个不仅轻视并明显个人因素的专门和标准化的争论形式，作为回报，这些发明者声称，他们能够提供独立于人的愿望和关注有效的过程和结果。"费耶阿本德指出，理性主义者这种声明是错误的，因为理性主义者表面上是以一种客观主义者的方式发话，但实际上"人的因素不是被淘汰了，它只是被隐藏了"。① 出于理性主义动机的诗学对诗之本质也并不纯然地是对诗之事实之归纳，而是隐藏着对诗之应然的制定。如关于布瓦洛的古典主义诗学，有学者就指出了："布瓦洛的艺术的目的和笛卡尔的哲学的目的是一样的，完全是在寻求真理。……在他们看来，真理并不是和经验符合，而是和逻辑符合。一切全以逻辑为主，定人类行为的法律是逻辑，定创造活动的法律也是逻辑。所以，凡是服从这些逻辑法律者便可以算得自然。这是他们当时的态度。"② 可见，布瓦洛对艺术的制定并不是根据经验，而是依据和逻辑符合的真理。

受柏拉图影响的诗学传统，往往采取一种自上而下的方式，对诗的本质直接采取制定的方式，以应是取代对实是的判断。典型的如德国浪漫主义者弗·施莱格尔所说：

> 诗的定义只能规定诗应当是什么，而不是诗过去或现在在现实中是什么。③

---

① 保罗·费耶阿本德：《告别理性》，江苏人民出版社 2002 年版，第 86 页。

② 转引自蒋孔阳、朱立元主编《西方美学通史》第三卷，上海人民出版社 1999 年版，第 581 页。

③ 弗·施莱格尔：《〈雅典娜神殿〉断片集》，三联书店 1996 年版，第 71 页。

　　这种定义方式它忽视了诗的本然状态，而只着眼于理想之诗。如弗·施莱格尔对浪漫诗下了一个定义："浪漫诗是渐进的总汇诗。它的使命不仅在于重新统一诗的分离的种类，把诗与哲学和雄辩术沟通，它力求而且也应该把诗和散文、天才和批评、艺术诗和自然诗时而混合起来，时而融汇于一体，把诗变成生活和社会，把生活和社会变成诗……浪漫诗是唯一既大于浪漫诗又是浪漫诗自身的诗：因为在某种意义上，所有的诗都是也应该是浪漫诗。"[①] 我们从文学实践中是无法找到与"浪漫诗"相对应的文类的，"浪漫诗"只是德国浪漫主义的对诗的一种制定。

　　"应是"与"实是"的不同在于前者是价值判断，代表了理想；而后者则是事实判断，反映的是现状。因此，强调诗之超验性与形而上学性的诗学家往往将诗视为抵制物质现实的一种有效手段，加上诗与审美在传统美学中的同义，由此发展出一种审美救世说。当宇宙或社会的秩序由于人为的原因被破坏，而与正义背道而驰的时候，诗或审美便被提升到维护正义的终极价值域中。如康德认为在人的认识能力的"总体秩序"里，"判断力以其自然的合目的性的概念在自然诸概念和自由概念之间提供媒介的概念，它使纯粹理论的过渡到纯粹实践的，从按照前者的规律性过渡到后者的最后目的成为可能"。[②] 也就是说，知、情、意三者按其先验原理各安其分的话（即符合正义的话），"情"在其中是起到中介的作用。但是由于自启蒙运动以来，人类过多地依赖于科技理性，出现了人的异化和

---

　　①　弗·施莱格尔：《〈雅典娜神殿〉断片集》，三联书店 1996 年版，第 72—73 页。

　　②　康德：《判断力批判》上册，商务印书馆 1993 年版，第 35 页。

物化。出于此，康德提出要"限制知识"、"为信仰留出余地"，让审美在经验的现象世界与超验的本体世界起到应有的沟通作用，从而使人成为"作为本体看的人"，这样的人在康德看来是道德的存在者，是世界的最高的目的，在他里面可以看到最高的善的。①

康德所说的至高的善，用他自己的话来说是一种道德的确信，而非逻辑的确实。康德极力将知、情、意的关系抽象为先天的和纯粹的，这是否是理论上的徒劳，我们不得而知。但是，像柏拉图、康德以及诸多追求知、情、意三者谐和发展的理论家的诗学思想，其诗学的实践指向却是明显无误的：诗应受正义规范并应导引人成为正义之人。诗学在正义视域中再一次显露出其生存论上的要求。"诗学的工作并不关注诗文事实上如何存在并具有什么样的价值功能，而是按特定的生存论的要求申诉诗之应该与必须"。②

由上，西方诗学史上普遍存在这种情况：尽管诗的"事实"会反对诗的结论，但是，诗学并不需要接受诗的审判，而是以正义的名义对诗的事实实施一种话语的"霸权"。像丹纳所说的"既不禁止什么，也不宽恕什么，它只是鉴定和说明"，像植物学家那样，纯客观地"用同样的兴趣时而研究橘树和桑树，时而研究松树和桦树"③ 的诗学是没有的。诗学之正义其实就是诗学的自我完成过程，在一定程度上它是以待决之问题为论据，以预设的正义为起点并以之为目的，由此而形成一个逻辑上的圆圈。

因此，正义语境中的西方诗学在诗学批评上往往造成一种悖论

---

① 康德：《判断力批判》下册，商务印书馆 1993 年版，第 100 页。
② 余虹：《中国文论与西方诗学》，三联书店 1999 年版，第 130 页。
③ 丹纳：《艺术哲学》，人民文学出版社 1963 年版，第 11 页。

式的结果。一方面，诗学是以正义为其预设，其理论品格应是公正，其理论成果应是具有普适性的；但是，另一方面，诗学实践往往具有独断论的色彩，诗学对诗的命令语式又必然地使诗学以自我为中心。本书认为，这实际上就是诗学的自我圣化和自我正义化，诚如希利斯·米勒指出的："对于文学描写中的不合理或不可解释的现象做出合理的解释，指出其原因或发现其依据"有着心理的、语言的、社会的及形而上学的四种阐释方式，而"这些方式中每一种都断言自己是真正的'理性的原则'，其他的都是伪造，是深渊而不是大地。每一种方式都坚持一种绝对的对他者的权力意志"。[1]因此，米勒就深刻地看到，在亚里士多德的《诗学》中就存在着以"理性"置换"非理性"的倾向，他说："《诗学》归根结底旨在置换《俄狄浦斯王》，用亚里士多德自己坚信的理性来替代剧中有威胁的非理性。通过这一置换，亚里士多德可成为（但丁所说的）'智人之王'和西方诗学理论之父。"[2]

亚里士多德这种"置换"对于从形而上学出发来构建诗学观念或体系的西方学者是极为普遍的。诗学一方面要面对活生生的文学事实，但是另一方面诗学又总是回到其形而上学的预设。如有学者就谈到在《悲剧的诞生》中尼采对于古希腊抒情诗的"改塑"："他使抒情诗臣服于自己早年所表述的审美形而上学。确切地说，尼采把抒情诗拴到了叔本华的形而上学上。……一般认为，早期希腊抒情诗已然是自我明确现身的作品，尼采通过对抗新近的美学来抨击

---

① J. 希利斯·米勒：《重申解构主义》，中国社会科学出版社 1998 年版，第 59 页。

② J. 希利斯·米勒：《解读叙事》，北京大学出版社 2002 年版，第 5 页。

这种向来被公认的观点，他的抨击不无道理。然而，他用一种叔本华的形而上学来涵盖这种抒情诗，则在原则上颇成问题。"①

西方诗学的这一倾向直到海德格尔对荷尔德林诗的阐释还有着强硬的姿态。按海德格尔自己的意思，他的诗学批评立场是要同作者一起"运思"，因此他往往借助于在思想上与其有相似之处的荷尔德林的诗作来阐发其思想。正如珀格勒所说的："通过荷尔德林的诗意学说，思想被指向始源的东西。转向荷尔德林，并经过荷尔德林走向希腊悲剧，这是在海德格尔思想之路上的决定性的一步。""海德格尔本人架起了从他关于世界的思想到荷尔德林的对世界的神话式的了解的桥梁。至于荷尔德林的诗作对海德格尔来说是决定性的推动，从而把世界考虑为神和有死者、地和天的四重性，对此是不容置疑的"。② 不过，学者们还看到，海德格尔与荷尔德林还有着另一层的关系，就是海德格尔对诗的"扭曲"，如仅就"自然"这一基本词汇来说，海德格尔"他把来自荷尔德林的比所有时间更古老的自然弄成：自然本身就是最古老的时间。……这种对时间的深化理解很难说没有问题。荷尔德林本人并没有把时间朝自然深化，更谈不上朝向存在论化了的自然，而是朝向历史来深化"。③ 因此，海德格尔"他的某些发现具有陌生性和曲解的'不负责任

---

① 特洛尼森：《荷尔德林："时间之神"》，载刘小枫等主编《荷尔德林的新神话》，华夏出版社 2004 年版，第 70 页。

② 转引自宋祖良《拯救地球和人类的未来》，中国社会科学出版社 1993 年版，第 161 页。

③ 特洛尼森：《荷尔德林："时间之神"》，载刘小枫等主编《荷尔德林的新神话》，华夏出版社 2004 年版，第 72 页。

性'"。以至于"荷尔德林的学者们……毫无困难地表明，海德格尔的理解通常是站不住脚的"。① 在荷尔德林那里，海德格尔是给自己画了"一幅自画像，因为他想让人们把他自己看作荷尔德林的同路人"。② 从这一个层面来说，诗在诗学面前其实并无独立性可言，从本书角度看，这恰恰是诗学对诗的强硬的正义姿态的表现。

　　对传统诗学建构的前设或对先行于传统诗学建构的前逻辑的追问是否会有一个终结呢？对此问题的回答恐怕不会有一个简单的答案。就如卡勒所说："一种语言的结构，它的规范和规则系统，都是事件的一种产物，是先于言语行为的一种结果。但……我们发现每一事件本身已被确定，已为更先的结构使然。……无论我们追本溯源到什么地步……我们还是必须为设定事先的组织，事先的差异。"③ 逻各斯、真理及正义是否还被一个更先的结构支配着，这是值得进一步追究的。追本溯源总是人类的本性，对诗学的前逻辑的追问应该不会是无用之功。如果没有这种追问，没有对传统诗学的前逻辑的澄清，相信西方诗学的转向便会成为空谈，解构主义诗学对传统诗学的解构也就是无的放矢。

---

　　① 乔治·斯坦纳：《海德格尔》，阳仁生译，湖南人民出版社 1988 年版，第 194—196 页。

　　② 吕迪格尔·萨弗兰斯基：《海德格尔传》，靳希平译，商务印书馆 1999 年版，第 387 页。

　　③ 乔纳森·卡勒：《论解构》，中国社会科学出版社 1998 年版，第 82 页。

第 二 章

解构批评对形而上学的拆毁

　　尽管作为一种理论思潮，解构主义在 20 世纪 80 年代后期就由于受到新历史主义和后殖民主义的挑战，而退居次要的地位，但是，"解构"实质上构成了后现代诗学的一个总特征。哈桑在其《后现代转折》一书中就将"解构性"视为后现代文化艺术的特征。如果说，传统诗学形而上学是专事于建构的，那么，后现代诗学则是专事于解构的，它有着相异于传统形而上学的哲学观念和思维方法。因此，就西方诗学的发展变化来看，我们大致可以把西方诗学的发展道路看做是与西方哲学平行的，有着一个从建构走向解构的过程。如此，"解构"是诗学更新的一种方式，或者说是诗学革命的一种思维方式。如果认识不到诗学建构中的解构因素或是诗学的自我解构方式，对诗学的理解将陷入片面性之中。有学者就指出了："跨世纪的学术文化研究，如果不透析解构和建构方法的理论意义及其误区，那么，任何理论前提的批判厘清，任何理论的价值重估都将是不彻底的，也是会遭遇到难以克服的理论盲点。"① 因此，在分析了传统诗学的建构前提及其建构方式之后，我们有必要从诗学变革的角度来了解传统诗学形而上学在后现代语境中所遭遇到的解构。

第一节　"解构"

解构（deconstruction）一词是德里达从海德格尔的哲学概念destruction 发展而来的。在海德格尔那里，reduction（还原）、ko-struction（建构）与 destruction（拆毁）被认为是现象学方法的三个基本环节，其中，destruction 的内涵主要是对传统存在论的历史的批判性分析。② 对于德里达或是由其引起的解构主义而言，解构主要是"一种政治或思维策略和一种阅读模式"③，解构主义的基本精神在于"反对逻各斯中心主义和言语中心主义，否定终极意义，消解二元对立，清除概念淤积，拒斥形而上学，为新的写作方式和阅读方式开辟广泛的可能性"。④

就解构主义作为一种哲学思潮和文学批评流派来说，解构主义的产生有其现实的基础。西方学者普遍认为，1968 年 5 月法国爆发

---

① 王岳川：《二十世纪西方哲性诗学》，北京大学出版社 2000 年版，第 391 页。

② 孙周兴：《海德格尔选集·编者引论》上卷，上海三联书店 1996 年版，第 3 页。

③ 乔纳森·卡勒：《论解构》，中国社会科学出版社 1998 年版，第 72 页。

④ 德里达：《论文字学》，上海译文出版社 1999 年版，译者的话第 1 页。

的反政府学生运动造成的法国社会生活转向，是法国学术界由结构主义向解构主义转向的契机。这次运动使法国学术界对于隐藏在牢固的政治结构和组织体系后面的系统性、结构性概念产生了普遍的厌恶，解构主义便应运而生。正如特雷·伊格尔顿说的："后结构主义是 1968 年那种欢欣和幻灭、解放和溃败、狂喜和灾难等混合的结果。由于无法打破政权结构，后结构主义发现有可能转而破坏语言的结构。"[①] 其具体产生时间大致在 20 世纪 60 年代。1966 年，德里达在美国霍普金斯大学召开的"批判语言和人文科学国际座谈会"上发表演讲《人类科学话语中的结构、符号和游戏》，这篇演讲被公认是解构主义的奠基作。1967 年，德里达同时推出《论文字学》、《声音与现象》和《书写与差异》三部著作，全面推出其反传统的解构主义理论。而解构主义能盛行于全世界则与美国的耶鲁学派的推广有着直接的关系。被戏称为"耶鲁四人帮"的保罗·德曼、希利斯·米勒、哈罗德·布鲁姆、杰弗里·哈特曼四人将德里达解构主义思想运用于文学批评实践，获得很大成功。解构主义思想便由耶鲁学派传播到整个西方世界。

解构主义目标主要针对的是西方哲学传统，目的也在于颠覆形而上学统治的西方哲学传统。但是解构主义的反形而上学与此前的反形而上学有着不同的特点。此前的哲学对形而上学的反动主要持一种否定的姿态。如尼采宣称"上帝死了"，将西方哲学史看做是形而上学史，是哲学压抑文学、理性统治感性的历史，尼采的策略

---

① 特雷·伊格尔顿：《当代西方文学理论》，中国社会科学出版社 1988 年版，第 206 页。

是完全颠覆这一传统，以文学取代哲学的地位，宣扬感性的力量。但是这无非是一种"颠倒了的柏拉图主义"，它并没有逃离柏拉图主义给西方哲学所划定的思维方式，因此还是形而上学。解构主义对传统形而上学的革命意义在于它并不采取纯粹的否定或肯定形而上学的姿态，而是通过对形而上学所认定的本质、基础和中心的拆解把形而上学解构为一具空壳，从而超越于形而上学之上，终结形而上学。它在观念和方法上都有着迥异于传统形而上学的特点。

一是在哲学观念上，反基础主义、反本质主义和反中心主义。

形而上学，按海德格尔的理解，"就是超出存在者之上的追问，以求返回来对这样的存在者整体获得理解"。① 因此，形而上学的追问是一个超出经验之上的追问，是属于本体论的问题，它总是极力地寻求某种永恒不变的本体，这一本体是我们在确定理性、知识、真理、实在、善和正义时能够最终诉诸的永恒的、非历史的基础或框架。这一基础构成事物的本质和中心。因此，形而上学就其内在精神来说，同时是基础主义、本质主义和中心主义的。这种对超验基础的寻找一直可以追溯到古希腊。罗蒂在《哲学和自然之镜》中说道："自希腊时代以来，西方思想家们一直在寻求一套统一的观念，这种想法似乎是合情合理的，这套观念被用于证明或批评个人行为和生活以及社会习俗和制度，还可为人们提供一个进行个人道德思考和社会政治思考的框架。'哲学'（'爱智'）就是希腊人赋予这样一套映现现实结构的观念的名称。"② 海德格尔把形而上学这种

---

① 海德格尔：《形而上学是什么?》，《海德格尔选集》上卷，上海三联书店1996年版，第149页。

② 罗蒂：《哲学和自然之镜》，三联书店1987年版，第11页。

努力称为对"根据的根据"的寻求。解构主义的颠覆策略就是认为形而上学所追求的基础、本质和中心只不过是人为的虚构而已。

德里达运用延异作为武器,向传统形而上学展开了摧毁。法语词 différance(译作延异)是德里达在索绪尔的"差异"概念基础上生造出来的。"延异"是解构主义最重要的一个概念。解构主义作为一种专事于"毁弃他人已建构之物"(哈桑语)的运动,其最有效的工具就是"延异"。德里达的延异兼具时间上的延宕和普通的差异两个含义,前者指事物的推延,后者指事物的非同一性。按德里达自己的解释,"延异"主要有如下几个意思:第一,延异指推存在于推迟之中的积极的和消极的运动,该运动是通过迟缓、代理、暂缓、退回、迂回、推迟、保留来实现的。第二,延异既区分事物,又产生不同事物,是我们的语言特有的所有概念对立(如感性/理性、直觉/意义、自然/文化等)的共同本原。第三,延异又是差异和区分的产物。第四,延异是差异的展开,特别是,但不仅仅是,而且首先也不是存在——本体论差异的展开,它并不处于形而上学的掌握之中。①

德里达的延异是针对他所命名的传统"在场形而上学"。在德里达看来,形而上学历史其实就是把存在规定为在场的历史,其发展历程跟逻各斯中心主义、语音中心主义的历史混同在一起。逻各斯中心主义总是认定有一个超验所指的在场,它既是自身在场的确证,又是其他一切思想、语言和经验的基础。因此,"一个呈现于自身的实体,通过一种纯粹的自爱的运动,在与自身的关系中体察

---

① 德里达:《多重立场》,三联书店 2004 年版,第 9—12 页。

并确证自身，成为一切能指最终的归宿的超验所指，这就是在场"。① 因此，在场的形而上学的意义并非产生于差异，而是直接产生于自身，直接提供意义中心。而这些意义中心，如上帝、理性、本原、存在、本质、真理、博爱、自我、逻各斯等都无非是超验所指的隐喻而已。德里达则认为在场是取决于缺场，一种意义的生成至少取决于与其所不意味的东西的差异，一种意义总是服从于与其他意义的差异，因此是变化的，不稳定的，不确定的。因此，德里达的"延异"实际上是颠覆了形而上学的在场和缺场的顺序，而伴随这种颠覆一起的，即是形而上学超验所指的瓦解。

二是在思维方法上，反对传统的"树状思维模式"而提倡"块茎状思维模式"。

一种哲学观念的转变同时也就意味着思维方法上的转变，没有相应的思维方法作为支撑，解构主义的解构是无法完成的。而与解构主义强调差异性和边缘性相对应的思维模式，我们可以用德勒兹和加塔利在《千高原》一书中提出的"块茎（rhizome）思维模式"来加以理解。

块茎思维模式是与"树状（arborescent）思维模式"相对提出来的。哲学界都普遍接受罗蒂的说法，认为西方传统哲学是一种镜式哲学，其思维是一种镜式思维。但是德勒兹和加塔利认为，西方哲学传统还存在另一重要的隐喻，就是树的隐喻，认为心灵按照系统原则和层级原则（知识的分支）来组织关于现实的知识（由镜子所提供），而这些知识都扎根于坚实的基础（根）之上。树状思维

---

① 方生：《后结构主义文论》，山东教育出版社1999年版，第207—208页。

将中心（根）与边缘（枝叶）截然划分，强调思维的任何路向都必然受到中心的牵制。树状思维是一种中心性思维。

树状思维是传统形而上学所要求的思维模式。在笛卡尔《形而上学沉思》的开篇，他就把形而上学比作一棵大树的树根，把物理学（自然哲学）比作树干，把各门具体科学比作树枝，以此来强调哲学的重要作用。同样，海德格尔在批判形而上学时也指出："作为树之根，形而上学把一切养分和活力输送到树干和树枝之中。"① 因此，传统的形而上学的构建就类似一棵树的生长一样。哲学家只要为人类知识寻找到一个稳固可靠的阿基米得点，人类的知识大厦就可以枝繁叶茂地搭建起来。"根—枝叶"等等，"这些隐喻使得树状文化建立起了以自明的、自我同一的和再现性的主体为基础的庞大的、中心化的、统一的、层级化的概念结构。生长在这棵树上的繁茂的树叶则被冠之以形式、本质、规律、真理、正义、权利、我思等名目"。② 因此，树状思维即是一种基础化、本质化、中心化的思维模式，同时也是一种二分思维。在根与枝叶二分中，根起到了决定性的作用。

德勒兹和加塔利提出的块茎思维则与树状思维不同，它"试图将哲学之树及其第一原则连根拔起，以此来解构二元逻辑。它试图铲除根和基础，反对统一并打破二分法，伸展根与枝叶，使之多元化和撒播，从而产生出差异与多样性，制造出新的连接"。③ 也就是说，块茎思维是用以解构树状思维的，块茎隐喻对立于根隐喻，根

---

① 海德格尔：《路标》，商务印书馆 2000 年版，第 431 页。

② 凯尔纳、贝斯特：《后现代理论》，中央编译出版社 2001 年版，第 128 页。

③ 同上书，第 128—129 页。

限定并约束了枝叶的生长，块茎则通过随意性的、不受约束的关系同其他线相连接。块茎之线没有起点，也没有终点，它们总是处于动态的运动之中，因而它们构成的多样性不具有任何认同或本质。块茎无所谓中心，它的根系可以自由任意地延伸。没有中心和边缘的划分。如果说，树状思维追求的是基础、本质和中心，那么，块茎思维的核心精神则是追求差异和多元。德里达就说过，对传统形而上学的解构要与逻各斯中心时代的总体性保持某种外在性的关系，而其方法就是"我们站在哪里，我们就应该从哪里开始"。[①] 也就是说，我们的思考不用去确定一个本原性的开端。

块茎思维以差异性解构树状思维的同一性，其目的在于还原世界原本的生命活力。在后现代主义看来，追求同一性的形而上学导致的是对差异性的拒斥，从而在话语方面产生专制极权。而丰富多样是这个世界的原貌，形而上学为了实现知识的内在统一，大量地剪裁掉异质性的东西，以使世界在人们眼中变得透明，这实质上是剥夺了世界的活力，使世界和个人成了无生命的僵尸。

第二节　哲学／文学传统对立的解构

解构主义因为在哲学观念和思维方法上都与形而上学迥异，其目标总是针对着形而上学，因此，解构主义对于传统诗学形而上学而言，其具体的解构策略在逻辑上有着下面相连的两个环节：首先

---

① 德里达：《论文字学》，上海译文出版社 1999 年版，第 234—235 页。

是终结理论，反对传统诗学的理论预设，消解哲学/文学间的传统对立；其次是以文本批评取代理论，将传统诗学降为一种具体的批评，从而彻底地消解诗学。本节先分析解构主义对哲学/文学传统对立的解构。

解构主义对传统哲学/文学的二元对立的解构，是以解构传统形而上学将自身定位为"第一哲学"为目标的。在西方历史上，哲学史也就是形而上学的历史，哲学也就是形而上学。诚如海德格尔所说，在形而上学中哲学才尽性。而传统形而上学将自身当做是"第一哲学"，其目的便在于认识真理。"哲学被称为真理的知识自属确当"。① 如此，哲学便是统治之学，对于一切实用之学起着引导和规范的作用。海德格尔在《形而上学导论》中就说不能像对待工艺性和技术性知识那样误解"哲学"，也不要指望"哲学"像科学的和职业性的知识那样能直接运用。② 可以说，西方哲学史之所以是一部形而上学史，其原因便由形而上学的"第一"而成。在这样一种观念中，哲学与文学便处于一种二元对立的结构之中。西方传统诗学要么是以哲学挤压文学，要么是要求文学向哲学靠拢，文学几无立身之地。在他们看来，哲学往往是优于文学的，哲学追求的是确定性和真理，传达的是客观真实的关于世界和人的真理；文学讲述的则是虚构，是关于世界的想象和隐喻，我们无法也无需证明它的真伪，因为它与真理无缘，因此，文学是不够严谨和严肃的。"从古希腊哲学家柏拉图将哲学家尊为第一等人而将诗人拒于理想

---

① 亚里士多德：《形而上学》，商务印书馆 1959 年版，第 33 页。
② 海德格尔：《形而上学导论》，商务印书馆 1996 年版，第 10 页。

国之外，到 20 世纪瑞恰慈强调文学语言是一种不同于经验实证的哲学语言的情感语言，这一传统观念在西方并没有什么变化"。①

解构主义对传统哲学/文学二元对立的解构策略，并不是将哲学/文学的传统地位颠倒过来，以文学取代哲学的地位。而是从语言入手，呼吁哲学与文学间的交流，从而对传统哲学/文学的二元对立起到造反的作用。有学者就说过："长时间以来，文学研究一直被划分为两极：要么热情地忠实于这种或那种理论方法，要么就像另一些人那样，认为诗的思维与理论思维的任何联系都是亵渎神明，玷污圣坛。在这种氛围中，呼吁诗歌与理论之间的交流，无异于造反。"② 德里达便是一个典型的造反者。

对哲学与文学的传统关系的解构集中见于德里达《哲学的边缘》一书中的《白色的神话》一文。在哲学/文学二元对立项中，德里达认为两者并不是和平共处的，而是其中的一项在逻辑、价值等方面统治着另一项，高居发号施令的地位。德里达的策略就是要在一个特定的时机，将这一等级秩序进行解构。他的《白色的神话》针对的就是传统哲学自居于真理的地位对文学加以约束作的解构，其文章的副标题是"哲学文本中的隐喻"。隐喻在传统思维看来是文学性的，而不是哲学的主要特征，但是德里达却认为文学和哲学都是一种符号系统，两者的差别只在于文学坦率地承认自己植根于隐喻中，而哲学却总自以为超越了文本的隐喻结构，而其实哲学也是隐喻或再加其他修辞手段的产物。也就是说，哲学本身就是

---

① 马新国主编：《西方文论史》，高等教育出版社 1998 年版，第 498 页。
② 马克·爱德蒙森：《文学对抗哲学》，中央编译出版社 2000 年版，第 4 页。

一门深深植根于隐喻的科学，假如把其中的隐喻或者说文学性清除出去，哲学本身将空空如也。哲学的症结在于它不似文学那样清楚地意识到自身的隐喻性，而是自以为是地陈说不言而喻的公理，这其实是用一种"白色的神话"掩饰了它真实面目。白色的神话的一层意思即指哲学文本中用白色的墨水写成隐文，是被哲学刻意压制的隐喻结构。[①]

当然，德里达并不认为把哲学文本中的隐喻结构挖掘出来，就是解构了哲学/文学的二元对立。德里达同样认为，没有任何文本可以"完全"是"文学的"，因为一些语言和解释范畴都依赖于哲学范畴和哲学的设想。在《称作文学的奇怪建制》这篇访谈中，他就提出"文学与形而上学的历史或传统的这种'历史的休戚相关'必须经常地想到"，因为"文学文本的内容之中总存在着哲学命题。文学文本的语义学与主题学带有'采取'——按这个词在英语或法语中的意义——某种形而上学"。[②]像萨特的《恶心》在德里达看来，就是"一部以哲学情绪为基础的文学虚构，这种情绪即存在是多余的、是过剩的，它正是使创作得以发生的未知意义"。[③]

在德里达看来，既然哲学文本中有文学的隐喻结构，而文学文本中同样也存在哲学命题，那么，二者就不存在二元对立的问题了。德里达通过阅读也找到了"既不单纯是文学的，又不单纯是哲学的，而是属于自白"的文本，如卢梭的《孤独漫游者的梦》和

---

① 朱立元主编：《当代西方文艺理论》，华东师范大学出版社 2001 年版，第304—305 页。

② 德里达：《文学行动》，中国社会科学出版社 1998 年版，第 21、16 页。

③ 同上书，第 4 页。

《忏悔录》；纪德的《日记》和《窄门》以及尼采的一些文本。① 在这一点上，福柯与德里达的观点可谓不谋而合，他也说道："我们完全可以把古典主义文学、莱布尼兹的哲学、林奈的博物学以及波尔罗亚的语法学作为一个整体来理解。同样在我看来，当前的文学也是作为哲学特征的非辩证思维的一个组成部分。"②

德里达对哲学/文学二元对立的解构源于他的文本观，他认为文学文本是一种召唤阅读行为的写作行为，"文本之'中'存在着召唤文学阅读并且复活文学传统、制度或历史的特征"。如文学的"文学性不是一种自然本质，不是文本的内在物。它是对文本的一种意向关系的相关物"。对于文本，我们所作的不是做一种超验的阅读，而是做一种"非超验"的阅读。因此，在德里达的解构中已经隐含了批评化的趋势，即解构主义对于文本并不是像传统诗学做一种形而上学的玄思，而是做一种在阅读过程中进行的具体的批评。

德里达的解构主义思想影响了美国耶鲁学派的文本观。在德曼看来，传统的文学理论研究是"沿着理论的而不是实用的路线前进"，它们的成功"依赖于（哲学的、宗教的或者意识形态的）体系的权力。这种体系可以完全荫蔽含蓄，而又从这个体系的诸假设而不是从文学的事物本身出发——假设确有这样的'事物'存在的话——决定了'文学的'是什么的一种先验概念"。③ 德曼认为摆

---

① 德里达：《文学行动》，中国社会科学出版社 1998 年版，第 3 页。

② 福柯：《人死了吗?》，见杜小真编选《福柯集》，上海远东出版社 2003 年版，第 82 页。

③ 保罗·德曼：《对理论的抵制》，见王逢振等编《最新西方文论选》，漓江出版社 1991 年版，第 212—213 页。

脱传统文学理论研究的方法就是"不再认为一篇文学文本可以理所当然地被认为具有一个明确的意义或一整套含义，而是将阅读行为看作是一个真理与谬误无法摆脱地纠缠在一起的无止境过程"。① 也就是说，文本是与阅读不可分的，其本身并没有什么确定不变的意义，"无法先验地确定，文学，除了只能是它自身语言的可靠来源之外，还能是什么事物信息的可靠来源"。②

德曼总结说，当代理论的主导形势是"对阅读的日益加深的强调"。很有意思的是，德曼在谈到传统意义上的阅读问题的时候，才用到"诗学"这一术语。③ 解构主义一般都用文学理论来指称对文学的研究，而有意地避免"诗学"这一具有传统意义的术语。

德曼自己本人是主张一种修辞性阅读理论，他接受尼采关于修辞性是语言最真实的本质的观念，指出语言并非是语言学所通常认为的那样是一个稳定的、能指与所指相统一的指称结构，而是一种修辞结构。语言的修辞性使语言的符号和意义之间变得模糊而不确定，在德曼看来，这不仅是文学文本，同时也是法律文本和政治文本所共有的特点。

正是在德里达和德曼破坏了各种传统文本间界限的基础上，杰弗里·哈特曼进一步消解了文学写作与批评写作的界限。在传统的眼光中，事实与虚构、哲学与文学、诗歌与心理学之间有着明显的

---

① 保罗·德曼：《盲视与洞见》，转引自蒋孔阳、朱立元主编《西方美学通史》第七卷，上海文艺出版社 1999 年版，第 417 页。

② 保罗·德曼：《对理论的抵制》，见王逢振等编《最新西方文论选》，漓江出版社 1991 年版，第 218 页。

③ 同上书，第 224 页。

文体的界限，但哈特曼却提出："那种认为不同于批评或哲学语言的文学语言是最'丰富的'（即多义的，含有丰富的歧义的）看法，也必须加以修正。"① 因为，在创造性的和批评性的语言之间并不存在不证自明的界限，"具有原创性的文本和批评性评论之间的界限总是不稳定的，至少不像保守的学者所主张那样的清晰"。② 他反对传统的将文学批评仅仅当做一种服务机器（service—industry）的观点，因为批评是"与文学共生"的，而不是"寄生于文学之上"的，所以，"应当把批评看作是在文学之内，而不是在文学之外"。③

当然，解构主义对传统哲学/文学二元对立的解构表面上看是在哲学文本与文学文本间进行交流，但是它对传统形而上学的更大的颠覆性是通过这种文本间的交流进而瓦解传统形而上学的理性主义的二分思维方式，以"告别形而上学"。哲学/文学的二元对立在思维上表现出来的其实是理性/感性的对立。形而上学在哲学与文学间采取的是"不是……就是……"（非此即彼）的二元逻辑思维方式，而解构主义坚持的则是以"既是……又是……"（亦此亦彼）来解构形而上学的二元思维。在德里达看来，在传统形而上学中处于二元对立的本质/现象、理念/感觉、主体/客体、自然/文化、内容/形式、在场/不在场这样一些对子中，每个对子的头一个概念之

① 哈特曼：《阅读的产品》，见王逢振等编《最新西方文论选》，漓江出版社1991年版，第201－202页。

② See Cardiff, *Deconstruction and the Interests of Theory*, London (1988), pp. 208－209.

③ 哈特曼：《荒野中的批评》，转引自蒋孔阳等主编《西方美学通史》第七卷，上海文艺出版社1999年版，第453页。

所以往往被人们认为具有较多的价值，处于优先和统治地位，是因为人们忽略或掩盖了它与第二个概念具有的共同特征。哲学与文学并非像传统哲学所说的是截然对立的，确定的，非此即彼的，而是不确定的，亦此亦彼的。

那么，当德里达、德曼及哈特曼解构了哲学/文学，批评/文学之间的界限之后，传统的"诗学"概念便也被解构了，"诗学"仅仅只成为一只空壳，被阅读或批评理论所取代。米勒就把结构主义、符号学、拉康主义、马克思主义、读者反应批评、解构主义、新历史主义等都纳入到这一趋势中来了。这可以说是解构主义批评对传统诗学的最大的冲击。解构主义批评对传统诗学的解构基本上都应被置于这一背景中来加以理解。

第三节　解构主义诗学的批评实践

虽然解构主义一再地声称"解构"是深植于传统之中的，其起点可以直接上溯到古希腊，但是，解构主义在哲学史和诗学史上毕竟造成了断裂。解构的总目标是针对着传统的形而上学的。因此，在分析了解构在哲学观念和方法上与传统形而上学的不同之后，我们有必要从诗学的角度探讨解构批评在诗学上的具体策略。正是在具体的文本批评中，解构主义反对理论预设对批评的指导作用，传统诗学才真正遭到了消解。

形而上学，按海德格尔的理解，"就是超出存在者之上的追问，以求返回来对这样的存在者整体获得理解"。① 因此，形而上学的追问是一个超出经验之上的追问，是属于本体论的问题。这一问题被哈贝马斯简洁地归纳为"一"和"多"的问题。"自柏拉图以来，形而上学就明确表现为普遍统一的学说；理论针对的是作为万物的源泉和始基的'一'。"② 如此，在形而上学思想中，"一"是凌驾于"多"的。"一"在形而上学思想中不仅是基础，同时也是中心和本质，是"树状思维"中的"树根"。解构主义者的解构策略虽然各有千秋，但在大体上都是围绕着对形而上学中的同一性的优先性进行解构。在解构主义诗学中，不确定性、边缘、时间承担了对形而上学的基础、中心、本质的解构的任务。

一 以不确定性解构文本的固定意义

传统批评的特点用解构批评的术语来说，就是相信"深渊之下还有更深的深渊"，即批评的一切努力在于获取文本所内涵的终极意义。这是基础主义、本质主义作为形而上学在诗学中的表现。因为，批评追求深渊之下更深的深渊，实质上是一种形而上学的"深度模式"，即坚信在表面的现象下必有深层的本质、意义或基础存在。诗学的价值即在于对这一本质、意义或基础的揭示。而在解构批评看来，一切文本都包含着传统形而上学的素材，同时又包含着对这些素材的破坏。"这种破坏被纳入观念的文字、修辞手段和西

---

① 海德格尔：《形而上学是什么?》，《海德格尔选集》（上），上海三联书店 1996 年版，第 149 页。

② 哈贝马斯：《后形而上学思想》，译林出版社 2001 年版，第 137 页。

方的神话，成为它自己光线的阴影"。① 也就是说，一切文本都具有自我解构的特点。因此，米勒提出："阐释预设所用的'逻各斯中心主义'应该彻底摒除，因为德里达、尼采等人已揭示出文本绝无单一的意义，而总是多重模糊不确定意义的交汇。"② 卡勒也就此意义说道："解构就其最简单宽泛的意义上说，这涉及重视文本中所有在抵御某种权威阐释，包括似为作品极力鼓励的阐释方式的成分。无论用什么主题、论点，或模式来界定某一部特定作品的性质，依然存在着作品异于被如是界定之自身的种种方式，它们或是系统地，或是转弯抹角地对界说中的论断提出疑义……文本将传送异于它自身的差异，由此使阐释永无止境。"③ 由此，解构批评认为不可能也无法探寻到文本固定单一的意义。而它在对文本固定意义的解构在总体上采取了以下两个策略：

A. 语言第一

"文本之外别无一物"是德里达的基本信条。这句话也反映出解构主义在阅读文本的时候坚持把语言置于第一位的特点。他们反对在语言之外去探讨形而上的宇宙精神或物质本体，也反对像结构主义一样将语言符号抬高到绝对存在的高度，而是主张要拥抱语言的自由游戏。德里达、德·曼及米勒都从语言的分析入手，揭示了文本意义的不确定性，但在具体的策略上则稍有差异。

---

① 转引自 J. 希利斯·米勒《重申解构主义》，中国社会科学出版社 1998 年版，第 5 页。

② 转引自蒋孔阳、朱立元主编《西方美学通史》第七卷，上海文艺出版社 1999 年版，第 441 页。

③ 乔纳森·卡勒：《论解构》，中国社会科学出版社 1998 年版，第 193 页。

在德里达看来，传统的逻各斯中心主义也是言语中心主义，语言其实早就是传统哲学的帮凶和同谋，但是他又看到解构只能是用语言来进行解构。因此，他的策略是别出心裁地发明了不少新词或是赋予一些旧词以新的意思，来达到他的解构的目的，如"异延"、"播撒"、"踪迹"等等。这些词汇都共同指向文本的不确定性。如"异延"是"差异的本原或者说生产，是指差异之间的差异、差异的游戏"。用于阅读，"异延"意味着意义总是处在空间上的"异"和时间上的"延"，而没有得到确证的可能。而"播撒"则指"意义仿佛播种人抓起一把种子，四处慢慢撒开去，落向四面八方而没有任何中心"。它是一切文字固有的能力，不传达任何意义，而是永远在无休止地瓦解文本。而"踪迹"则是给语词加上删除号的做法，这在一方面消抹了这个词，但另一方面又让这个词留下了形迹，使语词的意义转瞬即逝，读者在阅读时也就只能见到意义的似是而非、似非而是的踪迹。

德里达的自创新词及旧词新用是他的"边缘"解读策略的有机组成部分。王逢振说："按照这种解读方法，文本中有一个非常明显的'边缘'方面（常常在一个关键的词或一系列同类的词）可以被分离出来，作为一种暗中破坏文本一致性和可理解性轨迹；而按照传统的解释，一致性和可理解性只有通过一种压制行为才能维持。"① 像异延、播撒、踪迹这些概念都标明文本并不存在固定的中心，而是对文本起到暗中破坏的作用。

德曼则在德里达的影响下提出了修辞学阅读理论。首先，他认

---

① 德里达：《文学行动·前言》，中国社会科学出版社 1998 年版，第 2 页。

为文本语言符号与意义并不具有一致性。他说:"能够将意义掩藏在一个令人误解的符号中,这是语言的独特权力,正如我们将愤怒或憎恨掩藏在微笑背后一样。"[①] 因此,文本的意义不可能永远不变,对文本意义的完整的、总体性的理解永远不可能达到,阅读只能是一个真理与谬误无法摆脱地纠缠在一起的无止境的过程。其次,德曼受尼采的影响,将语言视为一种修辞结构,而不是传统语言学所说的是具有表现或指称表达(意义)的结构。他认为一个完全清晰的句法范式,会产生出至少含有两个意义的语句。"其中一个肯定而另一个否定自身的'示意外之意'的模式。并非只存在两个意义,其中一个是字面意义,另一个是引申意义,而且,我们也并不一定必须去决定两个含义中哪个在特定场合下是正确的"[②]。这种含混在德曼看来就是语言的修辞性所带来的,因为,"修辞学从根本上中止了逻辑,展现出了指涉性变异之令人目眩的可能性"[③]。而且,语言的修辞性在德曼看来,是语言自身所有的,并不是我们解读所造成的。"解构并非我们添加给文本的某种东西,而首先是构成文本的某种东西。一个文学文本同时肯定并否定它自身的修辞模式的权威性……"[④] 再次,语言的修辞性造成文本的自我解构性使阅读永远只能是解构性阅读,这种阅读因永远无法固定文本的意义,只能是一种"阅读的寓言"。

---

① 保罗·德曼:《盲视与洞见》,转引自蒋孔阳、朱立元主编《西方美学通史》第七卷,上海文艺出版社 1999 年版,第 419 页。

② 保罗·德曼:《解构之图》,中国社会科学出版社 1998 年版,第 57 页。

③ 同上书,第 58 页。

④ 同上书,第 66 页。

希利斯·米勒则在《探寻文学研究的依据》一文中则提出文学批评已经进入"文学的语言学阶段",他的解构批评的出发点是"取代基础的颠倒、自我构建、自我破坏性的语言形式"。① 因此,"米勒解读文本的方法之一便是找出一个关键词的意义,追溯它的认识论的根源。这样做,他就使这个词脱离封闭的系统,失去稳定性,进入一个不断变化、往返交织的迷宫。而这种语义扩散的结果,势必毁灭文本,揭示出不可穷尽的种种解释的可能,表现出逻辑安排或整体综合的徒劳"。② 如他在对雪莱的《生命的凯旋》一诗的解读时,提出"理想主义地解读雪莱"是一种可行的方法,但是对此提出质疑也是必需的,而且后者才是批评的生命。而质疑的办法在于从语言的修辞性入手。用他的话来说就是:"为了拆除理想主义,就必须拆除语言上的种种假设,但是,这样做决不能凭借还原理想主义的办法,决不能诉诸把两者都包括在内的某种'元语言',而只能通过修辞分析、转喻分析及诉诸词源这样一种运动,从而触及到某种'超越'语言的东西,而达到这一步则只能通过承认在这一运动的反理想主义或反逻各斯中心形而上学的反向动量中的语言学契机才有可能。"③

米勒的观点与其他解构批评家在语言观上其实是如出一辙的,

---

① J. 希利斯·米勒:《重申解构主义》,中国社会科学出版社 1998 年版,第71 页。

② 王逢振:《米勒:修辞的解构主义》,见米勒《重申解构主义》,中国社会科学出版社 1998 年版,第 4 页。

③ J. 希利斯·米勒:《重申解构主义》,中国社会科学出版社 1998 年版,第129 页。

就是都把语言的修辞性当做语言的本性，阅读也就只能是对文本语言修辞性的一种解读。解构批评也就只能"始终局限于文本追寻自身的活动之中"。①

B. **互文性**

互文性（intertextuality），又译为文本间性。这一概念可以说是解构批评或后结构主义"语言第一"观念的直接后果。因为，在后结构主义看来，语言的能指与所指之间没有固定的区别，想要知道一个能指的所指，将会不可避免地带入更多的能指。如此，对文本的解读我们就不可能希望有一个尽头。根据这种理论，语言的意义始终滑动在一条无尽的能指链上。而这种"滑动"并非是单个文本所能产生的，而是由文本与文本的互相交织、重叠及穿插所带来的。互文性观念即认为"作品是不止息的，不封闭的"，文本与文本是互为文本的，对一个文本的理解必须借助于对互为关联的其他文本的阅读。就像克里斯蒂娃指出的那样："任何作品的文本都像许多行文的镶嵌品那样构成的，任何文本都是其他文本的吸收和转化。"② 而从结构主义转向后结构主义的罗兰·巴特也提出："任何文本都是一种互文。在一个文本中，不同程度地、以各种多少能够辨认的形式存在着其他的文本；譬如，先时文化的文本和周围文化的文本。任何文本都是过去的引文的重新组织。进入文本并在其中得到重新分布的有法典段落、惯用语、韵律模式以及社会言语拾碎

---

① J. 希利斯·米勒：《重申解构主义》，中国社会科学出版社 1998 年版，第 131 页。

② 转引自蒋孔阳、朱立元主编《西方美学通史》第七卷，上海文艺出版社 1999 年版，第 407 页。

等等。因为文本之前与周围永远是言语存在。"①

　　解构批评的耶鲁学派则以各自的阅读实践发展了"互文性"这一概念。米勒在《史蒂文斯的岩石与作为治疗的批评》一文中对如何在批评中具体操作这一词语作了说明。"在系统阐述互文性——在一位作家的作品或其与传统的关系中，词与词的结合，比喻与比喻的结合——的作用时，理论家们需要说明一个词何以出现，它如何被玩来玩去，转来转去，如何与其他词搭配，在整个术语变化的发展过程中如何被用作一种必不可少的方式，而后又被抛弃。"② 米勒本人就对斯蒂文斯《岩石》一诗中的"治疗"一词进行了解构式批评。他先从治疗（cure）一词的拉丁语词源 cura 的意思"关注"谈起，继而转到中古英语一个不同词根 cuuve 的意义：掩盖、遮蔽、保护；再谈及也许斯蒂文斯已经知道的 curiological 这个词及其古希腊语词根的意义。总之，米勒对"治疗"一词的"玩来玩去"的分析已经摆脱了单一文本的限制，而进入一个互文的领域，要想知道治疗一词的确切意思，就如同在重林叠嶂的迷宫中寻求一个可靠的出口而不可能。而且，"治疗"一词具有不可调和的多重意义，在米勒看来："它们不可能被组合成一个有逻辑性的或辩证的结构，但它们却固执地保持着特异性。不可能从词源上找到它们单一的词根将它们统一起来或对它们作出解释，通过暗示它们有一

---

　　① 罗兰·巴特：《文本理论》，张寅德译，载《上海文论》1987 年第 5 期。
　　② J. 希利斯·米勒：《重申解构主义》，中国社会科学出版社 1998 年版，第156 页。

个单一的源头来对它们进行详细地阐述。"①

解构批评对互文性的重视,其目标在于颠覆确定性。他们认为传统诗学以单一作品为分析对象,"其结论很容易被看作陈说一部作品的意义",而"解构阅读也能在一个互文空间内展开,那里它的目标变得更为明晰,即不是揭示某一特定作品的意义,而是开拓反复出现在阅读和文字中的各种力量和结构了"。② 而且这些力量也许是互不相容的,在此意义上,米勒将解构批评视为一种分析性批评,其特点是"它非但不是一种层层深入文本、步步接近一种终极阐释的链锁,而是一种总会遇到某种钟摆式摆动的批评……对文学,具体来说是对某一篇特定的文本,总有两种见解会相互阻遏,相互推翻,相互取消。这种阻遏使任何一种见解都不可能成为分析的可靠归宿或终点"。③

互文性的在解构批评中的运用使文本具有了开放性的特征,这与接受美学或阐释学有一致之处,不同的是,接受美学或阐释学是将文本看做具有空白点的召唤结构,其多义性由读者的阅读造成,而解构批评则将文本的开放性看做是由文本的语言本身的特征所致。

---

① J. 希利斯·米勒:《重申解构主义》,中国社会科学出版社 1998 年版,第 159—160 页。

② 乔纳森·卡勒:《论解构》,中国社会科学出版社 1998 年版,第 237 页。

③ J. 希利斯·米勒:《重申解构主义》,中国社会科学出版社 1998 年版,第 131 页。

二 以边缘、碎片消解中心

解构批评"语言第一"的思想其实反映了罗蒂所说的 20 世纪哲学的一大趋势，即"语言上升为中心问题，成为当代哲学的核心"。① 相对传统的本体论哲学或认识论哲学，后现代哲学以语言问题为中心意味着对传统哲学以本体为中心或以主体为中心的消解，是一种非中心化（decentering 或称解中心）的哲学思潮。而非中心论，按照韦波纳（Paul Wapner）的界定，"就是对这样一种观念的批判，即社会现实的任一要素或部分可以被规定为本质的、基本的、决定性的因素"。② 非中心化思潮是 20 世纪西方哲学的语言学转向的直接产物，在诗学领域，它在结构主义诗学中已经盛行。结构主义对存在主义进行了根本否定和批判，认为主体既不是自己的中心，也不是世界的中心，这样的中心在他们看来根本不存在。不过，结构主义诗学把文学视为一个整体及致力于寻求文学发展背后的深层结构，与传统诗学并没有形成截然的断裂。按德里达的看法，结构主义的非中心化工程是不彻底的，因为它所"非"的不是"中心"本身，而是某个中心。相对而言，客体、主体（作者）甚至像文学这样在传统诗学中曾起到中心作用的概念，在后现代诗学中都已经被瓦解无存了。

---

① 转引自王治河《扑朔迷离的游戏：后现代哲学思潮研究》，社会科学文献出版社 1998 年版，第 73 页。

② 同上书，第 60—61 页。

1. 客体的非中心化

后现代诗学对客体中心性的消解有着两个不同的方向：一是视客体是无中心的、零散的碎片。在传统诗学里，"最初，语言和艺术都被归于同一个范畴之下——摹仿的范畴；并且它们的主要功能就是摹拟：语言来源于对声音的摹拟，艺术则来源于对周围世界的摹仿"。① 因此，在传统诗学里存在着一个艺术与对象间的关系问题，而且在文艺如何反映对象的问题上都受到有机整体思想的影响，将文艺视为是由某一中心支配的完整体。如此，完整律在传统诗学中一贯是霸主地位，在西方诗学中起着规范作用。柏拉图提出了完整统一的法则，亚里士多德也把悲剧定义为"对于一个严肃、完整、有一定长度的行为的摹仿"，歌德也说"艺术要通过一种完整体向世界说话"。② 巴尔扎克也提出"艺术的使命是选择自然的分散的部分、真理的细节，以便使它们成为一个纯一的完全的整体"。③ 浪漫主义诗人柯尔律治也将诗定义为："它必须是一个整体，它的各部分相互支持、彼此说明。"④ 现代心理小说的创始人亨利·詹姆斯也谈道："一部小说是一个有生命的东西，是连续不断的一个整体。"⑤ 完整律在西方诗学中的盛行，其前提条件是，诗学视诗所摹仿或表现的对象就是一个完整体。而在后现代诗学看来，现实

---

① 卡西尔：《人论》，上海译文出版社 1985 年版，第 176 页。

② 《歌德谈话录》，人民文学出版社 1978 年版，第 137 页。

③ 巴尔扎克：《〈十九世纪风俗研究〉序言》，载《古典文艺理论译丛》1965 年第 10 期，第 137 页。

④ 《十九世纪英国诗人论诗》，人民文学出版社 1984 年版，第 67 页。

⑤ 亨利·詹姆斯：《小说的艺术》，载《外国文艺》1981 年第 1 期。

本身就是无中心的，就如德勒兹与加塔利在《反俄狄甫斯》所说的一样："我们今天生活在一个客体支离破碎的时代，［那些构筑世界的］砖块业已土崩瓦解……我们不再相信有什么曾经一度存在的原始总体性，也不相信在未来的某个时刻有一种终极总体性等待着我们。"[①] 完整律遮蔽了现实、人生、心理的"碎片"的一面。当"碎片"得到先行澄明或自行展露，完整律就成为诗学的消解的对象。法国新小说家格里耶面对新的现实就尖锐地批判完整律构造的其实只是"神话"："上个世纪的整体传奇故事体系以及它那连续性的、编年史的、有因果关系的、不矛盾的烦琐系统实际上就像是一个最后的尝试，为的是当我们离开自己灵魂时忘却上帝把我们置于的那种解体状态，也为的是起码在表面上获得解脱，用一幅使人安慰的、清楚完整的织物去替换莫名破裂的内核、黑洞和绝路。"[②] 格里耶看到现实非连续、不连贯性，充满着不确定性，是支离破碎的废墟和杂乱无序的存在。因此，文学只能给人们提供："零碎的片段、断裂的柱子、坍塌的体系、言语的碎屑。"[③]

可以见出，格里耶的诗学遵循的还是摹仿论，在他看来，文学的任务是描写真实。只是这个"真实"已经不再是确实的真实，而是不确定的无中心的真实。无中心揭开了传统理性的遮蔽，"自从

---

① 转引自贝斯特、凯尔纳《后现代理论》，中央编译出版社 2001 年版，第 98 页。

② 格里耶：《罗伯一格里耶作品选集·重现的镜子》，湖南美术出版社 1998 年版，第 29 页。

③ 格里耶：《罗伯一格里耶作品选集·科兰特的最后日子》，湖南美术出版社 1998 年版，第 480 页。

上帝死后，便是存在本身的碎散、解体在无终止的延伸着"。① 格里耶所说的存在的碎散很类似于博德里拉（Baudrillar）说的后现代世界的特征，他说：后现代"世界的特点就是不再有其他可能的定义……所有能做的事情都已被做过了。这些可能性已达到了极限。世界已经毁掉了自身。它解构了它所有的一切，剩下的全都是一些支离破碎的东西。人们所能做的只是玩弄这些碎片。玩弄碎片，这就是后现代"。②"存在的碎散"从根本上颠覆了传统诗学的理性秩序，也消解了客体在文艺中的中心地位。

二是客体符号化。博德里拉的"类象"概念是一个典型。他说："类象不再是对某个领域、某种指涉对象或某种实体的模拟。它无需原物或实体，而是通过模型来生产真实：一种超真实（hyperreality）。"③ 在博德里拉看来，后现代是一个类象时代，是一个由模型、符码和控制论所支配的信息与符号时代。在这一社会中，模型和符码构造着经验结构，并销蚀了模型与真实之间的差别。事物与观念，对象与再现，现实与符号间的传统界限被内爆（implision）了，取而代之的是真实与非真实间的区分模糊不清的"超真实"。博德里拉认为超真实"这个词的前缀超表明它比真实还要真实，是一种按照模型产生出来的真实。此时真实不再单纯是一些现成之物（如风景或海洋），而是人为地生产（或再生产）出来的

---

① 格里耶：《罗伯—格里耶作品选集·科兰特的最后日子》，湖南美术出版社1998年版，第617页。

② 转引自贝斯特、凯尔纳《后现代理论》，中央编译出版社2001年版，第165页。

③ 同上书，第152页。

'真实'（例如模拟环境），它不是变得不真实或荒诞了，而是变得比真实更真实的了，成了一种在'幻境式的（自我）相似'中被精心雕琢过的真实"。① "超真实"取代了真实，而且还成了真实的判定准则。因此，"那些通常被认为真实的东西——政治的、社会的、历史的以及经济的——都将带上超真实主义的类象特征"。② 既然后现代世界的一切都带上"超真实"的特征，就艺术而言，它也只不过是一种符号的再生产，是一种"仿真"（simulation）而非对世界的再现。

2. 主体的非中心化

福柯在《词与物》里提出了"人的死亡"的命题。福柯通过对人文科学诞生过程的"考古"，揭示了"人"作为推论性建构物的诞生过程。他认为"人，作为初始的和有深度的实在，作为所有可能的认识之难弄的客体和独立自主的主体，在古典认识型中没有一席之地"。③ 人，作为人文科学的哲学对象，出现于古典的再现领域消解的时候，"也就是当人类首次变得不再仅仅是一个冷漠的再现的主体，同时也是现代科学的研究对象"。现代哲学在一系列不稳定的对子（doublets）中——如我思/非思，超验/经验，则"试图恢复思维主体的优先性和自主性，恢复其主宰外在于己的一切东西的特权"。④ 在福柯看来，这实际上是把对人的有限性所作的经验分

---

① 贝斯特、凯尔纳：《后现代理论》，中央编译出版社 2001 年版，第 154 页。

② 同上书，第 152 页。

③ 福柯：《词与物》，上海三联书店 2001 年版，第 404 页。

④ 贝斯特、凯尔纳：《后现代理论》，中央编译出版社 2001 年版，第 54—55 页。

析误当成了对人的无限本质所作的先验分析，所以，现代哲学实际上是陷入了"人类学的沉睡"之中。而 20 世纪反科学（counter-sciences）（精神分析、人种学和语言学）的出现，则预示了人的终结。他说，通过这三门反科学，"人的命运就在我们的眼前慢慢织成，但是朝反面织成的；在这些奇异的织花上，人的命运就被导向其诞生的形式，导向使之成为可能的故乡。但这难道不是一种导致人终结的方式吗？因为语言学同精神分析和人种学一样都不谈论人本身"。① 因此，福柯在《词与物》的结尾就预言："人将被抹去，如同大海边沙地上的一张脸。"

福柯在消解传统哲学的"主体"同时，提到文学的问题，引出了"作者的死亡"的命题。他说："愿我们今日的文学受到语言的存在的迷惑"，在文学这种新的存在方式中，"死亡在游荡着，思想灭绝了，起源的允诺无限地退隐"。② 因此，写作与死亡之间有着密切关系，其表现是："凡是作品有责任创造不朽性的地方，作品就获得了杀死作者的权利，或者就变成了作者的谋杀者。福楼拜、普鲁斯特、卡夫卡是这种转变的明显实例。此外我们发现，这种写作与死亡之间的联系，还表现在作者个人特点的完全消失；作者在他自己和文本之间产生的矛盾和对抗，取消了他独特的个人的标志。"③

有意思的是，福柯发表《作者是什么?》（1969）的头一年，罗

---

① 福柯：《词与物》，上海三联书店 2001 年版，第 498 页。

② 同上书，第 501 页。

③ 福柯：《作者是什么?》，见王逢振等编《最新西方文论选》，漓江出版社 1991 年版，第 447 页。

兰·巴尔特发表了直接以"作者之死"为题的文章。巴尔特认为传统诗学"相信作者时，他总是被当作自己作品的过去：作品与作者自动地站在一条直线上，这条直线被分成以前和以后。作者被认为是孕育作品的人，就是说，他先于作品而存在，为了作品他思考、生活、承受苦痛。他先于作品的关系就如同父亲先于子女的关系"。但是从语言学的角度看，作者只不过是事例写作（instance writing），"他与文本同时诞生，绝对不是先于写作或超越写作的存在，不是以其作品为从属的主体"。[①]福柯无疑受到了巴尔特思想的影响，不同的是，如同对"人"的考古一样，福柯认为"作者"也是一定时代的产物，并非什么超验的永恒的东西。如在中世纪时，人们就根本不在乎作品是否有署名的作者，到17世纪后，作者的作用才越来越重要。

那么，作者死了之后，他又是什么呢？福柯的看法是，他只是话语的一种功能，"作者的作用是表示一个社会中某些话语的存在、传播和动作的特征"。他在经过考察后，对"作者—作用"的四种最重要特征进行了归纳："'作者—作用'依靠法律和惯例体系，这种体系限制、决定并明确表达话语范围；在各种话语、各个时刻以及任何既定的文化里，'作者—作用'并不以完全相同的形式动作；'作者—作用'不是根据把文本自发地归于其创作者来限定，而是通过一系列精确而复杂的程序来限定；就它同时引起多种自我和任

---

① 罗兰·巴尔特：《作者之死》，见拉曼·塞尔登编《文学批评理论：从柏拉图到现在》，北京大学出版社2000年版，第341页。

何阶级的个人都会占有的一系列主观看法而言，'作者—作用'并非单纯地指实际的个人。"由此出发，他得出结论，"必须取消主体（及其替代）的创造作用，把它作为一种复杂多变的话语作用来分析"。① 如此，传统诗学中作者的想象、灵感、情感等这些有创造作用的主体的因素就逸出了福柯的视野，而且作者（创作主体）已经不具连续性及统一性。

解构批评的非中心化目的，按德里达本人所说，并不是说"不存在中心"或者说"不要中心"，而是将传统哲学中的与某一实体相对应的中心非实体化，"相信中心是一种功能，而不是一种存在——一种实在，只是一种功能"。② 但在本质上，德里达所说的"功能"也只不过是无法起到中心作用的功能，他的真正本意是要提出："中心并不存在，中心也不能以在场者的形式被思考，中心并无自然的场所，而且在这个非场所中符号替换无止境地相互游戏着。"被理解为功能的中心已经不是传统意义上的中心，而且根本也就无中心可言，因为"在中心或始源缺席的时候一切变成了话语……也就是说一切变成了系统，在此系统中，处于中心所指，无论它是始源或先验的，绝对不会在一个差异系统之外呈现。先验所指的缺席无限地伸向意谓的场域和游戏"。③

---

① 福柯：《作者是什么?》，见王逢振等编《最新西方文论选》，漓江出版社 1991 年版，第 451、454、458 页。

② 德里达：《结构，符号，与人文科学话语中的嬉戏》，见王逢振等编《最新西方文论选》，漓江出版社 1991 年版，第 154 页。

③ 德里达：《书写与差异》下册，三联书店 2001 年版，第 505 页。

三　以时间解构空间

第一章我们提到传统诗学的建构是一种空间建构。自 19 世纪末以来，传统形而上学"时间性的空间模式"受到了这样或那样的攻击与解构。马克思、弗洛伊德、叔本华、尼采作为先驱在此起到了奠基的作用，而"在二十世纪最著名的分析时间的《存在与时间》中，马丁·海德格尔放弃了自希腊和教会神父而来的空间化的时间模式，接受了一种颇具穿透力的批评"。① 在海德格尔看来，形而上学追问为什么存在者存在这样的问题，已经设定了存在者存在是自明的，它是以存在者存在这一预设为前提的。"但是，任何存在者的存在只有从其存在的时机或机缘中被抽离出来，这一存在才是普遍地自明的，而无须追问这一存在是如何显现如何来相遇的。因此，从根本上说，形而上学以遗忘本源时间为前提，或者说，以从本源时间中抽身出来，从而从存在抽身出来为前提"。② 海德格尔提出一种生存论的时间观，时间必须被领会为此在，他说：

> 时间就是此在。此在是我的当下性，而且我的当下性在向确知而又不确定的先行中能够是将来的东西中的当下性。此在始终以一种他的可能的时间性存在的方式存在。此在就是时

---

① J. 希利斯·米勒：《重申解构主义》，中国社会科学出版社 1998 年版，第 25 页。

② 黄裕生：《时间与永恒：海德格尔哲学中的时间问题》，社会科学文献出版社 2002 年版，第 9 页。

间，时间就是时间性的。此在不是时间，而是时间性。因此，
"时间是时间性的"这一基本陈述乃是本真的规定——它不是
一个同语反复，因为时间性的存在意味着不相同的现实性。此
在就是他的消逝，就是在向这种消逝先行中的可能性。①

海德格尔的生存论时间观将此在领会为时间及将时间领会为时
间性，其要义就是将时间视为一个过程，而不是像柏拉图—基督教
传统那样视时间为一连串的现在。海德格尔也说"此在式的空间
性"，但是与柏拉图传统以空间来建构时间不同，海德格尔主张
"只有根据绽出视野的时间性，此在才能闯入空间。世界不现成存
在空间中；空间却只有在一个世界中才得以揭示"。即"此在存在
建构的本质结构本身在生存论上必得被回收到时间性之中"。②

当然，海德格尔其意并非"从时间中演绎出空间来，也非意在
把空间抹灭为纯粹时间"，他将此在领会为时间性解决了此在的历
史性的问题，因为存在者"在其存在的根据处是时间性的，所以它
才历史地生存着并能够历史性地生存"。③

海德格尔在解构了柏拉图—基督教传统的时空观后，在《艺术
作品的本源》一文中，将"历史"概念引入到对艺术的分析中来。
在他看来，如果作品"它们被移置到一个博物馆里，它们也就远离
了其自身的世界"。也就是说，不能根据"物"和空间的概念来解

---

① 海德格尔：《时间概念》，《海德格尔选集》上卷，上海三联书店1996年版，第24页。
② 海德格尔：《存在与时间》（修订译本），北京三联书店1999年版，第419页。
③ 同上书，第427页。

释作品，而是要从时间来对待作品，因为"世界之逃离和世界之颓落再也不可逆转。作品不再是原先曾是的作品。……它们面对我们，虽然还是先前自立的结果，但不再是这种自立本身了。这种自立已经从作品那里逃逸了"。① 如此，我们对艺术的研究就不应像传统的实证的研究那样，把它看做是博物馆中的死的、无言的对象性的物，而应看做是在时间上向着某种无限可能性开放的作品。就海德格尔所说："作品存在就是建立一个世界。……世界就始终是非对象性的东西，而我们人始终归属于它。在此，我们的历史的本质性的决断才发生，我们采纳它，离弃它，误解它，重新追问它，因为世界世界化。"②

海德格尔还提出："艺术是真理之自行设置入作品。……艺术是历史性的，历史性的艺术是对作品中的真理的创作性保存。艺术发生为诗。诗乃赠予、建基、开端三重意义上的创建。作为创建的艺术本质上是历史性的。这不光是说：艺术拥有外在意义上的历史，它在时代的变迁中与其他许多事物一起出现，同时变化、消失，给历史学提供变化多端的景象。真正说来，艺术为历史建基；艺术乃是根本性意义上的历史。"③

海德格尔的"历史"首先指的并非是物理时间上的顺序，而是指向一种本源时间。他反对将时间当做一种纯粹的无始无终的现在序列，而是认为："时间性是源始的、自在自为的出离自身本身。"

---

① 海德格尔：《艺术作品的本源》，《林中路》，上海译文出版社 1999 年版，第24 页。

② 同上书，第 28—29 页。

③ 同上书，第 61 页。

而且，"源始而本真的时间性是从本真的将来到时的，其情况是：源始的时间性曾在将来而最先唤醒当前。将来在源始而本真的时间性的绽出的统一性中拥有优先地位……源始而本真的时间性的首要现象是将来"。[1] 在这里，将来具有着优先地位。也就是说，海德格尔的时间不是传统物理学的时间——从过去经由现在而流向将来。本源时间性的到时，是从将来到时。而"历史"也非事件的堆积和故事的汇编，历史不是过去，"历史乃是一个民族进入其被赋予的使命中的同时进入其捐献之中。历史就是这样一个进入过程"。可以说，历史乃是一个包含着将来、已在和当前的大视界。因此，说艺术本质上是历史的，就意味着艺术是在不断地解释与阅读中展开的，也是在不断地解释与阅读中成为"本源"。用海氏自己的话说就是："艺术作品的本源，同时也就是创作者和保存者的本源，也就是一个民族的历史性此在的本源，乃是艺术。"[2]

海德格尔说，探讨艺术作品的本源，必得是在循环之中兜圈子，但这正是"思之力量"。他的生存论时间观颠覆了传统诗学中的空间性的时间模式，而其影响，米勒给予了简要的归纳："时间作为存在，他者作为存在，意识对于自身的存在，语言作为意识存在的纯粹反映，文学史作为意识的历史，达到所有其他存在都从中产生的原始存在可能——所有这些存在形式都遭到了现代思想主要

---

① 海德格尔：《存在与时间》（修订译本），北京三联书店 1999 年版，第 375 页。
② 海德格尔：《艺术作品的本源》，《林中路》，上海译文出版社 1999 年版，第 61—62 页。

传统的否定。"①

　　而解构主义的文本理论同样有着颠覆传统形而上学的空间建构的特点。德里达把"文本"的生成看成是文本自身的播撒，播撒即是主体参与的"书写"，文本在"书写"中不断衍生着，向多样性的发展和派生。如此，"文本"就是一个开放性的结构，而文本的生成过程和主体的理解的发生过程就是相辅相成的。这样对文本的理解就只有置于一定时间态的层次上才能把握住，对于一种事物作为一种"文本"的描述和把握，必须在历史过程的演变中来框架它。如果说，诗学形而上学是将文本当做有确定意义的不变的实体来对待的话，那么解构主义则更多的是关注文本在时间流流变中与其他文本间的关系。这表示解构主义在看待世界或文本上已经与形而上学分道扬镳了。

第四节　对解构主义诗学的强评价

　　现在对"解构"进行定性的评价是相当困难的，其一是因为"解构"还没有走向终结，它的理论的展开还是一个正在进行时，其丰富性与矛盾性远远还没有完全展示出来；其二是"解构"本身是在一种看似矛盾的运动中展开的，这一运动就是"超越形而上学

---

　　①　J. 希利斯·米勒：《重申解构主义》，中国社会科学出版社 1998 年版，第26 页。

的历史的必要性和与此同时实际地'超越'的不可能性"。① 德里达本人也说过："不用形而上学的概念去动摇形而上学是没有任何意义的；我们没有对这种历史全然陌生的语言——任何句法和词汇；因为一切我们所表述的瓦解性命题都应当已经滑入了它们所要质疑的形式、逻辑及不言明的命题当中。"② 其三是因为解构主义内部充满了矛盾，"这个运动的发起者德里达有一个关于解构主义的使用和限制的概念，那个概念完全相左于到现在为止一直为人们所接受的某些主导样式"。③ 也许，对解构的评价的最恰当的立场要站在超越形而上学和对形而上学的解构的立场。但是，这些立场并没有表明人类拥有一种全新于形而上学与对形而上学解构的思维方式，它们还是不得不在原有的框架里面工作。因此，对"解构"的全面评价不是本书所力所能及的，我们只能就诗学领域进行强评价。

当代美国的思想史学家理查德·沃林说过："要想充分地了解解构主义，就必须了解解构主义在本质上是什么东西。从根本上说，它反映了我们同西方形而上学传统的根本模糊关系或张力。"④ 借用到诗学，我们认为，解构批评在根本上也是反映了我们与传统诗学的根本模糊关系或张力，使西方诗学的演进进入了一个新的时期。米勒说过："解构论者并非寄生者，而是弑亲者。他把西方形

---

① 理查德·沃林：《文化批评的观念：法兰克福学派、存在主义和后结构主义》，商务印书馆 2000 年版，第 286 页。

② 德里达：《书写与差异》下册，北京三联书店 2001 年版，第 506 页。

③ 理查德·沃林：《文化批评的观念：法兰克福学派、存在主义和后结构主义》，商务印书馆 2000 年版，第 285 页。

④ 同上书，第 286 页。

而上学的机器拆毁，使其没有修复的希望，是个不肖之子。"① 这可谓是包括解构批评在内的后现代主义诗学在诗学史上最大贡献。卡林内斯库曾在其《现代性的五副面孔》曾用俄国形式主义者雅各布森的观点来谈论现代主义与后现代主义的分野。他说："按雅科布森的看法，文学的演进可视为从某一时期首要的或主导性的诗学准则系统转向一个新的诗学准则系统，这个新的系统将主导下一个时期。……雅科布森指出，在旧时期属次要的东西，在新的时期里变成了首要的，与此相应，在旧时期属本质性的东西，在新的时期变成了附属的或非必需的。"② "解构"虽然按德里达的说法，并不是一个哲学、诗、神学或意识形态的术语，它所关涉的实际上是意义、惯例、权威、价值等有没有的问题，也就是说，解构本身反对"准则系统"之类的词汇。但是，通过美国耶鲁学派的努力及解构在女性主义文学批评、新历史主义批评及后殖民主义批评等批评领域的渗透，解构实际上主导了 20 世纪 60 年代以后的诗学。它与传统本体论诗学、认识论诗学形成了一个明显的断裂，直到今天，这个断裂仍在继续。"解构主义"实现了一个诗学上的后现代转型，至少在如下几个方面开掘出了与传统诗学不同的向度：

其一，解构批评不承认文本固有的意义，建立了一个与传统诗学不同的文本观。传统诗学由于是一种由一系列的前设出发进行建构的活动，它一直生活在深度模式之下，即对于事物总是要寻求一

_____

① J. 希利斯·米勒：《重申解构主义》，中国社会科学出版社 1998 年版，第131 页。

② 马泰·卡林内斯库：《现代性的五副面孔》，商务印书馆 2002 年版，第327 页。

个深渊下面的深渊，强调诗有一本体存在，认为诗就是达到"真"的途径之一，诗学就是要解答作家赋予作品的意义。而解构诗学则将解构的终极标靶放在西方传统哲学的逻各斯中心主义，在他们看来传统诗学无疑也是逻各斯中心主义的附属物。其最直接的意义就是消解了传统诗学对超验意义的崇拜，其必然结果就是主张文本的意义多元性，从而建立起一个新的文本观。如此，解构批评在文本观上就实现了一种后现代的转型：文本、差异、踪迹、撒播、延异等术语替换了作品、内容、形式、结构和主题，不确定性不再成为批评家的敌人，反而被他们赋予了一种肯定性价值，用来攻击同一性、继往开来性、整体性等诸如此类的形而上学思维。这种解放造成了与传统理论的裂变。《后现代理论：批判性的质疑》著者就指出："与结构主义者把语言游戏局限在封闭的对立结构中的做法不同，后结构主义把能指放在比所指更重要的位置上，以此来表明语言的动态生产性和意义的不稳定性，表明他们同意义的再现图式的决裂。"① 这种诗学有学者已经将之命名为"不确定性的诗学"，与传统诗学及现代主义诗学相区别。②

其二，解构批评建立了一个新的文学史观念。伊格尔顿在《后现代主义的幻象》中分析后现代主义的历史观时提到，后现代主义反对"大写的历史"，因为大写的历史"它依赖于这样一种信仰，即认为这个世界有目的地朝着某种预先决定的目标运动，直到现在这个目标还是这个世界内在固有的，它为这一不可抗拒的展开提供

① 贝斯特、凯尔纳：《后现代理论：批判性的质疑》，中央编译出版社 2001 年版，第 26 页。

② 卡林内斯库：《现代性的五副面孔》，商务印书馆 2002 年版，第 319—320 页。

了动力。大写的历史有它自己的逻辑，为了它自己不可预见的目的同化了我们自己表面上自由的构想"。伊格尔顿还说："后现代主义的一种倾向是把历史视为一件具有持续变动性、极为多样和开放的事物，一系列事态或者不连续体，只有使用某种理论暴力才能将其锤打成为一个单一的叙事的整体。"①

在这种大的历史观的背景下，解构批评一方面反对将文学史视为一系列不同主题的演进史，反对文学中的"进步"的观念。米勒指出："对德曼和现今其他批评家来说，文学史不是一系列自我封闭的'阶段'，每个阶段都有其独特的决定其时文学主题的一套假设。"② "阶段"的观念是"将文学史分成片断，或把它放入框架或鸽笼之中"。解构批评将传统文学史的阶段划分的做法视为是个"形而上学的问题，因为阶段划分涉及整个由假想构成的网络，包括开始、因果、结局以及构成西方形而上学结构基础的种种设想"。③ 解构批评提出"根据未来（以后）（post）的先在（modo）这一悖论"（福柯语）来理解后现代，如此，过去、现在、未来就失去了严格的界限，"连续体被消解，历史变成了只不过是一个当前事态的星系"。另一方面，解构批评的互文概念与文学史也有着千丝万缕的关系。互文将"但丁和德·利洛被放在了一起，尽管他

---

① 特里·伊格尔顿：《后现代主义的幻象》，商务印书馆 2000 年版，第 55—56 页。

② J. 希利斯·米勒：《重申解构主义》，中国社会科学出版社 1998 年版，第 25 页。

③ 同上书，第 84 页。

们处于毫不相关的历史时期，彼此之间毫无任何的共同之处"。① 如此，文学研究是无法将文学当做无言的文物，通过复现它的语境使过去的文学再生的。借用卡西尔的话来说就是"我们不可能重建它，不可能在一种纯物理的客观的意义上使它再生"。② 这样，对于解构主义诗学来说，一切历史都是当代史。文学史不是某种还原运动，而是立于我们这个时代对"历史"的一种重新铭写。所以，米勒说："回忆、应该记忆什么、对应该记忆的东西如何加以阐释，这些都已不是被动行为，而是有生气的、充满强烈情感的行为。这种行为每个时代都有所不同，因为每个时代对历史的把握都有自己的目的。新文学理论的一个重要影响，就是要重新界定应该铭记哪些值得记忆的东西；在确信了我们应该记忆我们想要记忆的东西之后，应该有什么样的复原与重新阐释的程序。"③

其三，解构批评"解放了"读者。解构批评的这一作用是为大多数理论家所肯定的。在传统诗学看来，读者的意义只在于他是文本意义的阐释者，其阐释受制于文本。拉曼·塞尔登就曾以对亚里士多德的"卡塔西斯"一词的几种不同解释为例指出，虽然批评家对读者或观众在艺术创造过程中的作用见解不一，"然而，他们都把文本当作意义的惟一决定因素。无论卡塔西斯发生在文本中还是发生在读者身上，文本都始终是一个动因，是解释其意义的惟

---

① 特里·伊格尔顿：《后现代主义的幻象》，商务印书馆 2000 年版，第 56 页。

② 卡西尔：《人论》，上海译文出版社 1985 年版，第 221 页。

③ J. 希利斯·米勒：《重申解构主义》，中国社会科学出版社 1998 年版，第 226 页。

一权威"。① 如此，传统诗学的研究重心实际上并不在读者身上，而是在对作家作品的研究上，可以说，在 20 世纪中期以前，对读者阅读的研究相对来说是排除在文学理论视野之外的。而解构批评在某种意义上来说是一种阅读理论。作为一种"不确定性的诗学"，解构批评突出了读者阅读的重要性，赋予读者阅读以自由。米勒说："解构批评旨在抵制批评的笼统化和极权主义的倾向。"② 反对极权主义倾向也就是反对把对文本的某一解释当做是权威解释而排除其他解释的可能性。解构批评认为寻找权威意义的阅读是根本不可能的，按布鲁姆的说法，阅读总是一种延迟行为和意义偏转的结果，即阅读总是一种"误读"。而且，解构批评把阅读当做写作，更加赋予了读者以阐释文本的自由性。

当然，解构主义诗学在颠覆传统诗学的一系列命题，在诗学史上造成了颇具震撼力的革命的同时，它也有着致命的缺陷：

一　割断了文学与现实的关系

有学者说：德里达之名言"文本之外一无所有"当如此来理解："语言活动建构的是一个语言世界，一个延异游戏的世界。语言世界并不是非语言世界的再现（representation），语言世界的存在是自足封闭的。"③ 这大概是解构诗学最为人所诟病的局限。将文

---

① 拉曼·塞尔登编：《文学批评理论：从柏拉图到现在》，北京大学出版社 2000 年版，第 195 页。

② J. 希利斯·米勒：《重申解构主义》，中国社会科学出版社 1998 年版，第 132 页。

③ 余虹：《革命·审美·解构》，广西师范大学出版社 2001 年版，第 363 页。

学或哲学看做是语言构成的独立的文本，这在一定意义上有其合理性。但是，解构批评从语言第一出发，将语言看做一个独立自主的、自我参照的系统，将世间一切都视为文本，并且运用互文概念来阐释文本，如此就斩断了语言与现实之间的联系。这在本质上是滑向了唯心主义。早在一百多年前，马克思就指出，"语言是思想的直接现实。像哲学家们把思维变成一种独立力量那样，他们也一定要把语言变成某种独立的特殊的王国"，然而，"哲学家们只要把自己的语言还原为它从中抽象出来的普通语言，就可以懂得，无论思想或语言都不能独立组成特殊的王国，它们只是现实生活的表面"。[①] 我们看到，无论理论家们怎样编造关于语言的"神话"，总还是存在一个非语言的现实世界，这一世界在归根结底的意义上来说决定了语言的产生及发展面貌。"人们是自己的观念、思想等等的生产者，但这里所说的人们是现实的、从事活动的人们，他们受自己的生产力和与之相适应的交往的一定发展——直到交往的最遥远的形态——所制约。意识在任何时候都只能是被意识到了的存在"。[②] 因此，马克思主义的文学批评强调美学的和史学的观点的统一。其史学的观点要点之一就是将作品视为一定历史条件下社会关系的产物，把有无较大的思想深度和历史内容看做作品的历史作用和历史价值的衡量标准。解构批评实际上是有意地回避了关于语言的这一发生学问题。卡西尔在其《人论》中已经指出，在语言学问题上，"知识论已经告诉我们，我们必须经常在发生学的问题和系

---

① 《马克思恩格斯选集》第三卷，人民出版社 1995 年版，第 525 页。
② 《马克思恩格斯选集》第一卷，人民出版社 1995 年版，第 72 页。

统的问题之间划分一条鲜明的分界线。把这两种类型的问题混为一谈是危险的，是易入歧途的"。"人类言语所必须履行的不仅是普遍的逻辑任务，而且还是社会任务"。[①] 解构批评沉溺于对文本语言的游戏中，忽视了文本语言外的世界，其直接后果是使文学创作成为无源之水与无本之木。在这方面，《后现代理论：批判性的质疑》的著者恰恰击中了包括解构主义在内的后现代理论的共同弊病："所有后现代主义者都拒斥那种认为心灵是自然的镜子、客体是中性的材料，而主体则是世界的漠然的观察者的隐喻。后现代主义者承袭了从康德、黑格尔、尼采，一直到 20 世纪实用主义的批判传统，认为心灵只是对现实的建构而非反映。在这一问题上，许多极端后现代主义者陷入了语言唯心主义，否认这个世界有任何不依赖于语言或话语的外在现实。"[②]

二　解构诗学的反本质主义倾向

解构批评并不声称对文本的阐释或阅读不需要"意义"，但是它却使用"语境"这一概念，将文本意义置于互文中，从而在实质上消解了文本与现实间的关系以及单一文本的意义，由此而走向了相对主义。德里达说过："这是我的起点：脱离语境意义无法确定。但语境永无饱和之时。我这里指的不是内容和语义的丰盛，而是结

---

① 卡西尔：《人论》，上海译文出版社 1985 年版，第 151、163 页。

② 贝斯特、凯尔纳：《后现代理论：批判性的质疑》，中央编译出版社 2001 年版，第 366 页。

构，后遗的或重复的结构。"① 德里达的意思是说，一句话的意义取决于这句话的语境，而这个语境的规定性又取决于更大语境的规定性，如此不断扩展，以至无穷。德里达这种思想与罗素批评过的黑格尔的"大全主义"（holism）思想有着类似性。罗素指出，假定我说："约翰是詹姆士的父亲。"黑格尔们会说："你必须先知道约翰和詹姆士是谁，然后才能够理解这个陈述。可是所谓知道约翰是谁，就是要知道他的全部特性，因为撇开这些特性不谈，他和其他任何人便无法区别了。但是他的全部特性都牵连着旁的人或事物。他的特征是由他对父母、妻子和儿女的关系，他是良善的或不良的公民，以及他隶属的国家来定的。你必须先知道所有这些事，才谈得上你知道'约翰'二字指的是谁。在你努力要说明你讲的'约翰'二字何所指时，一步一步使你去考虑整个宇宙，而你原来的陈述也会显出说的并不是关于约翰和詹姆士这两个各别人什么事情，而是关于宇宙的什么事情。"罗素批评说："假使黑格尔的意见正确，任何词都无法开始具有意义，因为根据他的理论，一个词的意义即他所指的事物的一切性质，而为叙述这一性质，我们便需要已经知道一切其它词的意义。"德里达的无边界的语境与黑格尔的大全主义虽然意向不同，但是在趣味上无疑有着相似性。其必然结果就是导致虚无主义。正如罗素批评黑格尔时所说的"为正确合理使用约翰二字，我用不着知道有关约翰的一切事情，只须知道足以让我认识他的事情就行了"。② 解构的理论因为是一种去中心的理论，

---

① 转引自乔纳森·卡勒《论解构》，中国社会科学出版社1998年版，第107页。
② 罗素：《西方哲学史》下卷，商务印书馆1991年版，第292—294页。

不承认事物及文本有着决定其所是的中心，因此在文本的意义中不断游戏，这就使得对文本的理解成为不可能。

关于本质主义，伊格尔顿在《后现代主义的幻象》中说过："本质主义的比较无伤大雅的形式是这样一种信念，即认为事物是由某些属性构成的，其中某些属性实际上是它们的基本构成，以至于如果把它们去除或者加以改变的话，这些事物就会变成某种其他东西，或者什么也不是。"① 这种信念其实也可称为基础主义，即相信存在着某种永恒不变的知识基础。J. M. 艾迪认为构成西方哲学"脊骨"的"白人"，从柏拉图、亚里士多德、奥古斯丁、阿奎那、笛卡尔、斯宾诺莎、莱布尼兹到康德、黑格尔、胡塞尔都是"基础主义者"。② "基础"和"阿基米得点"也就成为西方哲学中两个重要的隐喻。德里达提出："形而上学的历史就如西方历史一样，大概就是这些隐喻及换喻的历史。……也许可以指出的是那种基础、原则或中心的所有名字指的一直都是某种在场（艾多斯、元力、终极目的、能量、本质、实存、实体、主体、揭蔽、先验性、意识、上帝、人等等）的不变性。"③

解构诗学将西方传统诗学视为一种逻各斯中心主义在言说的诗学，逻各斯是传统诗学建构的阿基米得点，因此传统诗学包含的就是一种信仰逻各斯的本质主义或基础主义的信念。反本质主义在一定程度上是有道理的，因为"的确存在简约地、虚假地、永恒化

---

① 特里·伊格尔顿：《后现代主义的幻象》，商务印书馆 2000 年版，第112页。

② 转引自王治河：《扑朔迷离的游戏：后现代哲学思潮研究》，社会科学文献出版社 1998 年版，第 86 页。

③ 德里达：《书写与差异》下册，三联书店 2001 年版，第 504 页。

地、粗暴地、均质化地使用本质概念的情况"。① 但是，解构诗学从根本上否定每一文本有其自身的质的规定性，只认可意义存在于互文中，则是武断和片面的。因为，一方面"一件事物可以具有一个不牵涉其它任何事物的性质，这种性质叫作质"。② 另一方面，事物的相关性其实也是事物的本质的表现。正如伊格尔顿所说，本质主义并不一定就是"假定一件事物与另一件事物之间总是截然分开的，并不假定每一件事物都与其他任何事物相隔绝地闭锁在自己密封的本体论空间里。事实上，你可以与黑格尔和其他人一样地认为，事物的相关性正是它们的本质"。③ 由此可见，本质主义并不必然是一种形式的简约主义。如马克思主义在对人的本质的理解上就主张，人的本质在其现实性上是一切社会关系的总和，这是一种本质主义的思想。当然，如果将马克思视为一个"本质主义者"的话，其本质主义是反对将本质视为固定、不变、永恒的本质。如他所说的人并不是"处在某种虚幻的离群索居和固定不变状态的人，而是处在现实的、可以经验观察到的、在一定条件下进行的发展过程中的人"。④ 因此，解构诗学的反本质主义思想其实是建立在对本质主义的误解基础之上的，或者说，解构诗学对本质主义作了绝对化的理解。"互文""语境"也可以被视为文本的本质属性，但是除此之外，文本还有着决定其自身与其他文本不同的质。解构诗学的不要本质主义只要非本质主义的"非此即彼"的思维方式，实际上

---

① 特里·伊格尔顿：《后现代主义的幻象》，商务印书馆2000年版，第119页。
② 罗素：《西方哲学史》下卷，商务印书馆1991年版，第294页。
③ 特里·伊格尔顿：《后现代主义的幻象》，商务印书馆2000年版，第113页。
④ 《马克思恩格斯选集》第一卷，人民出版社1995年版，第73页。

恰恰抹杀了文本的丰富的内涵，使文本只存在于语言的游戏的表层模式之上。这与它的不确定思维恰恰是正相牴牾的。

三　解构诗学过分强调阅读的自由，使自身也面临被解构的危险

解构主义因以否定一切权威为出发点，对任何先在的阅读都加以颠覆，崇拜不确定性，因此，它并不认为每一次的解构阅读就是找到了可靠的终点。如此，解构主义者常常陷于一种逻辑的悖谬之中。用米勒的话来说，就是"拆解者总是在拆解他自身。……具体来说是对某一特定的文本，总有两种见解会相互阻遏，相互推翻，相互取消。这种阻遏使任何一种见解都不可能成为分析的可靠归宿或终点"。① 借用布卢姆的术语来说，解构主义的后来者对其先辈总是处于一种"影响的焦虑"中：既逃不开解构的框架，又要解构已有的程序。解构诗学也就是在如此不断反复中进行。爱德蒙森在其《文学对抗哲学》一书中以德曼与其后继者的关系很好地说明了这一点。一方面，他认为德曼力求借盲视呈现洞见的修辞阅读，是创造了一个阅读的范式，这是"一种能生产弟子的知识"。在德曼之后出现了许多表示永远纪念他、忠实于他的教诲的弟子。也就是说，"德曼的解构创生了一种自我永存的秩序"。但是，另一方面，德曼的"解构理论的一个魅力正在于它允许人们去阅读高层读者，解构那个解构者"。即德曼的颠覆性的解构模式使其自身也处于了被颠覆的境况中。站在解构的立场上，谁也没有自信认为自己"更

---

① J. 希利斯·米勒：《重申解构主义》，中国社会科学出版社 1998 年版，第131 页。

有权威了解他人，甚至比被了解者本人还权威"。^① 正是在这一意义上，乔纳森·卡勒指出："诚如德里达对卢梭的阅读使德曼有可能利用卢梭来识别德里达的误读，德曼的言论也使后来的批评家有可能利用德里达和卢梭来反对德曼，这是个不好理解的颇为复杂的局面。"^②

解构诗学的自我解构性避免了解构阅读"被僵化、麻木从而成为一种教条，或者成为一套刻板的阅读法则，变成了某种固定的方法"，与此同时，也使解构诗学的解构程序有着任意性和主观性。解构诗学主张："真正走向德里达的方法——这将是非常困难的——就是努力表明，他有关柏拉图、庞吉、黑格尔的论述是错误的，他对他们的阅读是错误的。"^③ 虽然，米勒说解构主义要超越虚无主义，但解构自身的被颠覆总是使其停滞不前。这也许就是在 20 世纪 80 年代以后，解构主义作为一个派别不再兴盛，解构只能作为一种策略在其他新兴的文学批评思潮中被运用的一个原因吧。解构诗学虽然将自身的目标定位于传统的形而上学，但是从建构与解构的角度来看，解构其实是与建构共在的。米勒就认为"任何一种解构同时又是建构性的、肯定性的。这个词中 'de' 和 'con' 和并置就说明了这一点。……它在破坏的同时又在建造"。^④ 可以说，解

---

① 马克·爱德蒙森：《文学对抗哲学：从柏拉图到德里达》，中央编译出版社 2000 年版，第 58—64 页。

② 乔纳森·卡勒：《论解构》，中国社会科学出版社 1998 年版，第 251 页。

③ J. 希利斯·米勒：《重申解构主义》，中国社会科学出版社 1998 年版，第 284 页。

④ 同上书，第 130—131 页。

构诗学如果没有一种建造，那么其精神不可能渗透如今几乎所有的人文科学之中。因此，在诗学中并没有纯粹的建构行为，也没有纯粹的解构行为。诗学在本质上是合建构与解构一体的。

| 第三章 |

建构中的解构

　　对一种理论的研究往往总是要有待于这种理论的完成，也即以这种理论的完成为自己研究的开端。这就是马克思谈到的从事后思索的方式。他在《资本论》中提道："对人类生活形式的思索，从而对它的科学分析，总是采取同实际发展相反的道路。这种思索是从事后开始的，就是说，是从发展过程的完成结果开始的。"[①]　就诗学来说，解构主义诗学之所以将解构的矛头指向传统诗学形而上学，原因就在于在解构主义看来，传统诗学形而上学已经终结。也就是说，解构主义的出发点是立于传统诗学形而上学的终结处的，那么，解构主义的思想无疑为我们研究传统诗学提供了一种具体的思路，使我们得以用一种从后思索的方式来对待传统诗学。因为，解构主义坚持认为，解构的意图在于恢复被传统的霸权准则所拒

---

　　① 《马克思恩格斯全集》第二十三卷，人民出版社 1972 年版，第 92 页。

斥、压抑、贬值、少数化、非法化的历史。也就是说解构主义者并非像有些学者所称作的哲学史上的弑父者，解构也并非是无历史的。在经过解构主义的解构之后，我们可以清晰地看到，传统诗学形而上学在其内部同样包蕴了解构的因子。如果说，建构是传统诗学形而上学的"中心"的话，那么，"解构"则是与这一中心相伴随的"边缘"。从这一角度来说，笔者认为，"解构"其实有着狭义和广义两个层面的意思。前者指自德里达以来对传统形而上学造成颠覆的、在哲学观念和思维方法皆与形而上学有所不同的哲学"策略"①；而后者则指深植于形而上学传统中但又对形而上学的建构表示怀疑的一种哲学精神。广义的解构一直伴随着形而上学的历史。如果说形而上学主要是一种建构的话，那么，解构便是与建构共在的对立面。如此，从广义上来说，建构与解构是形而上学所包含的矛盾的两面。这就有如黑格尔说的："肯定物和否定物却是建立起来的矛盾……在建立之中，它们每一个都扬弃自身而建立自己的对立面——它们把进行规定的反思造成是排斥的反思；因为排斥就是一个区别……所以每一个都是在自身内排斥自己。"② 笔者认为在经过解构主义对形而上学的解构之后，还有必要从广义的解构这一角度来认识形而上学发展过程中的解构的因素。理清传统诗学形而上学自身的解构历程无疑是有助于我们更加全面客观地评价传统诗学

---

①　如德里达就说道："作为一种策略，'解构'在批评和推毁'二元对立'的同时，又建构和实现原有的、'二元对立所不可能控制的某种新因素和新力量，造成彻底摆脱'二元对立'后进行无止境的自由游戏的新局面。"参见冯俊等《后现代主义哲学讲演录》，商务印书馆 2003 年版，第 304 页。

②　黑格尔：《逻辑学》下卷，商务印书馆 1976 年版，第 55 页。

的形而上学，清理出对当今诗学发展的有利资源。

第一节　解构作为形而上学的一种"传统"

从广义来说，解构实际上是深植于西方形而上学传统之中的，或者可以说，"解构"一词作为术语的出现虽然是有赖于海德格尔和德里达，但它其实是隐蔽在传统形而上学中的一个因子。解构与传统形而上学有着内在的紧密联系，按德里达的说法就是，解构"处于需要解构的体系内，已经处于其中，已经在工作"。但它不是处于中心，"而是处于一个偏离中心，处于一个其离心率确保体系之可靠聚集的角落"。① 从这一意义上来说，"解构"其实是形而上学的一种传统。

首先，解构可以一直上溯到古希腊。米勒指出："当今'解构主义'的程序（尼采就是这种程序的倡导者之一）在我们这个时代却并非破天荒的。千百年来，它以这种或那种形式被经常重复着，其起点可直接上溯到古希腊的诡辩学者和修辞学者，其实也可上溯到柏拉图本人，因为他在《智者》一文中已经把自己的'自我解构'贯穿在自己的著述原则之内。"② 解构主义虽然主要是受到尼采、海德格尔、语言学等的影响，但它并不认为自己就是突如其来

---

① 德里达：《多义的记忆》，中央编译出版社 1999 年版，第 83 页。

② J. 希利斯·米勒：《重申解构主义》，中国社会科学出版社 1998 年版，第 108 页。

的天外怪兽，而是将理论背景一直追溯到古希腊柏拉图甚至是前苏格拉底。如德里达的《论柏拉图的药》就以柏拉图文本中的"药"一词为契机，揭示了解构是如何早就潜藏在古希腊哲学中的。

德里达注意到柏拉图的《斐德诺篇》中多次用"药"（pharmakon）一词来喻指文字，药既是药品，又是毒品，而且药与"pharmakeus"（巫师、魔术师）也与"pharmakos"（替罪羊）有关。在文中，德里达指出，苏格拉底对他的对话者来说是魔术师，但在另一城市，他又以诱惑青年的罪名被捕，当了囚徒，喝下毒药，当了雅典市民的替罪羊。因此，"药"有着双重含义，"'药'没有固定的确切的属性，却拥有毒药和良药两重可能——苏格拉底喝下的毒药，对他来说亦是得以摆脱的一剂良药。'药'因此而成为一切颠覆和差异力量的媒介所在"。[①] 美国的爱德蒙森把德里达这篇文章视为是最好的一篇，德里达说明了"柏拉图把意义压缩为单一意义的愿望看来几乎迫使语言作出相应的反应：意义受制于概念群的束缚，它与别的意义产生磨擦，逐渐扩张，迸发而出，在文章的最后时刻变成原始的语言流动。词语的能量可能破除了西方式控制的冷酷的梦想，令我们返回到时间与机遇的非真理性。在场化解成为游戏"。[②] 可见，在德里达看来，柏拉图奠定了西方形而上学传统，但在本质上也包含了反形而上学的因素。

其次，由解构主义的上述溯源也可以看出，解构其实是文本本

---

① 参见陆扬为卡勒的《论解构》中译本写的译本序。见乔纳林·卡勒《论解构》，中国社会科学出版社 1998 年版。

② 马克·爱德蒙森：《文学对抗哲学：从柏拉图到德里达》，中央编译出版社 2000 年版，第 89 页。

身所具有的一种力量，解构主义只是将这种力量挖掘出来而已。在传统哲学看到逻各斯的地方，解构主义就看到"异延"（différance）。异延有两个来自于拉丁文 différre 的主要意义，一为差异，一为延缓。德里达说 différance 是潜藏于文本中的散漫力量，是"差异的本原或者说生产，是指差异之间的差异、差异的游戏"。但是"它既不存在也没有本质。它不属于存在、在场或缺场的范畴"。①因此，异延没有存在的形式，没有本质可言，但它是差异的本原、生产与游戏，其用于阅读，意味着意义总是处在空间上的差异和时间上的延缓，而没有得到确证的可能。也就是说，在解构主义视野下，传统阅读所认为的文本中存在的优先权是不存在的，文本不是一个在场给定的结构，而就是一个解构的世界。

因此，解构主义无论是面对哲学文本还是文学文本，都能将文本视为是形而上学与形而上学解构之间的格斗。著名的如德里达在《论文字学》中对索绪尔的阅读。在德里达看来，索绪尔的《普通语言学教程》一方面堪称是对呈现之形而上学的有力批判，另一方面，它又毫不含糊地肯定了逻各斯中心主义，不可避免地被卷入其间。因此，《普通语言学教程》在实际上是一个自我解构的文本。而其他诸如德里达对卢梭的解构、对黑格尔的解构，海德格尔的解构，对尼采的解构采取的都是同样的策略。

深受解构主义思想影响的利奥塔则认为艺术也是集建构与解构于一身的。首先，他像尼采一样将艺术视为是对哲学—形而上学的

---

① 转引自蒋孔阳、朱立元主编《西方美学通史》第七卷，上海文艺出版社 1999 年版，第 403 页。

颠覆，他反对将艺术与政治、社会结合起来从而肯定某一因此对艺术的支配作用的阅读倾向，认为艺术没有形式与内涵的区别，"它们不代换任何东西，它们不是为别的东西而存在，它们只是独立着。……它的力量完全在它的表面，只有表面"。① 利奥塔说：按定义来说，艺术"它的功能在于解构呈现自身为一秩序的任何事物，揭示所有的'秩序'都隐含着其他的东西，这些东西就被压制在秩序的下面"。② 艺术是本体论上外在于（ontologically outside）社会—政治领域的。由此，大卫·卡洛尔认为在利奥塔的眼中"艺术"有着双重对立身份："首先，它有一种超验的功能，允许它位于政治的或其他的秩序之外，以使艺术能有效地介入到这些秩序中来揭示被压制和被强加在秩序中的东西。第二，艺术有批判和自我批判的功能；它撕下企图将任何力量或实体提升到各种力量的冲突之上以及将各种秩序提升到超验理念或绝对之上的假面具。在这种对立的模式中，利奥塔要求艺术同时是超验的和批判的，建构的和解构的，无关政治的和政治激进的。换言之，他要求，艺术在完成其作为艺术的批判功能时，要同时是艺术和反艺术。"③

再次，基于上述原因，解构主义认为解构其实是在形而上学内

---

①　转引自蒋孔阳、朱立元主编《西方美学通史》第七卷，上海文艺出版社 1999 年版，第 771 页。

②　Lyotard，*Driftworks*，See David Carroll，*Paraaesthetics：Foucault. Lyotard. Derrida*，New York，1987，pp. 26—27.

③　David Carroll，*Paraaesthetics：Foucault. Lyotard. Derrida*，New York，1987，p. 27. 利奥塔的艺术同时又是反艺术的思想应该还受到了阿多诺的影响。See T. W. Adorno，*Aesthetic Theory*，translated by C. Lenhardt，Routledge &Kegan Paul，1984，pp. 42—43.

部所展开的。如果说，形而上学预设了存在的优先性，极力为存在者寻求意义的话，解构并不是如人们常说的那样是虚无主义或是否认文学文本的意义。鲁道夫·加谢（Rodolphe Gasché）指出，对德里达有个持久的误解就是认为在解构名义下，任何事都是可能的，德里达的哲学似乎成了任意公开表示对已经建立的各种规则不同意的通行证。只有明确了解构要达到的目标，才会对解构的性质和内涵有一清晰的认识。① 德里达说解构的一个主要策略，就是将传统哲学中二元对立命题中的等级秩序（即二元对立中的一个单项在价值、逻辑等方面统治着另一单项，居发号施令的地位），颠倒过来。② 解构实际上是要在原有系统的内部来打破这个系统。对形而上学的解构也是发生在形而上学内部的，"正如德里达一再申明的那样，'对形而上学的解构'发生在形而上学内部并仍然处于形而上学之内，因为我们的语言只是西方形而上学传统的这种或那种变体"。③

具体到文学研究上，希利斯·米勒在《重申解构主义》一书中则认为有两种清晰可辨的不同类型：一种是"形而上学的"，"指的是自柏拉图、亚里士多德以降联结我们文化的设定的体系。这个体系包括了很多概念：始源、连续、结局；因果关系；辩证进程；有机统一体；缘由；简言之，也就各种意义上的逻各斯的概念。文学

---

① Rodolphe Gasché, *Infrastructures and Systematicity*, See *Deconstruction and Philosophy*, edited by John Sallis, Chicago, 1987, p. 3.

② Derrida, *Position*, Paris, 1972, pp. 56—57.

③ J. 希利斯·米勒：《重申解构主义》，中国社会科学出版社1998年版，第27页。

研究的一种形而上的方法设定了，文学在某种程度上是相关的，而且在某种程度上是基于语言之外的因素之上的"。而"文学研究的一种反形而上的或'解构主义'的形式则试图表明：在特定的文学文本中，在各种类型不同的方法中，所有形而上的设定既是存在同时又为文本所自行消解"。不过，希利斯·米勒特别强调不要将形而上学与反形而上学这两种方法视为是一种历史的区分，因为"西方文化中任何时代的文学和哲学文本，每次都以不同的方式包含着两方面的内容，即我所说的形而上学以及对形而上学的质疑"。①

　　解构主义是对传统形而上学的解构，但又一再地声明解构是发生于形而上学内部且仍处于形而上学之内，这给我们以极大的启示，即解构其实是形而上学自身所蕴含的一个维度而已，在此意义上，解构是形而上学的另一种姿态，是传统形而上学内部的幽灵。有此认识，我们才可以从广义的解构角度对传统形而上学自身的解构历程作一分析。

第二节　诗学形而上学的内在解构

　　从史的角度来看，诗学形而上学的内部也经历了一个从建构走向解构的历程。可以这样说，从古希腊柏拉图奠定了诗（或美）的形而上学性开始，对形而上学的解构在哲学史上就没有停止过。首

---

　　①　J. 希利斯·米勒：《重申解构主义》，中国社会科学出版社 1998 年版，第256—257 页。

先是柏拉图的学生亚里士多德在艺术问题上对柏拉图理念世界的生存真理的形而上学性的抛弃；其次是康德反对知识形而上学保留道德形而上学，在一定程度上回到柏拉图。再次，较康德再进一步的是叔本华，他继康德之后，提倡非理性主义而解构了形而上学的方法。有此这样一个解构发展的序列，至后现代主义的解构主义，才进而否定了叔本华之后现代西方人文主义者所保留的人学本体论，从而使传统形而上学呈彻底坍塌之势。

形而上学（Metaphysic）虽然在亚里士多德才有正式命名，但是在柏拉图那里实际上已经奠立了。柏拉图认为世界的本原是"理念"。"理念"是哲学家所追求的永恒的、终极的真理，在现实世界中是不存在的，只属于灵魂观照的对象。因为"灵魂在进入肉体以前就已经存在，并且具有绝对理念和本质的知识"。① 而美也就是理念的一种存在形式，所以它总是超验的，相对于变化不定的现实来说，它"是永恒的、无始无终、不生不灭，不增不减"。而是否表现了美的理念也就成了柏拉图评价艺术优劣的标准。

值得注意的是，柏拉图的形而上学目的是出于"拯救灵魂"的。用美国学者巴雷特的评价来说是，"对柏拉图这个雅典人来说，所有形而上学的思辨不过是人在充满激情地寻求理想的生活方式时的工具——简而言之，是探求救人的工具"。② 柏拉图的形而上学以灵魂与肉体、感性与理性的二分对立为基础。认为灵魂只有摆脱了肉体的束缚，才能获得一种纯粹的知识。用他的话来说就是："肉

---

① 柏拉图：《菲多篇》，《古希腊名著精要》，浙江人民出版社 1989 年版，第 19 页。

② 巴雷特：《非理性的人》，商务印书馆 1995 年版，第 84 页。

体使人们充满情欲、恐惧、狂想和愚昧，使我们丧失了思考的能
力，肉体是困惑的源泉；灵魂只有驱除肉体的困扰，才能获得纯粹
的知识。""真正的哲学家厌恶各种本能的需要，他们不关心肉体的
快乐而全神贯注于灵魂的自由"。①因此，柏拉图的形而上学思想是
深深扎根于对人的生存意义的思考的，"表明真正的人的生活不应
该只囿于在物质上和肉体上的满足，而还应该具有一种超越于感性
物质之上的形而上学的精神追求"。因此，在柏拉图的形而上学思
想中包含了非常深刻的关于生存真理的内涵。其倡导的理性与其说
是一种知识理性，不如说是一种生存理性。②

柏拉图的形而上学出发点虽然是唯心主义的，但是它对于提升
人的生存境界具有正面的作用。它对于美的超验性的强调就在于人
们能够在对美的欣赏中，不断地从美的个体上升到对美的本体的彻
悟，从而进入审美所能达到的最高的境界，使人的精神与至善的、
理念的世界实现统一。可惜的是，柏拉图思想中的这一要素没有被
其学生亚里士多德所继承。

亚里士多德第一个在哲学史上建立了完整的形而上学体系。作
为物理学之后的形而上学，它是一门探讨"实是之所以为实是"的
学科，也就是探讨万物之成因与根据的科学。与柏拉图不同的是，
亚里士多德将形而上学的范围局限在了对事物的成因与根据的认识
上。因为，在亚里士多德看来，柏拉图的理念世界并不是从现实世
界本身中超越出来，而是强加在现实世界之上，因而无助于解释世

---

① 柏拉图：《菲多篇》，《古希腊名著精要》，浙江人民出版社 1989 年版，第
18 页。
② 王元骧：《关于艺术形而上学性的思考》，载《文学评论》2004 年第 4 期。

界，而只是徒然使现实事物"增加了一倍"。亚里士多德则认为，对自然的超越的解释必须建立在自然本身的内在根据或原因上，这种解释必须是有层次、有步骤的，正如世界本身是有层次、有结构的一样。因此我们对世界的解释（包括解释的方法即逻辑和范畴）与世界的结构应当是同构的，而不是我们外加在世界之上的。这种结构就是质料和形式、潜能和现实的一个种属层级结构，其最基础的"基底"是现实的"个别实体"，最高的"种"则是"纯形式"，实际上即是神或上帝。这就创立了西方哲学史上第一个完整的形而上学体系。①

不过，亚里士多德的形而上学已经抛弃了柏拉图思想中的生存真理的成分。虽然在亚氏看来，"写诗这种活动比写历史更富于哲学意味"，但这只是认为诗除了个别性还有一般性而已，并非像柏拉图一样认为艺术或美可以起到沟通经验和超验的作用。在艺术问题上，他以"自然"置换了柏拉图的"理念"，认为艺术的本质就是对自然的摹仿。而且在将求知定为人的本性的基础上，他将艺术与所摹仿对象之间的相似视为是艺术之所以能让人产生快感的原因，因此，在艺术认识论上，他就从柏拉图的所看重的与神相通的灵感转向于观察，认为只有善于观察，才能摹仿得惟妙惟肖，才能使人产生愉快。亚里士多德这一转向的必然结果用巴雷特的话来说就是："理想的圣人转变成纯粹的理性的人，其最高体现是纯理性的哲学和纯理论的科学家，苏格拉底之前的思想家对于大自然所具有的那种在很大程度上出于直觉的看法，在亚里士多德那里让位于

---

① 邓晓芒：《西方形而上学的命运》，载《中国社会科学》2003年第1期。

冷静的科学家。"① 这样，亚里士多德的形而上学就排除了生存真理的内容，而变成仅仅是知识真理的问题。在忽视艺术对人的生存境界的提升的意义上，他比其老师柏拉图应该是退步了。

由此可见，形而上学与形而上学的解构的因子同时在古希腊就已经植根了。此后，形而上学与反形而上学一直伴随了整个西方哲学史。有学者已经指出了。"在亚里士多德建成形而上学之后，立刻又面临反形而上学倾向对形而上学的解构，即各种人生哲学（斯多亚派、伊壁鸠鲁派、怀疑派、折中主义等等）将形而上学拉下'第一哲学'的宝座，直到新柏拉图主义和犹太信仰结合成基督教神学，并在新的基础上建成更为复杂的基督教经院形而上学。然而，经院形而上学同样也包含着自身解体的种子，并从中孕育出了文艺复兴和启蒙思潮。欧洲近代哲学的主流则是在人道主义的基础上重建形而上学和解构形而上学的冲突中展现出来的，17 世纪的形而上学唯理论（笛卡尔、斯宾诺莎、马勒伯朗士、莱布尼茨等）在休谟那里全军覆没，却在 18—19 世纪的德国古典哲学中获得了'胜利的和富有内容的复辟'（马克思语）。"② 当然，从属于德国古典哲学的康德哲学对于形而上学的态度并非只是纯粹的重建或解构的态度，而是在解构知识形而上学的基础上保留了道德形而上学。

康德哲学在一定意义上是回到了柏拉图思想那里。对于形而上学，康德的态度是既有保留又有解构。保留的是道德形而上学，解构的是传统的知识形而上学。首先，康德认为形而上学是能思想的

---

① 巴雷特：《非理性的人》，商务印书馆 1995 年版，第 82 页。
② 邓晓芒：《形而上学的启示》，载《求是学刊》2003 年第 1 期。

人的命运。"人类精神一劳永逸地放弃形而上学研究，这是一种因噎废食的办法，这种办法是不能采取的。世界上无论什么时候都要有形而上学；不仅如此，每人，尤其是每个善于思考的人，都要有形而上学，而且由于缺少一个公认的标准，每人都要随心所欲地塑造他自己类型的形而上学。"① 其所以如此，就在于形而上学对康德来说在一定意义上就是哲学本身，即"形而上学却是本来的、真正的哲学"!② 因此，康德把对形而上学的研究看做是他一生无法逃避的命运。他曾这样表白："我受命运的指使而爱上了形而上学，尽管它很少对我有所帮助。"③ 其次，在康德看来，形而上学的基本含义是"先天的"或"先验的"。康德说："形而上学知识这一概念本身就说明它不能是经验的。形而上学知识的原理（不仅包括公理、也包括基本概念）因而一定不是来自经验的，因而必须不是形而下的（物理学的）知识，而是形而上的知识，也就是经验以外的知识。……所以它是先天的知识，或者是出于纯粹理智和纯粹理性的知识。"④ 这是从知识的来源来说的。从知识的形式来说，康德认为形而上学知识只应包括"先天判断"，这是由其来源的特点所决定的。但是，从知识的内容来说，或者是仅仅解释性的即对知识的内容没有增加，或者是扩展性的即对已有的知识有所增加。前者可称

---

① 康德：《任何一种能够作为科学出现的未来形而上学导论》，商务印书馆 1982年版，第 163 页。

② 康德：《逻辑学讲义》，许景行译，商务印书馆 1991 年版，第 23 页。

③ 阿尔森·古留加：《康德传》，贾泽林等译，商务印书馆 1981 年版，第 78 页。

④ 康德：《任何一种能够作为科学出现的未来形而上学导论》，商务印书馆 1982年版，第 17—18 页。

为分析判断，后者可称为综合判断。康德根据先天与后天、分析与综合的四种组合，认定先天综合判断才是真正意义上的知识：既具有普遍必然性，又能扩展我们的认识范围。这里的知识当然包括形而上学知识。康德总结说："形而上学只管先天综合命题，而且只有先天综合命题才是形而上学的目的。……在哲学知识上，产生先天综合命题，这才做成形而上学的基本内容。"① 再次，康德认为传统形而上学因为没有分清现象界和本体界，独断地妄言我们有关于本体界的知识，结果使知识领域（科学）和信仰领域都失去了存在的依据。这样，康德认为只有通过理性批判才能从传统形而上学的独断论中拯救出来。他通过理性批判，限制了启蒙运动提倡的科技理性的使用，为实践理性的使用即为信仰留下了空间。他说："我不得不扬弃知识，以便为信仰留下位置，而形而上学的独断论、也就是无须纯粹理性批判就能在形而上学中行进的那种成见，是一切阻碍道德的无信仰的真正根源，这种无信仰任何时候都是非常独断的。"② 这就使道德及信仰获得了存在的空间及其根据。

但是，康德的知识形而上学并不能直接地过渡到道德形而上学，其间还需要审美作为桥梁。康德认为在经验的现象世界与超验的本体世界间，起到沟通作用的便是审美。只有通过审美，人才能成为"作为本体看的人"。③ 而这里所指"本体"明显地已经不是知

---

① 康德：《任何一种能够作为科学出现的未来形而上学导论》，商务印书馆1982年版，第26页。

② 杨祖陶、邓晓芒编译：《康德三大批判精粹》，人民出版社2001年版，第59页。

③ 康德：《判断力批判》（下），商务印书馆1964年版，第100页。

识形而上学所追求的终极知识，而是指一种"至高的善"，它只是一种"道德的确实"而非"逻辑的确实"，只是主观上的"确信"而非客观上的"确实"。①

康德对形而上学的双重态度在诗学上直接开启了浪漫主义诗学，而在哲学上则成为叔本华非理性主义的先声。浪漫主义诗学把柏拉图当做"真正的诗人"，视诗人为沟通经验世界与超验世界、人与神之间进行交流的"祭司"。这是对亚里士多德诗学传统的反抗，其旨意在于将人从日益异化或物化的状况中解放出来。他们认为艺术对于人的生存具有本体论的意义，因为艺术具有超验性和形而上学的品性，艺术是一种"永恒的真理"，它"在我们的人生中替我们创造了另一种人生，使我们成为另一个世界的居民"。②

而在哲学上，叔本华则自觉地成了康德思想的继承人。康德哲学的基本思想是把世界区分为现象和自在之物。对此，叔本华予以高度的评价，他认为这一区分是近代最主要的哲学成就，是康德最重要的哲学贡献。他摹仿康德，也把世界分为现象和自在之物。他说："一切客体都是现象，唯有意志是自在之物。"③ 但是，他不同意康德关于自在之物是不可知的论断，认为这种观点是"理性的自杀"。因为，如果自在之物是不可知的，那么，康德又是怎么知道有一个自在之物存在呢？这显然是一个矛盾。康德以后的唯心主义正是抓住这一点来攻击康德关于自在之物的观点的。叔本华则认

---

① 康德：《纯粹理性批判》，商务印书馆 1960 年版，第 564 页。
② 雪莱：《为诗辩护》，《十九世纪英国诗人论诗》，人民文学出版社 1984 年版，第 156 页。
③ 叔本华：《作为意志和表象的世界》，商务印书馆 1982 年版，第 165 页。

为，康德的错误不在他承认自在之物的存在，而在他没有对自在之物作出更加明确的规定。在他看来，康德所谓的不可知的自在之物其实就是意志。意志是世界的物自体，是世界的内在内容，是世界的本质。

在认识论上，与现象和意志两个世界相对应，叔本华区分两种认识，一种是科学所运用的理性的、概念的认识，它的对象是现象世界；另一种是非理性的、非科学的认识，它的对象是意志世界。在叔本华看来，科学和理性所以认识的具体事物只限于虚假的表象世界，人们只有通过非理性的直觉才能达到对意志世界的认识。所谓直觉的认识就是"不让抽象思维、理性概念去支配他的意识"，就是要让"全部精神力量赋予直觉，使自己完全沉浸在直觉中，并让自己的整个意识充满着对于当下的自然客体（无论它是一棵树、一座山、一幅风景、一座建筑物或任何其他东西）的静观"。在这种静观中，现实中的主体和客体都消失了，因为主体"在这个客体中完全丧失了自身，即忘却了他自己的个性、意志，只作为纯粹的主体……而继续存在"，而被直觉的客体也不复是具体的事物，"而是理念、永恒的形式，意志在这个阶段上的直接的客观化"。①

在哲学史上叔本华第一次明确把意志作为世界的本原本体，并用它系统地去解释整个世界，这是西方哲学发展的本体论上的重大改变。它第一次突出了人的非理性的性质内容，形成了与西方传统理性主义文化的对立。这就导致了西方哲学、文化发展过程中的人

---

① 转引自刘放桐等编著《现代西方哲学》上册，人民出版社 1990 年版，第86—87 页。

本主义转折。如果说康德还只是限制知识、限制理性的运用，为信仰保留地盘的话，叔本华则在方法上已经完全转向非理性主义而否定了理性在认识世界本原上的作用。就叔本华追求世界本原的意义上，我们可以说他还是形而上学者，但是在方法上他已经与以往的形而上学分道扬镳了。传统形而上学对理性的信仰至此遭到了彻底的解构。

那么，形而上学为什么一开始就走上了一条自我解构的道路呢？西方的形而上学内部之所以从古希腊始就走上了一条不断建构与自我解构的历程，又是基于什么样的原因呢？我们从上述几个关键性的环节可以看出主要基于形而上学有着如下的矛盾性。

首先是形而上学有着超越性和规范性两面。形而上学是规范性的。亚里士多德建立了形而上学，正是由于他在具有最典型的规范性的语言概念系统中确定了一切规范的根本基础，即关于"是"的一整套精密规定，也就是"本体论"（"是论"）。但形而上学又是超越经验之上的追问，形而上学中的"本体"是"诸范畴中之原始实是，于定义、于认识、于时间上均先于其它范畴"。[①] 也就是说，形而上学的规范性是一切规范性的根本基础，所以它又不是一般的规范性，而是高于一切规范性的规范性，也就是"超越的"规范性，它需要一种提升，一种不断向高处追求的力量。如此，有着超越性和规范性的形而上学从一开始就注定要纠缠在不断的规范与超越的过程中。因为"规范性本身就是对想要超越它的一切冲动的削平和制止，否则规范就被冲决了、解构了。在最高规范中，一切超越的

---

① 亚里士多德：《形而上学》，商务印书馆 1996 年版，第 315 页。

冲动都平息了，它所构成的体系就是一个最终的绝对静止的体系（如黑格尔的体系）。反之，所谓超越性首先就意味着对现有规范的打破和超出，而在最高的超越性中，一切规范都不足以表达超越的最终目标，这就导致形而上学的整个解体。西方形而上学的历史恰恰就是这样一个规范性和超越性交替上升的历史。每当人的思维由于超越现有规范而上达一个最高的规范时，形而上学就形成了；而当人的思维又发现了另外一个崭新的超越维度而超出原先的最高规范时，反形而上学就出现了。但反形而上学同样也必须在这一新的维度中寻求新的规范性，并经历新一轮的从低级规范超越到高级规范的历程，最后再次达到一种新的最高的形而上学规范，于是新的形而上学又再次建立起来，或者说'复辟'了。由此我们可以看出，形而上学是西方思想的命运，但这命运自身就包含着对自身的否定，即形而上学本身包含有反形而上学的种子"。[①]

其次，形而上学有知识形而上学和道德形而上学之分。前者指终极的知识，需要经验证实，后者指的是终极的关怀，它只是人们精神所追求的对象。知识形而上学所追求的终极知识在实践上证明并不存在，而终极知识不存在，表明传统的知识形而上学具有虚无主义的品性。在西方的形而上学史上，我们可以开列出一长列的"弑父者"。他们都以自己探究出的"本体"取代前人的"本体"。这也是德里达所说的西方的逻各斯有着各种变体的原因。这就意味着知识形而上学的历史就是本体不断被解构的历史。

而道德形而上学所追求的终极关怀作为一种信仰却是受物质囿

---

① 邓晓芒：《西方形而上学史的启示》，载《求是》2003 年第 1 期。

限的人类所不可缺少的。因为道德形而上学就深植于人性之中。"它之所以有存在的必要，就在于它看到在生活之外还有一个生活之上的世界，在经验世界之外还有一个超乎经验的世界。"它能"使人超越当下而进入对永恒和无限的追求"。① 只要有人类存在，这种追求就永远不会停止。而且我们发现，在知识形而上学力穷的地方，道德形而上学就相应出现了。因为道德形而上学只是一种道德的确实，而非逻辑的确实，是对人的生存状态的终极关怀。

再次，知识形而上学和道德形而上学的区分也表明了它们所要求的人的本质力量不同。知识形而上学所求的是知识，它以主客体的二分为思想的前提，主体只有将客体当做纯粹的研究对象，才能逐步地从事物的表象走向其本质，获得知识，它要求的是人的纯粹理性的参与。而道德形而上学所求的是生存真理，作为对应的是人生的一种信念和确信，它总是从基于人的个体生存经历所形成的深层心理中产生出来的。因此，它所要求的是人自身的直觉、情感、体验、想象等全部本质力量的投入。只有如此，才会把理性与感性、超验性与经验性结合起来而进入一种信仰的最高的境界。因此，道德形而上学往往会突破知识形而上学的局限，在认识论上更多的是推崇非理性。而由于艺术创作或审美体验有着科学知识所无法说明的非理性的要素，因此理论家或诗学家必然地会将艺术或审美当做是通向道德形而上学的一条有效途径，将审美体验所达到的境界视为沟通经验与超验的中介。这一点尤其在德国古典哲学和18、19 世纪的浪漫主义诗论表现特别明显，至叔本华则完全转向

---

① 王元骧：《关于艺术形而上学性的思考》，载《文学评论》2004 年第 4 期。

对非理性的推崇，而解构了理性的权威。

第三节　诗学形而上学合法化模式的丧失

与诗学形而上学内部解构历程并行，同样造成诗学形而上学解构的还有一个重要的原因，就是诗学形而上学的合法性有一个逐步的丧失的过程。合法性问题是后现代哲学中的一个核心问题。利奥塔的现代性批判的一个核心内容就是对合法性的批判。在他看来，"元叙事"是现代性的特征，而"元叙事或大叙事，确切地说是指具有合法化功能的叙事"。[①] 他认为现代性进程中制造出一些作为真理的话语，它们作为形而上学的理念，被用来引导现代性事业，并赋予现代性的思想、制度与行为以合法性。因此，元叙事在现代性那里，是具有合法性功能的叙事。利奥塔在对元叙事的批判中指出，随着元叙事本身发生信任危机并走向衰落，现代性也产生了合法化丧失的问题，并从而导致整个现代事业的毁灭。其《后现代状况》一书，就是以"叙事危机"（the crisis of narratives）为焦点，展示高科技社会中科学、文学、艺术语言游戏规则的变化，以企图达到他的后现代立场上的"向统一的整体开战"的目标。

诗学的合法性是否也应置于后现代视野中来加以检讨呢？国内已有学者从利奥塔揭示的合法性问题出发，在探讨西方 20 世纪

---

① 《后现代性与公正游戏——利奥塔访谈录》，上海人民出版社 1997 年版，第169 页。

"哲性诗学"时提出,"去掉人文价值关怀,将欲望消费与话语游戏作为诗学的感性本质,进而消解当代诗学的'哲性'光辉,是诗学丧失生命合法性的根本原因"。① 本书认为,西方诗学的合法性问题并不始于 20 世纪,但是,只有在后现代视野中,合法性问题才被凸显了出来。以利奥塔的合法性问题分析为参照,我们看到传统诗学的下述倾向导致了诗学在后现代状况中的合法性的丧失。

一 传统诗学作为一种叙事知识的科学化倾向

利奥塔以"叙事危机"(the crisis of narratives)为焦点,首先区分了科学知识与叙事知识,在他看来,"长期以来,科学一直与叙事相互冲突。以科学本身去衡量叙事话语,那么大多会沦为寓言传说之类。但科学本身并不仅仅限于提出一系列有用的公式去探求真理,科学还必须要在游戏中使本身运用的规则合法化。因此,科学针对自身的地位状况,制造出一种合法化话语,这种话语我们称之为'哲学'"。利奥塔对科学知识与叙事知识加以比较得出的结论是,两者具有一种平行的关系,不能依据其中的一方来判定另一方的合法性。但是"自西方文明发端以来的文化帝国主义的全部历史"却是科学与叙事不和谐的历史。在合法性问题上,叙事并不认为自己有优先性,只是通过自身的传播运用来证明自己,它在不能理解科学知识的时候,采取的往往是宽容的态度,把它看做是叙事文化家庭的一种变种。而科学则恰恰相反,不断地质疑叙事知识的

---

① 王岳川:《二十世纪西方哲性诗学》,北京大学出版社 2000 年版,第 15—16 页。

有效性，认为它们是野蛮的、原始的、未开化的、落后的，是由一些意见、习惯、权威、偏见、无知、意识形态等构成的，因而是一些仅仅适合妇女与孩童的故事、神话和传说。因此，其必然结果就是，"科学成为这个世纪唯一的合法性，哲学遭遇到空前的危机"。①

就西方传统诗学而言，从古希腊至 19 世纪都是"再现论"占据着统治地位，再现论诗学对于科学的态度与利奥塔所分析的叙事知识对科学侵吞的态度如出一辙。再现论诗学的这种情况直接源于诗学向科学（哲学）为文学寻求合法化证明的倾向。在古希腊最初的神话诗论中，诗的地位与价值在诗人们看来是由缪斯所赐予的，其"神性"使之有别于技艺且高于技艺。但在哲学兴起后，因其被视为一门无所不包的科学，诗的问题就被置于哲学领域中来加以探讨。因此，再现论诗学往往以科学的标准来看待并要求文学，在"真"与"美"之间画上等号，这成为诗学中的一条定则。雄霸欧洲达两千年之久的再现论，在今天看来，其局限性十分明显，"其中最主要的就是没有分清艺术与科学的界限，认为文学像科学一样，都只不过是向人们提供知识"。②

利奥塔是以当时德国教育部长洪堡（Wilhelm von Humboldt）关于教育与科学的思想为例，来说明从科学（哲学）寻求合法化的叙事的实质的。其实，熟知美学史的人都知道，早在 1871 年，尼采就在《悲剧的诞生》一书中对于艺术与科学的传统关系进行了一次颠覆。他在《自我批判的尝试》中指出，《悲剧的诞生》的任务

---

① 王岳川：《二十世纪西方哲性诗学》，北京大学出版社 2000 年版，第 10—11 页。

② 王元骧：《审美反映与艺术创造》，杭州大学出版社 1992 年版，第 386 页。

就是既"用艺术家的眼光考察科学，又用人生的眼光考察艺术"。①
这一目的与传统的苏格拉底式的"理论乐观主义"是截然相反的。
尼采认为："从苏格拉底开始，概念、判断和推理的逻辑程序就被
尊崇为在其他一切能力之上的最高级的活动和最堪赞叹的天赋。"
如此，"深入事物的根本，辨别真知灼见与假象错误，在苏格拉底
式的人看来乃是人类最高尚的甚至唯一的真正使命"。② 在尼采看
来，这是一种"贪得无厌的乐观主义的求知欲"，其后果是"哲学
思想生长得高过艺术，迫使艺术紧紧攀援辩证法的主干"。③ 从求知
欲泛滥所造成的灾难性的后果，尼采清醒地看到科学的危机："科
学第一次被视为成问题的、可疑的东西了。……科学问题不可能在
科学的基础上被认识。"④ 当科学走到自己的极限的时候，科学必定
突变为艺术。无独有偶的是，希利斯·米勒在《斯蒂文斯的石头和
作为疗术的批评》一文中，也将苏格拉底式的"敏慎型"批评家当
做传统的批评家类型加以了分析，认为他们的特征就是"言必称科
学，相信约定俗成的方法、给定的事件和可予测量的结果，随语言
的科学知识不断成熟，最终可引导人们发现文学研究中的理性秩
序"。解构批评则割断了"科学梦"。⑤

当然，就尼采与后现代主义相比而言，尼采还为艺术保留了形

---

① 尼采：《悲剧的诞生》，三联书店 1986 年版，第 272 页。
② 同上书，第 64—65 页。
③ 同上书，第 59 页。
④ 同上书，第 271—272 页。
⑤ 朱立元主编：《当代西方文艺理论》，华东师范大学出版社 2001 年版，第 324
页。

而上的意义，而后现代主义则连形而上学一并地铲除了。尼采在反对苏格拉底式的乐观主义基础上提出了"艺术形而上学"，认为"艺术是生命的最高使命和生命本来的形而上活动"。[①] 而当德里达宣称"文本之外别无他物"的时候，再现论诗学的合法化证明便呈坍塌之势。再现论诗学向科学寻求合法化证明的根源在于认定艺术有一个艺术之外的本原存在，作品的价值就在于其表达了这种本原。在解构主义看来，文本是语言游戏的领域，文本是一个自我指涉的体系，它只重视言说行为本身，与真理无涉。也是出于此，德里达解构时所运用的自创的词汇：分延、播撒、踪迹、替补等，都是具有双重意义的不断运动的模糊词汇，他们是一些亦此亦彼，亦是亦非，或者既非亦非，既是亦是的无明确不变的意义的概念，以与文本的不确定性相对应。

二 传统诗学的解放神话倾向

解放叙事是利奥塔提出的传统叙事合法化模式的另一种。这种合法化模式与前述的倾向于哲学性不同，而是倾向于政治性的，将人类视为解放的英雄。按这种模式，知识并不是在自身中，也不是通过实现某一主题的学说找到合法化的根据，而是在一个实践的主体，即从人类中来寻求合法化的根据，它所关注的是规范性命题的合法化，而不是指称性命题的合法化。因此，知识的目的在于服务于实践主体所设定的目的上，其唯一的合法性在于使实践主体的目

① 尼采：《悲剧的诞生》，三联书店 1986 年版，第 2 页。

的成为现实。

在笔者看来，如果从利奥塔的解放叙事分析来看，建立于主体性原则基础上的传统人生论诗学的合法化模式就其实质而言就是一种解放叙事的模式。

西方哲学自笛卡尔提出"我思故我在"始，因以理性的自我意识为哲学演绎的出发点，因此近代哲学便表现为"意识哲学"的形态，这种意识哲学在认识论方面强调，认识的可能性不在于客体方面，而在于主体的理性能力之中。因此，它又是一种"主体哲学"。康德最早对主体的理性能力进行了批判和确证，而康德之后的谢林、费希特、黑格尔则以不同的方式发展了康德奠定的主体哲学。哈贝马斯在其《后形而上学思想》中也说道："自笛卡尔以来，自我意识，即认知主体与自身的关系，提供了一把打开我们对于对象的内在绝对想象的钥匙。因此，形而上学思想在德国唯心论那里表现为主体性理论。自我意识不是作为先验本原被放到一个基础的位置上，就是作为精神本身被提高到绝对的高度。观念本质变成了一种具有创造性的理性的规定范围，以至于现在在真正的反思转向过程中一切都和这个独一无二的创造主体性发生了关系。"[①] 即主体哲学所认定的理性是具有设定自我及设定自我与外在对象的关系的能力的。与此相关的是，康德确立了以纯粹自我意识的、与经验存在无涉的个体作为道德论考查的对象，并且进而将人确立为宇宙系统中不能被当做手段看的，最高的也是最终的目的。

康德的主体哲学以人为目的明显是出于对启蒙运动的反思。启

---

① 于尔根·哈贝马斯：《后形而上学思想》，译林出版社 2001 年版，第 31 页。

蒙运动忽视了道德理性而片面地张扬了科学理性在人征服自然中的作用，以至于"理性成了感官的奴婢"①，由此，"启蒙运动所提倡的理性主义具体落实到人的生存领域，也就成了与道德理性相对立的功利主义和享乐主义"。② 康德的主体虽然是先验主体，但是理性的先验立法的能力却给德国浪漫主义诗学提供了一个合法化的模式。浪漫主义诗学认为，美"不只是一个必要的虚构，而且也是一个事实，一个永恒的、超验的事实"。③ 因此，经验的现实世界应该由美的超验性来设定，即"实是"应该由"应是"来加以设定。诗作为美的最高形态也是如此，弗·施莱格尔说："诗的定义只能规定诗应当是什么，而不是诗过去或现在在现实中是什么；否则最简便地说，诗的定义就会是这样：诗是人们在任何一个时刻，任何一个地点称之为诗的东西。"而这种"诗"在浪漫主义看来就是"浪漫诗"，因为"浪漫诗承认，诗人的随心所欲容不得任何限制自己的规则，乃是浪漫诗的最高法则。浪漫诗是唯一既大于浪漫诗又是浪漫诗自身的诗：因为在某种意义上，所有的诗都是也都应该是浪漫的"。而浪漫主义如此定义"诗"其目的就是要"把诗变成生活和社会，把生活和社会变成诗"④，以求"中断常态，即平庸的生

————————

　　① 奥·斯雷格尔：《启蒙运动批判》，《德国浪漫主义作品选》，人民文学出版社1997年版，第376页。

　　② 王元骧：《我国现代文学理论研究的反思与浪漫主义理论价值的重估》，载《文学理论与当今时代》，浙江大学出版社2002年版，第330页。

　　③ 弗·施勒格尔：《〈雅典娜神殿〉断片集》，三联书店1996年版，第101页。

　　④ 同上书，第71—73页。

活"①,达到生活与诗合一。

浪漫主义诗学把"以人为目的"放在第一位的观点隐含的合法
化模式,就其实质而言是利奥塔所说的"解放叙事",其共同目的
"在谋求如何自我奠定自由基质"。②因为浪漫主义诗学所服务的目
的在于主体哲学所设定的"自由"这一目的上。弗·施勒格尔说
过:"无论是快乐论,还是宿命论,还是唯心主义,还是怀疑论,
或是唯物主义,都不适合诗人,那么还有什么哲学留给诗人呢?这
就是创造的哲学,它以自由和对自由的信念为出发点……"③,可以
说,浪漫主义诗学的目的就是建立一个自由的自我。这种自由与康
德从主体哲学出发在道德哲学层面上论证的自律的自由在本质上是
一致的。因此,浪漫主义诗学作为一种知识的话,其合法性就如利
奥塔所说的解放叙事的合法性一样"存在于一种实用的主体内——
亦即人性或人文之中"。④浪漫主义用韦勒克的话来说是"从有机体
的类比脱颖而出"的"一种象征系统的诗歌观"⑤,艺术与人生之间
之所以在浪漫主义诗学那里可以互相阐释,关键因素在于浪漫主义
将对诗的价值陈述建立在了对人与社会这一"有机体"的认知上。
利奥塔认为解放叙事的合法化的错谬是极为明显的,因为它将具有
实用价值的指令性陈述建立在含有认知价值的定义性陈述之上了,

①　诺瓦利斯:《断片》,载《欧美古典作家论现实主义与浪漫主义》(二),中国
社会科学出版社 1981 年版,第 392 页。

②　利奥塔:《后现代状况》,湖南美术出版社 1996 年版,第 115 页。

③　弗·施勒格尔:《〈雅典娜神殿〉断片集》,三联书店 1996 年版,第 85 页。

④　利奥塔:《后现代状况》,湖南美术出版社 1996 年版,第 115 页。

⑤　韦勒克:《近代文学批评史》(二),上海译文出版社 1989 年版,第 4 页。

而没有任何理由能说明如果一个描述现实状况的陈述是真的，那么建立在它的基础之上的规范性陈述就会是公正的。

利奥塔是用"语言游戏"这一概念来解构传统知识的合法化模式的，他认为科学只能玩自己的语言游戏，它不能为其他游戏提供合法性，也就不具有监督道德实践以及审美的语言游戏的天职。科学甚至无法像思辨叙事所假设的那样为自身提供合法化。由之而及传统诗学，其科学化倾向及解放叙事倾向无疑也被悄然解构了。

第四节　诗对诗学的解构

在解构主义视野中，解构既然是文本本身的一种力量，那么在诗学中，我们看到诗其实并不完全地服从于诗学形而上学的建构。理论对诗的"规训"与诗对理论的"反规训"总是共同地推动着诗学的发展。传统诗学形而上学从其前逻辑对诗进行了不懈地规训，但是诗所重视的真实的感性经验往往会突破形而上学的规训。因此，如果说诗学一方面是对文学实践的理论总结，文学总是在一定程度上支持了诗学的结论的话，那么，另一方面，传统诗学由于是带着前逻辑（形而上学）进行的建构，文学则总是在内部起到造反的作用。在此意义上，文学对于传统诗学形而上学其实是一柄双刃剑。如乔纳森·卡勒就谈道："文学是一种自相矛盾，似是而非的机制……文学既是彻头彻尾的传统程式的代名词……而同时文学又是十足的制造混乱的代名词。"① 由于形而上学有着基础主义的特点，其所寻求的"基础"在理论形态上总是囊括了现象自身矛盾的因素，因此它抹平了矛盾双方的差异性。如此就出现了理论与现象间的不和谐的现象。而现象本身在适当时机就会对理论起到颠覆作用。

黑格尔在谈到其艺术哲学的研究方式的时候说道："必须把美的哲学概念看成上述两个对立面的统一，即形而上学的普遍性和现实事物的特殊定性的统一。"② 这实际上揭示了传统诗学的一种运作方式，即传统诗学是在形而上的预设和文学的具体实践的矛盾对立中生长的。当然，解构诗学也没有脱离形而上学的语境。如果我们充分注意到诗学与诗之间的某种程度的不和谐，又采取一种从诗切向诗学的视角，那么，诗对于诗学的解构作用便会稍有显露。艾布拉姆斯曾在《镜与灯》中谈及审美中理论与事实间的不和："任何出色的美学理论都是从事实出发，并以事实告终，因而在方法上都是经验主义的。然而，它的目的并不是把各种事实联系起来，好让我们借以往而知未来；而是为了确立某些原则，藉以证实、整理和澄清我们对这些审美事实本身所作的阐释和评价。这些原则本是以审美事实为依据的，但我们将会看到，正是这些原则明显地歪曲了审美事实，使它们显得有悖科学而荒诞不经。……因此，我们不能像在各门精密科学中那样，指望在批评中也求得某种根本上的一致。""原则"既然可以歪曲"事实"，"事实"是否毫无实用之功

---

① 乔纳森·卡勒：《当代学术入门：文学理论》，辽宁教育出版社 1998 年版，第 43—44 页。

② 黑格尔：《美学》第一卷，商务印书馆 1996 年版，第 28 页。

呢？事实上，艾布拉姆斯接下来又说，"文学上凡有创新，几乎无一例外地会相应地出现批评新观念"。① 从文学创新带来批评的新变这一角度来看，文学对于批评有着建构之功。当然，与此同时的是，它对于以往的批评或诗学来说也是一种解构性的力量。在一篇谈到文学理论变革的文章中，美国的文学理论批评家莫瑞·克里格说到文学理论运动中存在的一种悖论。一方面，理论建构中总是存在着一种普遍化的愿望，"使我们的经验普遍化，并在形形色色的、变动不居的即在（becoming）之上，确定存在（being）统一性的愿望，其历史之悠久，一如我们的哲学愿望，是作为思维生物的我们，在人类破晓时代就已熟悉的愿望"。而文学理论"它的存在是要创造能够含纳历史多样性的一种推演同义性，将历时性的东西共时化。文学理论做出了超历史的断言，并设法解释许多时期和文学的形形色色的作品，将它们之间所发生的变革，乃至于那些显而易见的变革，都一一抚平"。但是，另一方面，诗学这种普遍性愿望有它的"大敌"，就是时间及变革的观念。因为变革往往会"使我们普遍的断言，只不过成了历史所决定的各种需要的创造物；就把建立在一个单一的、不受时间限制的、无所不包的结构之上的理论崇高，缩变成为永远变革的那种受到文化所限定的相对主义"。②

纵观诗学史，我们看到，无论诗学理论家是怎样地煞费苦心经营自己的诗学理论，也不可能建构出一个一劳永逸的诗学体系。正如歌德所言，理论是灰色的，只有生命之树常青。诗学中也不存在

---

① M. H. 艾布拉姆斯：《镜与灯》，北京大学出版社 2004 年版，第 3 页。

② 莫瑞·克里格：《批评旅途：六十年代之后》，中国社会科学出版社 1998 年版，第 165—170 页。

常青树，诗学史就是一部诗学观念、诗学范畴或诗学体系等不断更新的历史。在研究诗学的过程中，只要我们稍微具有历史意识，就不会无视诗本身对于诗学的颠覆与清算。莫瑞·克里格认为，这种"历史意识"就是一种解构行为。因此，诗在诗学面前并非无所事事，如果说，传统诗学形而上学对于诗极尽了其规训的功能的话，那么，诗在传统诗学形而上学内部便起到了解构的作用。

首先，从共时的层面来看，文学与诗学有着反讽关系。

由诗学与作品的差异导致诗学与作品的反讽关系的现象在诗学史上极为常见。文学文本的多样性反对任何固定的知识，任何以某一固定立场对文学的阅读或阐释都会带上自我颠覆的特点。因为传统诗学对于诗在很大程度上是一种立法。杜夫海纳曾就文学批评说道："过去，批评家是代表趣味，代表确立的价值，代表教会或王公贵族发言的上流社会的有教养的人。"有时甚至把批评家看做判官或教师爷："……批评家出现在作品面前：他们要干什么呢？如果他们要对作家说话，那么他们就会采取审判官的态度，或者起码是顾问的态度。这种教师爷的态度正是过去法兰西学士院青年时代的作风。"① 但是诗之实是往往不会完全符合诗学之规范。如此，诗在诗学内部便起到一种造反的作用。这一点最明显的体现的是诗之非理性的因素对诗学的理性化努力的反讽。

受理性主义的影响，传统诗学在对待艺术的性质时，基本上是把艺术视为与科学无二的一种认识方式。有学者指出："把艺术的性质归之于认识的观点在欧洲由来已久，从亚里士多德直到黑格尔

---

① 杜夫海纳：《美学与哲学》，中国社会科学出版社 1985 年版，第 137、156 页。

和别林斯基，几乎都这样看。"如亚里士多德从摹仿论出发，认为"诗"与历史一样，都是对生活的认识。两者的不同在于历史是叙述已经发生的事，而诗描述可能发生的事。"在十九世纪以前，欧洲的许多艺术家和理论家如达·芬奇、卡斯达尔维屈罗、塞万提斯、维伽、狄德罗、费尔丁等人对于艺术性质的理解，差不多都根据亚里士多德的这一观点。到了十九世纪中叶，黑格尔又从美学的高度，对它作出进一步的论证。"① 到别林斯基则提出"艺术与科学的差别根本不在内容，而是处理特定内容的方式"，即"哲学家用三段论法说话，诗人则用形象和图画说话"。艺术理论的这种认识论倾向有着明显的弊端，从对艺术的本质的看法来说，它主要着眼于艺术与科学的共同性而忽视了艺术自身的特性。而从诗学建构的角度来说，它把艺术的性质都归之于理性认识，由此带来的必然结果就是，艺术的非理性因素必然在特定的时机颠覆之。亚里士多德《诗学》就存在这种情况。

关于亚里士多德，诺思罗普·弗莱在《批评的剖析：论辩式前言》这一被誉为是"马修·阿诺德以来最伟大的一部文学批评著作"② 中提出"批评是一种知识和思想的结构，自有其存在的理由，就其所讨论的艺术而言有某种程度的独立性"，基于这一看法，他认为亚里士多德的"诗学"有着普遍性权威。他说："一种批评的理论，其原则适用于整个文学，并在批评过程中足以有效地说明其各种类型的，我认为就是亚里士多德所指的诗学。……他似乎相信

---

① 王元骧：《审美反映与艺术创造》，杭州大学出版社1992年版，第45—46页。

② 雷内·韦勒克：《批评的概念》，中国美术学院出版社1999年版，第4页。

存在一种可获得的关于诗歌的完全明了的知识结构，它不是诗歌自身，或诗歌的经验，而是诗学。"①

弗莱的话无疑揭示出了亚里士多德的《诗学》是属于保罗·费耶阿本德所说的"理论传统"。费耶阿本德别出心裁地将西方知识传统区分为历史传统和理论传统两大传统。历史传统"产生的是地域性的、重视条件的、相对的知识"（关于什么是好、什么是坏，对与错，美与丑等等）。而另一方面，"理论传统试图创立一种不再依赖或相关于特定环境的知识"。② 保罗·费耶阿本德认为西方的理性传统往往是以牺牲历史传统为代价而取得"进步"的。"为那种被当做西方理性主义而为人所知的东西作筹划并为西方科学打下智力基础的社会集团，为了面子而拒绝丰富多样"。从巴门尼德以下的哲学家几乎都称赞统一而指责丰富多样。"理论传统的成员用普遍性确认知识，把理论当作信息的真正支撑物，并试图以一种标准化的或'逻辑的'方式推理"。由此，历史传统便被理论传统所替代。③ 福柯同样也说：西方文明史就是一部"理性对非理性的征服，即理性强行使非理性不再成为疯癫、犯罪或疾病的真理"④ 的历史，这种做法实际上是"另一种形式的疯癫"。弗莱出于建构其原型批评的理论，强调将批评对象视为有连贯性的重要性，对亚里士多德

---

① 诺思罗普·弗莱：《批评的剖析·论辩式前言》，百花文艺出版社 1998 年版，第 18 页。弗莱的"批评"指的是"整个与文学有关的学问和艺术趣味"。与今日的具体文学作品的批评概念稍有不同。

② 保罗·费耶阿本德：《告别理性》，江苏人民出版社 2002 年版，第 190—191 页。

③ 同上书，第 129—130、132 页。

④ 福柯：《疯癫与文明》，三联书店 1999 年版，第 2 页。

多有好感。这无可厚非。但诺思罗普·弗莱无疑忽视了亚里士多德《诗学》中理性主义对非理性的压制与替代。如亚里士多德就"一心想将不合理的东西清扫出门，或使之合理化，转到其对立面"，所以，"一部剧只有在完全被看明白的情况下才会合情合理"。因此，亚氏在分析古希腊悲剧时，力图所做的就是将悲剧的非理性因素理性化，而这种努力却注定要失败。因为亚氏力图纳入理性轨道的《俄狄浦斯王》"绝对不能证实亚里士多德所下的定义"。"在《诗学》理性化的努力之下，出现的却是被压抑的非理性因素"。① 《俄狄浦斯王》一剧的情节、语言"突转"及对读者的作用都无法简单地被"理性化"。因此，"《俄狄浦斯王》与《诗学》之间的关系具有深刻的反讽意义。亚里士多德将前者引入后者，但引入者是寄生性的在场，它从根基上颠覆了后者的前提"。② 文学的"非理性"的"幽灵"在诗学中就如同"福柯"在学界一样，对西方文化的理性起着颠覆的作用。传统诗学依据理性施行正义首先就遭到其对象（文学）的拆解。

其次，从历时的层面来看，文学的新变往往会带来诗学的革新，从而颠覆和解构已有的诗学体系。

如 18 世纪，随着法国大革命的失败，启蒙时期理性王国也随之破灭。对"理性"的失望反映到创作中，出现了以张扬"情感、想象"为主的浪漫主义文学。与之相应的，19 世纪产生的浪漫主义诗学在诗学史上可以说是对以亚里士多德为权威的传统诗学的一

---

① J. 希利斯·米勒：《解读叙事》，北京大学出版社 2002 年版，第 3—7 页。
② 同上书，第 32 页。

次反动。浪漫主义诗学的产生有美学上的根源，即康德所确立的艺术的审美本性的理论，但是，作为诗学其产生的真正动力应该是来自于为浪漫主义文学而作的鸣锣开道。

德国浪漫主义诗学在理论上显示出与亚里士多德代表的传统诗学决裂的勇气。有学者已经指出，在 18 世纪末"当亚里士多德传统喷放出它的最后火束时，浪漫主义的决裂成分已经分布在一般原则层面和更具技术性的诗学层面"。① 如诺瓦利斯就说："诗有一种独特的意义，在我们心中引起一种诗性状态。诗是十足的个性行为，因此它是无法描述的，无法界定的。"② 他还说："以惬意的方式令人惊诧的艺术、变熟悉的客体为奇异并引人入胜的艺术，这就是浪漫主义的诗学。……作家编织一些故事，这些故事之间没有其他联系，只有思想的组合，犹如梦中那样；诗人创作一些诗，这些诗作中美丽的辞章比比皆是，且和谐通顺，然而没有其他联系，亦没有任何意义；最多若干独立存在的诗段尚可读懂，犹如借自千差万别的物质上的片断。"③ 这与传统诗学形成截然的决裂。一是诗的意义并不就在揭示真理，而只是引起诗性状态。诗性的近义词是"朦胧"或"谜语般的"④，即无法将诗理性化，诗作所具有的是神秘的力量。二是诗并不遵循亚里士多德要求的"完整律"，诗只是"片断"，"片断"之间没有其他联系。三是诗因是十足的个性行为，因此其创作并不追求"哲学意味"，而是要变熟悉的客体为奇异，

---

① 让·贝西埃等主编：《诗学史》下册，百花文艺出版社 2002 年版，第 516 页。
② 同上书，第 536 页。
③ 同上书，第 534 页。
④ 同上书，第 533 页。

所以其所描写的并非"按照可然律或必然律可能发生的事",其故事也谈不上带有"普遍性"。四是它并不要求读者完全读懂诗,如瓦肯罗德说的"美!多么离奇和神秘的词!……而您凭借推理技巧,仅从这一个词中就推论出一个严密的体系;您想让全人类都按照您的信条和规则去感觉;您自己的感觉却等于零"![1] 总之,德国浪漫主义诗学就是强调诗人的自由及诗歌形式的自由。它像斯达尔夫人所说的:"德国人不像我们平常那样,绝不把对大自然的摹仿视为艺术主要宗旨……它绝不要求作家们服从专制性的功利目的和限制。"[2] 以亚里士多德为代表的传统诗学已经失去了规范作用。

值得注意的是,德国浪漫主义诗学"笼统地谈诗论诗而不加以分类",其目的是在于强调创作的主观性而排斥传统的摹仿原则。而其诗学多采取一种"断片"的形式,其目的大概就在于诗学于他们而言也在于一种"诗"的创作,"诗学与诗浑然一体"。[3] 这种诗学显现出极强的实用功能,诗学的目的不在于建构一个体系,而在于为"浪漫的诗"开道。如奥·施莱格尔就讲道:"人们还在怀疑是否真正存在浪漫主义的诗……只要我们看一眼浪漫主义诗歌的总体情况,就会发现其发展以及成长阶段中的规律性,就会发现,乍看上去差异极大的现象,程度不同地存在着亲缘和关联关系。"[4] 而像诺瓦利斯前述对浪漫主义诗学的定义无疑也是为自己及类似风格的作品在理论上所作的一种辩解,他的童话小说《海因里希·冯·

① 让·贝西埃等主编:《诗学史》下册,百花文艺出版社 2002 年版,第 532 页。
② 同上书,第 523 页。
③ 同上书,第 524 页。
④ 同上书,第 538 页。

奥夫丁根》及霍夫曼的同类作品《金罐》就出色地回应了他的定义。

　　诗学史上像这种为了正在创作或即将出现的新的文学而颠覆旧有理论的现象，可以说是极为常见。同样是浪漫主义作家雨果，其《〈克伦威尔〉序》是法国浪漫主义的宣言，雨果说：他本来是想破坏诗学，而不是想创造什么诗学。而且他反问道："根据诗作制定诗学，不是要比依照诗学去写诗更有价值吗？"雨果认为他自己力争的是艺术自由，是"反对体系、法典和规则的专制"。① 就其表述看，其《〈克伦威尔〉序》是根据诗制定的诗学，但是，其剧作《克伦威尔》的创作却是不成功的，并没有体现他在序言中提出的浪漫主义的原则。而是在以后才创作的《巴黎圣母院》才真正实践了他提出的美丑对照的浪漫主义原则。概言之，其"序言"也可谓是为一种新的创作风尚对传统古典主义诗学的一次颠覆。

　　对于诗学史上的上述现象，20 世纪 60 年代，艾莫森·马科斯（Emerson Marks）提出了"实用诗学"一词来加以形容。克里格在其《批评旅途：六十年代之后》中详细地分析了这一概念。"实用诗学"的宗旨，从表面上看，是在于解决理论问题，但实际上"却在于创造一种新的趣味，以认可正在创作和阅读的各类诗歌的变革，为诗人创作诗歌，读者阅读诗歌预做准备"。因此，实用诗学"与其说是创造一种新的理论，倒不如说是替某种诗歌鸣锣开道"。他举例说，华兹华斯的《〈抒情歌谣集〉序言》的功能就是如

---

　　① 雨果：《〈克伦威尔〉序》，载《雨果美文集》，中央编译出版社 2003 年版，第 70 页。

此。"华兹华斯当时正在创作这种诗歌，而这种诗歌还没有被接纳进经典作品之中。换句话说，其实用功能是为像他写的这一类诗进入经典作品创造一席地位，不然的话，就不会为人所接受"。总之，诗学"为了使某些作品进入经典而改变标准，就必须改变理论"。①

"为了作品而改变理论"，实用诗学的这一倾向，如果从作品与理论的关系来看，作品对理论就形成了一种解构的关系。当然，这种解构只能说是有限度地解构，浪漫主义诗学与传统的决裂也只是有限度地决裂。德国浪漫主义诗学将诗的目标定在维护人的整体性，如此，则在哲学上又回到了形而上学的整体一元论。而英国的柯尔律治和华兹华斯的诗学观念还受到了亚里士多德诗学的影响，他们都强调诗是一个整体，强调诗歌的理想性（真理），他们只是在达到真理的手段上与亚里士多德有分歧。如华兹华斯说："诗的目的是在真理，不是个别的和局部的真理，而是普遍和有效的真理；这种真理不是以外在的证据作依靠，而是凭借热情深入人心……"②，情感虽然是决定性的，但诗学的前结构还是宇宙理性秩序。

当然，就解构的角度而言，后现代主义的一些作品追求不确定性，如果在与传统诗学交锋的时候，在实践层面上便对传统诗学形成一种解构。如，托马斯·品钦是美国最重要的后现代主义小说家之一，他的小说《V》通常也被认为是后现代主义的经典之作。这部小说突出体现了后现代主义文学创作的"语言转向"特征。作者在小说中有意淡化语言的表意功能和逻辑原则，采用了一个神秘的

---

① 克里格：《批评旅途：六十年代之后》，中国社会科学出版社 1998 年版，第 171—172 页。

② 《十九世纪英国诗人论文学》，人民文学出版社 1984 年版，第 15 页。

符号 V 来强调语言的代码功能。"V"不仅可能代表女主人公维克多（Victoria），而且可能代表小说另外七八个姓或名以字母 V 开头的人物，或他们中的任何一人，甚至还可能表示作品中一系列由字母 V 开头的名称，包括国家、街道和物品等。于是，在作者的精心安排和设计下，"V"作为一个有指示意义的符号可能表示作品中任何一个可能与其有关的指示对象。品钦在强化语言的代码功能的同时，极大的淡化了它的表意功能，从而使"V"的世界显得难以名状而又不可思议。类似《V》这样追求不确定性的作品在实践层面上给解构诗学提供了资料，但同时又对传统诗学造成解构。传统诗学在面对这些文本时会有力不从心的感觉。

第四章

诗学建构与解构的意识形态策略

诗学的建构与解构并非是纯粹理论问题，同时还有着历史性的意识形态的内容，"意识形态"在西方哲学史上是个具有多义的概念，从马克思主义的视角来看，它的基本含义可以概括为"在阶级社会中，适合一定的经济基础以及建立在这一基础之上的法律和政治的上层建筑而形成起来的，代表统治阶级根本利益的情感、表象和观念的总和，其根本特征是自觉地或不自觉地用幻想的联系来取代并掩蔽现实的联系"。"意识形态是由各种具体的意识形式——政治思想、法律思想、经济思想、社会思想、教育、伦理、艺术、宗教、哲学等构成的有机的思想体系"。[①] 在传统的诗学或意识形态研究中，诗学由于被视为"艺术哲学"，它与意识形态的关系理所当然被哲学与意识形态关系的研究所取代，所以，诗学与意识形态关

---

① 俞吾金：《意识形态论》，上海人民出版社 1997 年版，第 129、131 页。

系的丰富内涵一直未得到理论上的澄清。依前述所论，传统诗学是在前逻辑下进行具体的建构，俨然是独立于历史的。而解构诗学则宣称"文本之外别无所有"，似乎忽视诗的具体内容，其解构姿态也表明它是要外于某种意识形态中心的。但通过对诗学具体理论的"细读"，我们会发现，诗学同时还是历史的，它并不是像其所预设的逻各斯一样是永恒不变的。诗学与意识形态有着紧密的关联。

当然，诗学的意识形态策略如同诗学之前设一样非常隐秘。以往的诗学的意识形态批评在对诗的意识形态的揭示的同时，往往会隐藏自己的意识形态性，以一种科学的面目出现。如果将诗视为经验，将诗学视为理论。那么，只有将诗学放回其具体的历史环境中，诗学之建构与解构才有价值可言。马克思就提道："对现实的描述会使独立的哲学失去生存环境，能够取而代之的充其量不过是从对人类历史发展的考察中抽象出来的最一般的结果的概括。这些抽象本身离开了现实的历史就没有任何价值。"① 前述几章内容基本上是在比较抽象的层面对诗学的考察，如果要恢复诗学的鲜活性，那么，诗学建构与解构的历史内容便是诗学研究的一项任务。

第一节　古希腊诗学与意识形态

诗学与意识形态的关系在古希腊时期基本上已经奠定，或者更确切地说是在柏拉图和亚里士多德两师生手上奠定的。柏拉图与亚

---

① 《马克思恩格斯选集》第一卷，人民出版社1995年版，第73—74页。

里士多德在诗是否能揭示真理问题上是截然对立的，但他们的诗学体现出的却同样是为意识形态的"教化"服务的意识。

柏拉图严格来说是哲学家而非诗学家，他的诗学观念都是出现在哲学对话中的。他对诗的攻击出现在他的以探讨城邦正义（大正义）为出发点的《理想国》一著中。按柏拉图的说法，诗之所以遭受攻击就在于诗远离了"逻各斯"（理念），丧失了对城邦公民教育的功能。柏拉图强迫哲学家进入城邦的原因就在于哲学可以取代"诗"对公民进行真正的教化。因此，柏拉图对诗的攻击有一个明显的"背景"：与逻各斯具有亲近关系的诗的存在。这种"诗"是一种"本原的诗"，是古希腊对于"本原"的最初的回忆和呼喊。据古希腊神话所记载，古希腊曾有过神人和谐共处的黄金时代。而当神人分离后，人对神只能依靠语言唤起对神的回忆，诗人就是那些神人分离后依然寻求"神"的人。马利坦说，本原的诗"是一个更普遍更原始的过程：即事物的内部存在与人类自身的内部存在之间的相互联系，这种相互联系就是一种预言"。[①] 预言的形式就是诗，所以，诗人的"说"如同预言家的预言一样，并非是诗人在说，而是神借他的口在"说"。柏拉图要求诗人"代神立言"也即此意。总之，柏拉图明确地区别开两类诗人："一类是凭诗的技艺从事创作的诗人，另一类是由于诗神凭附而从事创作的诗人。"[②] 柏拉图所要驱逐的是凭技艺写作的诗人，因为它远离了本原（逻各斯），不利于理想国中三个等级的灵魂及其德性的培养和成长，与

---

① 马利坦：《艺术与诗中的创造性直觉》，三联书店 1991 年版，第 15 页。

② 蒋孔阳、朱立元主编：《西方美学通史》第一卷，上海文艺出版社 1999 年版，第 363 页。

城邦正义不符。因此，我们可以说，柏拉图的诗学就是伦理学，就是政治学，是意识形态教化的一个有机组成部分。也可以说，"柏拉图的艺术理论主要是政治性的，它是争取控制人心灵的一个步骤"。①

因此，诗既有与本原亲近的诗，这是对本原的本真的言说；也有远离本原的诗，但这种诗并非与本原无关，它只是对本原采取了利用的姿态。前者是诗之应然，而后者则是诗之必然。即"本原的诗"因与本原的亲近，是对本原的回忆与呼唤，是应然之诗。但是，这种诗只在各民族的原始时期一闪而过，随即就与世俗权力结合而导致对本原的利用，这是历史的必然，是本原诗在时间中的必然命运。有学者就指出了，在古希腊"言是与本原交往的'道路'，正是因为言与本原的这种亲近使言成为权力的渊源。对世俗权力的执著，导致了对言的功利性的利用"。② 诗人也就成了媚俗的代名词，于是诗的教化作用必须由真正继承诗的本质的哲学来取代。柏拉图从早年想成为悲剧诗人转入哲学家苏格拉底的门下，亚里士多德认为思辨的生活高于实践的生活，其因皆出于此。

亚里士多德在"摹仿"能揭示真理这一点上与柏拉图是截然对立的。但亚氏的摹仿说在逻辑上并不构成对柏拉图理念说的颠覆。相反，亚氏努力所做的却是调和柏拉图的理念与现实间的裂缝。"他对柏拉图是同意大于分歧。只有将他的整体体系看做是柏拉图体系的发展和进步，是由苏格拉底建立、由柏拉图推进的理念的哲

---

① 阿瑟·丹托：《艺术的终结》，江苏人民出版社 2001 年版，第 6 页。
② 洪涛：《逻各斯与空间——希腊政治哲学研究》，上海人民出版社 1998 年版，第 207 页。

学的完成，我们才能理解亚里士多德"。^① 亚氏说："人类在本性上，也正是一个政治动物……人类所不同于其它动物的特性就在他对善恶和是否合乎正义以及其它类似观念的辨认，而家庭和城邦的结合正是这类义理的结合。"^② 这是亚氏在《政治学》中对人的著名的定义。从此定义可以见出，亚氏对人、对政治的关注并不仅仅只从现实层面进行，同时他还注意到了超验层面的重要性。其《政治学》既有对经验的现实政治体制的探讨，同时也有对理想的政治体制的分析。亚氏的诗学思想同样有着类似的矛盾性，其《诗学》在表面上不像柏拉图的诗学思想与意识形态是紧密结合在一起的。但综观亚氏思想整体，其诗学仍有意识形态因素作为其论述背景。兹举几例说明如下：

　　一是在悲剧主人公的设定上。亚氏要求悲剧的主人公是"比我们今天的人好的人"。这句话细读实隐含深义。"我们"当可理解为观看悲剧演出的人。而悲剧演出在古希腊是作为政治事件出现的，在古希腊的悲剧演出中，只有"公民"才有资格进入剧场。亚氏的"我们今天的人"指的实为"公民"，"比公民好的人"是什么人呢？对此问题的回答如果从亚氏所提的具体的悲剧主人公来作出答案是无济于事的。亚氏无意中区分了三种人：比我们今天的人更坏的人、我们今天的人、比我们今天的人更好的人。这种区分仅仅是依据于悲剧和喜剧的主人公与我们今天的人的对比吗？答案应该是否定的。所谓更坏、更好及一般的区分来于亚氏的政治哲学思想。在

---

　　①　转引自蒋孔阳、朱立元主编《西方美学通史》第一卷，上海人民出版社 1999 年版，第 405 页。

　　②　亚里士多德：《政治学》，商务印书馆 1996 年版，第 7—8 页。

《政治学》中，亚氏就提出了好公民和好人的关系问题。好公民的职责在于维护政治合作关系，"最好的人"是在政治重要性上实际相当于一个集团或阶级的人。对于所有的人来说，最好的事情就是拥戴"最好的人"为城邦的"永久国王"。但是最好的人也是有缺陷的，"勇敢使统治者和最好的人误入歧途"。^① 将亚氏视索福克勒斯的《俄狄浦斯王》为一般悲剧的范例与亚氏的上述政治哲学思想比较，可以见出，在《诗学》中渗透了浓厚的政治哲学的影响。俄狄浦斯行为的政治重要性在剧中明显地决定了忒拜城的安危，他的意志与道德责任感明显地优于常人，但是却做出了不合于常理的事，"误入歧途"，在俄狄浦斯得知杀父娶母的真相后，其选择必须以服从政治公正（城邦秩序）为唯一的选择。对俄狄浦斯的这种解读使我们看到亚里士多德为什么如此的注重这一悲剧，其原因就在于它在一定程度上是亚氏政治理想的一种隐喻。《诗学》表面上很轻松地要求悲剧要以"比我们今天的人更好的人"为主人公具有政治哲学上的隐义，或者说《诗学》支持了亚氏的政治哲学。

二是艺术的功能，亚氏是将之归于城邦教育中的。亚氏认为教育是政治正义的当务之急，城邦是许多分子的集合，唯有教育使它成为团体而达成统一。亚氏提出了实用教育和灵魂教育的划分：前者以生存和谋生为目的，后者以社会生活中的合理行为为目的；前者是技术教育，后者是德性教育。对亚氏来说，灵魂教育几乎就是音乐（主要是吟唱诗歌）教育。他认为音乐有三个方面意义：教

① 列奥·施特劳斯等主编：《政治哲学史》（上），河北人民出版社1998年版，第146—151页。

育，被除情感，操修心灵。"因而把政治等同于教育，把教育等同于音乐，《政治学》最后变为对音乐风格的探讨，乃是希腊政治的必然逻辑。音乐不是政治需要关心的在政治之外的一个领域，而是政治之核心"。①

至于悲剧的功能，亚氏在《诗学》中则提到了是"借引起怜悯与恐惧之情来使这种情感得到陶冶"。如何引起怜悯与恐惧之情呢？亚氏提出了主要是"事件"，即"情节"。结合亚氏对诗与历史的比较，亚氏认为悲剧所摹仿的事应是"有普遍性的事"，"指某一种人，按照可然律或必然律，会说的话，会行的事"。② 亚氏强调"普遍性"显然不仅是纯粹从悲剧情节间的逻辑关系来考虑的，更重要的是考虑到悲剧对于读者的作用。读者的灵魂具有个体的差异性，悲剧要能引起他们的怜悯与恐惧之情，显然不能仅仅描写只具特殊性的事，因为悲剧创作并不是私人的事，而是与城邦的教育结合在一起的。"教育（训练）所要达到的目的既然为全邦所共同，则大家就该采取一致的教育（训练）方案"。③ 亚氏这一段话才道出了他要求诗描写"有普遍性的事"的初衷。

因此，在诗学上柏拉图与亚里士多德其实并无根本的冲突。他们的学说从逻辑上来说并没有交锋的地方。柏拉图的理想国是奠基于理念之基础上的，所要求的诗是与理念有着亲近关系的真正的诗。他从未相信他的理想国能够实现；他的本原的诗也只是一种构

---

① 洪涛：《逻各斯与空间——希腊政治哲学研究》，上海人民出版社 1998 年版，第 294 页。

② 亚里士多德：《诗学》，人民文学出版社 1962 年版，第 29 页。

③ 亚里士多德：《政治学》，商务印书馆 1996 年版，第 407 页。

想或只是对原初时期初民的言的一种回忆。亚氏关注的则是现实政制，他所注重的是与现实有着直接反映关系的"诗"。两人的诗学在意识形态的教化方面具有同一性，只不过柏拉图是直露的，带有一定的专制色彩；而亚里士多德是隐秘的，将诗学从学科中进行了分化但却仍以城邦的政治学为其支撑点。两者在建构诗学的同时都包含了意识形态的策略。

第二节　现代诗学的意识形态策略

自古希腊以降，诗学的意识形态问题显然必须置入现代性的大视野中来加以考察。现代性有两期，第一期是以人的完善理性取代神的万能启示；第二期是以人的个体差异性取代完善理性。① 诗学在现代性过程中是以什么身份出场的呢？我们可以说，诗学在现代性的第一期对人的完善理性起到了补充作用，调和了完善理性与现实政制的紧张，维护了理性的合法性；而在第二期现代性中，诗学摆脱了理性的制约，成为人的本真生存的看护。

海德格尔曾指出，说出一个事物与把它放到时间中二者是纠结在一起的，这是本真的逻各斯的含义，即本真的逻各斯具有言行合一的特点。本真的逻各斯既有事实成分（真理）也有价值成分（善）。但是随着世俗权力对逻各斯的利用，逻各斯中事实成分与价

---

① 张志扬：《后叙西方哲学史的十种视角》，萌萌主编：《启示与理性：从苏格拉底、尼采到施特劳斯》，中国社会科学出版社 2001 年版，第 124—125 页。

值成分逐渐分离。资产阶级在取得统治权的过程中，不断地夸大理性的力量，将一切置于理性的法庭上进行审判。逻各斯逐渐失去本原的意义而成为知识理性、工具理性和技术理性的代名词。"17、18 世纪法国启蒙思想家以及'百科全书'派思想家们所宣扬的，正是这样的一种理性精神。出于对由此造成人们热衷尘世享乐而使自身日趋异化和物化倾向的忧虑，在继而出现的德国古典哲学中，又把理性普遍化、抽象化为一种形而上的东西，一种主宰和支配社会历史和个人命运的不可抗拒的超验的力量，并以此来抑制一切感性的、个别的、偶然的东西，而使之演变成为一种'冷酷的理性'。"① 工具理性主义的建立是一个以理性驯服欲望、驯服肉体的过程。

　　但是，正如伊格尔顿所问的："如果康德所称的'混乱的感觉'永远处于理性的'绝对王权'的认知范围之外，理性的'绝对王权'怎么可能保持其正统性呢?"② 伊格尔顿从美学与意识形态间的关系找到了答案。他认为："理性必须找到直接深入感觉世界的方式，但理性这样做时又必须不危及自身的绝对力量。"③ 因此，美学作为一门关于"感性"的科学出现在理性主义的话语内部。它在总体上适应了资产阶级意识形态的需要："一方面，它扮演着真正的解放力量的角色——扮演着主体的统一的角色，这些主体通过感觉冲动和同情而不是通过外在的法律联系在一起，每一主体在达成社

---

　　① 王元骧：《"新理性精神"之我见》，载《东南学术》2002 年第 2 期，第 49 页。

　　② 特里·伊格尔顿：《美学意识形态》，广西师范大学出版社 1997 年版，第 2 页。

　　③ 同上书，第 3 页。

会和谐的同时又保持独特的个性。审美为中产阶级提供了其政治理想的通用模式……另一方面，审美预示了麦克思·霍克海默尔所称的内化的压抑，把社会统治更深地置于被征服者的肉体中，并因此作为一种最有效的政治领导权模式而发挥作用。"① 伊格尔顿是否有将资产阶级的美学全盘意识形态化的倾向在此我们存而不论。他确实合理地揭示出了美学在为资产阶级意识形态服务有与理性主义共谋的一面。这一点从德国古典美学的"审美解放"上亦可见出。

德国古典美学审美解放的思想由康德提出，经席勒、黑格尔继承和发挥，在美学史上形成了一股关于人的解放的系统的理论。他们的共同点都在于认为人可由审美之途达成个体与类的统一，从而摆脱束缚，进入自由境界。康德将人的认识能力区分为知、情、意，以三大批判对这三种能力分别进行研究。在他看来，由知性行使职能的现象界是属认识的领域，其目的在于求知，而由实践理性行使职能的则是彼岸世界，属道德领域，其目的在于达善。前者是必然性，后者是自由。而从必然达自由，只有通过审美判断力才可行。而席勒也说："从感觉的受动状态过渡到思维和意志的主动状态，只能通过审美自由的中间状态来实现。"② 德国古典美学在本质上具有反抗现实散文化的趋势，但这一反抗无法提升到颠覆理性规范，要求人按感性原则生活的高度。其原因在于，（1）审美解放以"人是理性的动物"作为理论的预设。席勒说："仅仅作为感性本质

---

① 特里·伊格尔顿：《美学意识形态》，广西师范大学出版社 1997 年版，第 16 页。

② 席勒：《席勒散文选》，百花文艺出版社 1997 年版，第 244 页。

的我们是不独立的，作为理性本质的我们是自由的。"① 审美自由的核心并不在于审美状态本身的自由特性，而是在由审美状态可达理性状态。因此，审美必然地以理性为指导。（2）审美解放只是一种心灵自由，并不具有现实的有效性。席勒说："对实在的冷漠和对外观的兴趣就是人性的真正扩展和走向文化的决定性的步骤。"② 也就是说，人只有与现实断绝功利关系才有人性的改善。这在本质上内化了压抑：与现实断绝功利关系意味着心理上的自足的完成。（3）德国古典美学的审美解放是在认识论范畴下展开的，也就是说德国古典美学忽视了实践论的一维。尽管"实践"一词在黑格尔的著作中多次出现，但也只是认识论范畴中的实践。里克曼曾批评："康德没有提供令人信服的理由来解释为什么在认识中所预定的自我也就是道德上的自我。总之，这种理论所保持的某种预先假定（如有关自由的最富有哲理性的理论），并没有提供一种直接的有说服力的解决方案。"③ 里克曼的批评指出了德国古典哲学共有倾向：认识论与伦理学的无法沟通。康德虽强调以审美为人生立法，但审美判断的根据却只是主观的，通过审美唤起的只是人先天而有的判断力而已，审美并不能改变人的实践的"内环节"。

因此，当德国古典美学对现实的人的异化状态实施正义时，有意或无意地陷入了资产阶级意识形态的罗网。审美自由只是乌托邦，在乌托邦式的自由中，资产阶级的意识形态不断得到巩固并内

---

① 席勒：《论崇高》，载刘小枫主编《人类困境中的审美精神》，东方出版中心1994年版，第15页。

② 席勒：《席勒散文选》，百花文艺出版社1997年版，第263页。

③ H. P. 里克曼：《理性的探险》，商务印书馆1996年版，第130页。

化为人的本质的一部分。在一定意义上可以说，理性主义的不断完善，凭借了美学共谋之功。

19世纪末，随着叔本华、尼采的出现，西方现代性进入它的第二期：以个体的差异性取代完善理性。舍勒指出，现代性——一言以蔽之——本能冲动造反逻各斯，是人身上一切晦暗的、欲求的本能反抗精神的革命，感性的冲动脱离了精神的整体情愫的过程。[①]这一变化的原因当然源于社会结构、政治—经济生活样态的大变动，有此变动才有人心的不断骚动。尼采宣称"上帝死了"并非只是哲学上的臆想，而只是说出了人心中既有的事实。福柯所说的疯癫在此时已经突破理性主义的禁锢，在生活样态上取得了普遍性。

以个体差异取代完善理性意味着不承认有一个普遍共通的模式。现代诗学的一个共同特征就是对传统的否定。"当代文化背后却是否定性的动力，这就是我们之所以不像以前所有时代的人们的原因，我们虽然没有共同的理想，甚至根本没有任何理想，但却生存一段时间了"。[②]现代诗学所否定的一点就是传统诗学的以艺术形式对生活取得正义的观念。传统艺术依靠其特有的形式将艺术作品的现实与社会存在的现实相区别，而"在现代艺术中，结构形式、语言法则丧失了可以让人能够辨认的恒定要素，以至于什么是艺术已经没有了一个衡量尺度，传统的、积累的形式规则一再被否定。……形式的无政府状况是现代艺术的基本现实，这是没有争议

---

① 刘小枫：《现代性社会理论绪论》，上海三联书店1998年版，第23页。

② 齐美尔：《现代文化的冲突》，载刘小枫主编《人类困境中的审美精神》，东方出版中心1996年版，第246页。

的"。① 当杜尚把男用小便器，取名为《泉》使其成为一件艺术品
时，无疑意味着"艺术的终结"，但更重要的是意味着艺术的更大
空间。对审美化人生的辩护成为现代诗学的首要任务之一。如尼采
就自己的《悲剧的诞生》一书说过，他创造的是一种"纯粹审美
的、反基督教的学说或评价"。其实，就尼采的审美主义而言，它
并非一种纯粹的"学说或评价"，而是一种世界—人生观，尼采说：
"只是作为审美现象，人世的生存才有充足理由。"② 非世界—人生
观，即无法与他所批判的基督教相提并论。他像叔本华一样把世界
分为本体和现象两方面。本体即是隐藏在不断毁灭的个体现象背后
的生命意志，这是一种永恒的生命冲动或本能。尼采的生命意志并
不厌弃现象世界，而是具有创造、奋斗、热爱人生的精神。但是这
种精神即是对人生痛苦和悲剧性的反抗，与尼采自己所批判的苏格
拉底"浅薄而狂妄"的"乐观主义辩证法"是不同的，所以，其基
石还是人生的悲剧性存在。他在论及酒神意志时说道："酒神艺术
也要使我们相信生存的永恒乐趣，不过我们不应在现象之中，而应
在现象背后，寻找这种乐趣。我们应当认识到，存在着的一切必须
准备着异常痛苦的衰亡，我们被迫正视个体生存的恐怖——但是终
究用不着吓瘫，一种形而上的慰藉使我们暂时逃脱世态变迁的纷
扰。我们在短促的瞬间真的成为原始生灵本身，感觉到它的不可遏
止的生存欲望和生存快乐。"③

　　当然，现代诗学对于人生诗化的合法性的辩护并不是纯粹在诗

---

① 刘小枫：《现代性社会理论绪论》，上海三联书店 1998 年版，第 147 页。
② 尼采：《悲剧的诞生》，三联书店 1986 年版，第 277、275 页。
③ 同上书，第 71 页。

学领域里进行的。在 20 世纪，诗学与哲学实质上是合一的。"二十世纪的哲学和诗学具有精神互通性，其表征为：所有诗学的重大命题无一不是哲学家提出的，而哲学的反思也首先成为人性的诗意反思。二十世纪哲人和诗人显示哲学和诗的源远流长的传统——将本体诗化或将诗本体化，从而使关于人生价值存在的哲学成为诗性哲学，使富于诗人气质的哲人成为诗性哲人。诗与哲学同一，诗人与哲人一体"。① 如此，人生—审美、诗学—哲学便具有结构上的相似性。

现代诗学、哲学对个体差异的辩护是否具有意识形态化的策略在里面？答案无疑是肯定的。按个体感觉及身体的差异自适地生存是现代诗学、哲学的主题。这一主题本身就是政治、伦理主题。它一方面对传统哲学、政治、伦理对人的规约都形成尖锐的挑战。"现代艺术总要站在国家政治权力、资本家的赢利感和平等个人对立面，实质性地构成了现代图景的分裂因素"。② 西方马克思主义者从中看到，艺术恰恰弥合了"分裂"，培养了"新感性"。"新感性已成为政治因素了。这完全可以标志出当代社会发展的转折点。……技术就逐渐变为艺术了，艺术也逐渐将现实形式化了，从而，想象力与理智，高级的官能与低级的官能、诗意的思维与科学的思维之间的对立将不复存在。一种新的现实原则出现了，在此原则下，新感性与降解了的科学理智将统一而为一种审美伦理"。③ 另

---

① 王岳川：《二十世纪西方哲性诗学》，北京大学出版社 2000 年版，第 13 页。

② 刘小枫：《现代性社会理论绪论》，上海三联书店 1998 年版，第 146 页。

③ 马尔库塞：《新感性》，载刘小枫主编《人类困境中的审美精神》，东方出版中心 1996 年版，第 620－621 页。

一方面，对个体感觉极度夸张已经使"感觉""身体"之类的东西成为现代诗学、哲学中的"后形而上学"，它与现代社会的政治个人主义具有同构性。齐美尔说道："过去，认识（Erkennen）形式为我们整个思想和感情的世界提供了一个固定的框架或是一幅永远毁灭不了的油画，并要求思想和感情同内在的一致性和自给自足的意义溶合在一起。……当生命最纯粹的表现被认为是形而上学这一基本的事实，以及被认为是全部存在的本质时，这种表现也就成了核心观念。"[①] 并且，齐美尔首开货币经济与人的个体心性关系的研究，指出货币经济既是理性化的又是个体情感化的，个体既是理性化的同时更为重要的是，个体在货币经济中与传统的亲情分离，"个体生命的终极依托在种种漂浮性的感觉形态中"。齐美尔并引出结论：政治个人主义与审美（感觉）的差异诉求同构。[②]

总之，现代诗学所致力的是为人的生存寻找权利及为人的生存的差异进行辩护，严格来说它是一种人生诗学。其目的就是要使诗成为人本真生存的看护。"从尼采到福柯的审美个体主义与新马克思主义的审美批判有共同的审美意志：生活即艺术和性爱自然美的乌托邦"。[③]

正是出于诗学、美学与意识形态间的紧密关系，伊格尔顿才说："从广义上说，我认为，美学范畴在现代欧洲思想中占有重要地位，因为美学在谈论艺术时也谈到了其他问题——中产阶级争夺

[①]　齐美尔：《现代文化的冲突》，载刘小枫主编《人类困境中的审美精神》，东方出版中心 1996 年版，第 252 页。

[②]　刘小枫：《现代性社会理论绪论》，上海三联书店 1998 年版，第 339—341 页。

[③]　同上书，第 343 页。

政治领导权的斗争中的中心问题。美学著作的现代观念的建构与现代阶级社会的占统治地位的意识形态的各种形式的建构、与适合于那种社会秩序的人类主体性的新形式都是密不可分的。"① 这正印证了詹姆逊所说的："一切事物说到底都是政治的。"②

第三节　解构理论的意识形态性

由德里达始的解构主义是否有着意识形态的策略？或者说解构主义的写作与阅读是否有着伦理或政治的责任？这个问题历来是一个难题。因为，长期以来，解构思想一直被视为是一场无底的符号学游戏，它把西方从古希腊至海德格尔哲学全看做是形而上学的历史，是一个隐喻替代的历史。它认为形而上学思想中的本体并不存在，真理的绝对性也不过是人为的设定。因此，解构似乎是否定一切真理性、否定一切意义、否定历史、人文和价值评判。对解构主义的质疑在 1992 年的"剑桥事件"中达到顶峰。当剑桥大学准备授予德里达荣誉博士学位时，英国伦敦《时报》登载了一封题为"德里达的学位，一个荣誉的问题"的公开信，当时的主流哲学界对德里达进行了严厉的指责，认为德里达的研究不属于哲学学科，德里达的思想威胁到真理和理性价值的存在，它是虚无主义和怀疑

---

① 特里·伊格尔顿：《美学意识形态》，广西师范大学出版社 1997 年版，第 3 页。

② 弗雷德里克·詹姆逊：《政治无意识》，中国社会科学出版社 1999 年版，第 11 页。

主义的，德里达的思想是有害的，对青年一代学者有着很坏的影响力。当然，对德里达的这场攻击是以失败告终的，剑桥大学最终授予了德里达荣誉博士学位。

那么，解构主义是否真是虚无主义的呢？对此，德里达本人指出，"30 年来我一直在尝试，清晰地和不厌倦地尝试反对虚无主义、怀疑主义和相对主义。任何只要稍微解读过我的作品的人都知道这一点，并且能轻易地发现，我完全没有破坏大学或任何研究领域的企图"。① 他还指出，他的作品之所以对他的那些同行们具有威胁性，"这是因为它不单单是离奇或古怪，无法理解或异乎寻常（他们能很轻易地处置这些），而且如我自己所希望的，也如他们所相信的那样，而是远比他们所承认的，更具对抗性，更具严谨的论辩色彩，并且在对一系列占统治地位的话语的基本规范和前提的重新审核方面更具说服力，在对这些话语的评判原则、对学术制度的结构的重新审核方面更具说服力"。②

解构主义诗学对文本的阅读是否有着意识形态的策略呢？对此问题的回答，我们无意纠缠到他们的具体解构实践中。事实上，我们看到，解构主义确实对以往的意识形态中心进行了解构与拆解。德里达在 2001 年到中国访学回答提问者的问题时就提到了"意识形态、马克思主义、启蒙思想的历史都应该接受解构"。③ 但是，也正如他所说的"解构全然不是非历史，而是别样地思考历史"。我

---

① 《一种疯狂守护着思想：德里达访谈录》，上海人民出版社 1997 年版，第212 页。

② 同上书，第 220 页。

③ 《读书》2001 年第 12 期。

们可以说，解构不是非意识形态，而是以一种别样的姿态实施意识形态的功能。德里达自己就说过："事实上不存在解构哲学，不存在可以被称为解构哲学的哲学，也不存在能自身演绎出一个道德的组成部分的解构哲学的哲学。但这并不是说，解构的体验不是一种责任，甚至不是一种伦理的—政治的责任，也不是说解构的体验本身并不履行或展开任何责任。"① 他甚至说："解构不应与政治一惯例分开，而应寻求一种新的责任感，质疑从伦理学和政治学那里继承那里的代码，这意味着对某些人来说政治气味太浓了一点，或许，会叫那些仅从司空见惯的马路标语上来认识政治的人瞠目结舌。"② 因此，德里达认为自己所从事的事业并不仅仅是"唯美主义者的游戏"。③

由此，我们认为，解构主义诗学是以意识形态批评的姿态进行的去神秘化的解蔽的工作。在这一点上，它与马克思主义有着共通性。德里达说："至少在我看来，解构主义从来没有任何用意或图谋，它只是一种激进的过程，也就是说它符合某种马克思主义传统，有一定的马克思主义精神。"④ 而解构主义的"马克思主义精神"就体现在对传统意识形态将语言现实与物质现实相混淆的解构

---

① 《一种疯狂守护着思想：德里达访谈录》，上海人民出版社 1997 年版，第 53 页。

② 德里达：《科系冲突》，转引自乔纳森·卡勒《论解构》，中国社会科学出版社 1999 年版，第 138 页。

③ 《一种疯狂守护着思想：德里达访谈录》，上海人民出版社 1997 年版，第 172 页。

④ 转引自特里·伊格尔顿《历史中的政治、哲学、爱欲》，中国社会科学出版社 1999 年版，第 121 页。

上。许多意识形态理论往往把意识形态看做挡在我们和现实世界之间的屏蔽或障碍，认为只要我们能跨过这障碍，就会看到现实的真理。"这种屏蔽模式是建立在现象与实在之区分上的：认为事物的实在状态存在于外面的某个地方，但是我们以扭曲或模糊的方式把它再现给自己或别人"。① 这一观点在传统的文学研究中的表现就是，区分了文学的内在与外在，认为文学就是主导意识形态的一种"反映"，如此在文学（语言现实）与物质现实之间就建立起了某种对等的关系（如实的或失真的）。解构主义的工作之一就是拆毁这种内在与外在的二元对立，认为："那些外部关系本身对文本而言就是内在的。所谓内在与外部的区分，极像二元对立，终归是不可靠的、引人误入歧途的。而且，那些明显的'外部的'关系本身需要一种修辞分析，例如，要求对各种形式中必然出现的各种各样的修辞手法有贴切的理解，进而探讨一部文学作品与'语境'的关系：'反映'，是隐喻，'语境'，是换喻；'意识形态'，是失真的形象，等等。"②

传统的文学理论，如艾布拉姆斯所区分的一样，世界、作者、读者与作品的界限分明，外在于作品，作品通过摹仿或反映前面的要素使自身与其溶解合一。解构主义认为这是基于内在与外在二元对立基础上的混淆，它有着灾难性的后果，语言现实与物质现实合谋进而稳固现有的政权结构。解构主义将历史、世界、作者等因素

---

① 特里·伊格尔顿：《历史中的政治、哲学、爱欲》，中国社会科学出版社 1999 年版，第 90—91 页。

② J. 希利斯·米勒：《重申解构主义》，中国社会科学出版社 1999 年版，第 220 页。

视为文本自身构成的成分，其目的在于将万事万物都文本化，政治的、经济的、社会的、心理的、历史的等都成为文本间的关系。解构主义此举隐藏着一种意识形态的策略在里面。众所周知，解构主义产生的契机是 1968 年 5 月法国爆发的反政府学生运动，这次运动虽被压制了，但却使法国知识界看到西方现行政治结构和社会组织体系的牢固。而如何对这种现行的牢固的结构进行破坏呢？解构主义采取的是一种破坏语言结构的方法。正如伊格尔顿指出的："后结构主义是 1968 年那种欢欣和幻灭、解放和溃败、狂喜和灾难等混合的结果。由于无法打破政权结构，后结构主义发现有可能转而破坏语言的结构。"① 解构主义的修辞性阅读将文学文本或哲学文本都看做是比喻的，进而寻找文本中的他者，消解文本的终极意义，如此也就"使它得以洞察坚如磐石的文学文本或意识形态自我同一性的虚妄"。② 所以，德曼在《阅读的寓言》中就说："我们称之为意识形态的东西，简言之，就是语言的现实与自然的现实、参照物与现象论的混淆。其结果是，文学性的语言学，超越了其他探究的形态，包括经济学的，在揭示意识形态脱离常规方面，成了强有力的、不可或缺的工具，而且在解释发生的原因时，它也是个决定性因素。那些指责文学理论忘却社会与历史（也就是意识形态的）现实的人，只不过道出了他们的恐惧，担心自己意识形态的神秘性被他们怀疑的工具所揭露。一句话，他们只是马克思《德意志

---

① 特里·伊格尔顿：《当代西方文学理论》，中国社会科学出版社 1988 年版，第 206 页。

② 特里·伊格尔顿：《历史中的政治、哲学、爱欲》，中国社会科学出版社 1999 年版，第 124 页。

的意识形态》一书蹩脚的读者而已。"① 我们不难看出，德曼认为自己也是受到马克思的意识形态批评的影响的，其文学理论并非全是"内在的"研究。我们可以认为，"解构"在解构主义那里，不仅仅是解构意识形态中心的武器，同时还是他们展开伦理—政治的责任的实践方式。在这一意义上，德里达本人说过："被称为解构的东西（在理论上）涉及到，（实践上）参与了一种（技术—科学的、政治的、社会—经济的、人口统计的）深远的历史改革。"② 那种"以为解构是纯文本性的、缺乏政治内涵或反政治、非政治的印象，其实他们不知道政治符号和专门术语，不论左派还是右派都保持着基本形而上学的特征。"③

　　总之，解构主义批评在一定程度上吸收了马克思主义的批判精神，当然，这是一种在解构的基础上的占有，按伊格尔顿的说法是一种"没有马克思主义的马克思主义"。很显然，这种精神很难以把握，但可以肯定的是，解构主义没有放弃在意识形态领域的责任，正如他们没有放弃解构的肯定性意义一样。在一定意义上，解构就是一种意识形态的策略。因为"德里达的解构主义从一开始无疑就是一项政治工程……凡是了解等级森严的法国学术系统的人绝不会看不出解构主义的政治力量，因为解构主义起初就是作为一个

————————

　　① J. 希利斯·米勒：《重申解构主义》，中国社会科学出版社 1999 年版，第 221 页。

　　② 《一种疯狂守护着思想：德里达访谈录》，上海人民出版社 1997 年版，第 224 页。

　　③ 转引自李振《解构与解构的马克思主义：德里达思想研究》，上海人民出版社 2004 年版，第 145 页。

隐藏在高度理性主义里面的杀手锏而萌生于这个冷冰冰的系统的中心"。①

第四节　诗学意识形态的几个问题

至此，我们可以对诗学与意识形态间关系的几个问题作一简单的小结：

一　诗学如何向意识形态转换

诚然，诗学不直接是意识形态，但是当它们作为观念斗争的工具被用到社会冲突中去的时候，它们也就承担了意识形态的功能。按卢卡契的说法："只要某种思想仅仅是某个个人的思维产物或思维表现，那么无论它是多么有价值或反价值的，它都不能被视为意识形态。某种综合的思想即便在社会上得到比较广泛的传播，它甚至也不能直接变为意识形态。某种思想或思想整体若要变成意识形态，它必须执行某种规定得非常确切的社会功能。"② 也就是说，必须从思想的社会效力和社会职能去考察这种思想是否意识形态化。如科学向意识形态转换的问题。卢卡契说："不管某个个人的正确的或者错误的观点，还是某种正确的或者错误的科学假说、理论等

① 特里·伊格尔顿：《历史中的政治、哲学、爱欲》，中国社会科学出版社 1999 年版，第 120 页。

② 卢卡契：《关于社会存在的本体论》下卷，重庆出版社 1993 年版，第 487 页。

等，它们本身都不是什么意识形态……它们只是可能成为意识形态。"① 像伽利略的日心说，达尔文的物种进化论，只有当它们与当时的宗教意识形式发生冲突，科学才卷入社会冲突从而使自己意识形态化。卢卡契还认为当科学意识形态化时，不管它的作用是进步还是反动，都无法改变它已经成为意识形态这一基本事实。② 比之于诗学，我们亦可认为，不管诗学是以一种主观还是客观的立场出现，它都可以用到社会冲突中去，从而使自身意识形态化。像柏拉图对诗的驱逐、布瓦洛的古典主义诗学、雨果的浪漫主义宣言等等，这些理论都有一个明确的意识形态的背景，与某种意识形态有着明确的合谋的意向。

二　诗学的意识形态策略既有直接性，也有间接性

其直接性主要体现在充当意识形态的国家机器，对文学进行监控。要求文学直接承担意识形态的教化功能，甚至将文学当做一般道德体系或者政治体系的组成部分。在这种诗学中，"超越了宗教、道德或者国家价值的书籍，无论是事实还是虚构的故事，都被斥责为险恶的和离经叛道的"。像柏拉图、锡德尼、约翰逊都有此倾向。当然，这往往需要担当取消文学和诗学的独立性的风险。但是，伊格尔顿政治无意识的概念标示了，诗学无论怎样主张为艺术而艺术、纯审美论、艺术无利害观，都是一种天真的自以为是。伊格尔顿说："审美只不过是政治之无意识的代名词：它只不过是社会和

---

① 卢卡契：《关于社会存在的本体论》下卷，重庆出版社1993年版，第491页。
② 俞吾金：《意识形态论》，上海人民出版社1993年版，第306页。

谐在我们的感觉上记录自己、在我们的情感里留下印记的方式而已，美只是凭借肉体实施的政治秩序，只是政治秩序刺激眼睛，激荡心灵的方式。"① 既然文学生产无论如何都会受到政治无意识的制约，那么，诗学鼓吹的为艺术而艺术表面看来与文学生产就有了间隔，但实际上却间接参与了意识形态的建构。它在理论上为理性所无法控制的非理性因素，如情感、无意识，找到了出场的理由。而且，为艺术而艺术的口号隐含的往往是对现存秩序的一种批判意识。如阿多诺分析浪漫主义艺术指出："在现实世界中，所有个别事物都是不可替代的，而艺术如果要摆脱强加给它的同一化模式，它就以可能相似于现实本身的形象来抗拒这种可替代性。同样，艺术——不可能替换的形象——接近于意识形态，因为它使我们相信世界上存在着不可交换之物。为了这种不可交换性，艺术必须唤起一种对可交换性世界的批判意识。"②

三　诗学不仅仅描述或揭露意识形态对现实的扭曲，本身还具有生产性

诗学不仅解构意识形态，同时自身还建构某种意识形态。前者主要是在面对文学文本的时候，极力地寻绎出文学文本与意识形态的内在关系，对文学文本的意识形态进行事实的描述。如伊格尔顿

---

① 特里·伊格尔顿：《美学意识形态》，广西师范大学出版社 1997 年版，第27 页。

② 转引自余虹《革命·审美·解构》，广西师范大学出版社 2001 年版，第340 页。

的文学理论就坚持认为：“文学是意识形态的再生产。”在他看来，一般意识形态总是在先地影响或制约着文学的生产，作家创作之前已经具有了某种意识形态，他是带着一定的价值、观念和信仰而进行文学生产的，当然，这种文学文本的意识形态与先前的意识形态已经有所不同，伊格尔顿称之为是文本意识形态。如此，不仅是文学的内容，而且文学形式都有着意识形态的内涵。早期的意识形态批评关注的多在文学的社会政治内容，而晚近的文学理论则对文体和叙事中的意识形态问题投入了更多的注意力。如托多洛夫针对体裁就说过：“体裁在社会中演变，通过制度化与社会相联系。……每个时代都有自己的体裁系统，后者同占支配地位的意识形态相关联。与任何制度一样，体裁也展现其所属社会的构成特征。”“一个社会总是选择尽可能符合其意识形态的行为并使之系统化；所以，某些体裁存在于这个社会，而在那个社会中却不存在，这一事实显示了该意识形态的作用，并有助于我们多少有点把握地确定该意识形态”。① 詹姆逊则在《马克思主义和形式》中论述海明威时，认为海明威对文体迷恋说明了这样一个悖论，即他没有能力应付现代美国生活的复杂性，因此才退到异国他乡的社会中，“营造一种简化的现实，一种充满异域文化和语言的现实”。因此，海明威作品的内在形式“对具体现实既是掩盖又是揭示”。② 伊格尔顿则别出心裁地发明了“形式的意识形态”这个术语，把形式划入意识形态的范

----

① 托多洛夫：《巴赫金、对话理论及其他》，百花文艺出版社 2001 年版，第 29 页。

② 拉曼·塞尔登：《文学批评理论：从柏拉图到现在》，北京大学出版社 2000 年版，第 282 页。

畴，认为"生产艺术作品的物质历史几乎就刻写在作品的肌质和结构、句子的样式或叙事角度的作用、韵律的选择或修辞手法里"。①

诗学意识形态的生产性则指诗学并不仅做一种客观的事实判断；它还是人文活动之一，有着自己的价值判断和主观的意识形态的东西。诗学并不只是诗的分析员和资料员，诗学的生产如同文学生产一样，受到外在于生产主体的意识形态的制约。如米勒就认为，文学理论在起初及至今其作用之一是说明文学，生产出关于文学及文学之语境的知识。但是文学理论还有着与纯粹的认知作用不同的另一功能。文学理论还是一种意识形态批评。"文学理论，像其他科学形态一样，会改变事物其所是，而不仅仅是描述它们。文学理论是生产性的。它使某种东西得以发生。它面向着文学的新形式、民主的新形式以及文学研究的新形式的未来，虽然这些未来的轮廓我们至今还几乎无法预见，因为，文学理论，部分地，是使这些东西得以发生的我们自己的一种肯定性的行为。"②

但是，就如马克思以前的思想家总是千方百计地掩盖自己学说的意识形态本质一样，诗学往往被披上理性的外衣，其目的被认为是对诗的普遍性的揭示。马克思则公开承认自己学说的意识形态性。"马克思主义从来没有掩饰过自己作为意识形态而形成的过程和所执行的职能；我们在它的经典作家们那里就常常可以发现一些

① 特里·伊格尔顿：《历史中的政治、哲学、爱欲》，中国社会科学出版社 1999 年版，第 114 页。

② J. Hillis Miller, *Is Literary a Science*? See *Realism and Representation*：*Essays on the Problem of Realism in Relation to Science*，*Literature*，*and Culture*，edited by George Levine，University of Wisconsin Press，1922，pp. 157—158.

提法，说它正是无产阶级的意识形态"。① 马克思主义文论作为马克思主义的组成部分，同样也没有掩盖自己的意识形态性。如马克思在《资本论·跋》中谈到他的辩证方法与黑格尔的截然相反时，说他的理论方法："不崇拜任何东西，按其本质来说，它是批判的和革命的。"② 这也是马克思主义文论在方法上的特色。而就马克思主义与马克思主义文论关系而言，我们当然可以说，马克思主义文论是马克思主义在文论方面的具体运用，但更加应该注意到的是，根本没有抽象的马克思主义，马克思主义是由各种具体的理论与思想组成的，马克思主义文论是在文论方面对马克思主义的生产。马克思主义文论同样没有掩盖其意识形态性，他们对反动的浪漫主义的批判，对青年德意志派的批判，对《巴黎的秘密》及其鼓吹者的批判，等等，都有着鲜明的价值指向，并不是对文学作品及其流派的客观描述。这恰好印证了伊格尔顿的意思，批评是另一种方式的政治。

由此，诗与诗学具有建构与解构意识形态的特征。它们既可以以意识形态批评的身份对主流意识形态进行解构，揭露意识形态的虚假性；同时也可以在解构的基础上进行一种意识形态的重构。无论诗学是否是一种客观的中立性立场，都无法否定它具有意识形态职能。这样说，并不是"使本来的艺术性的东西从艺术当中消失了，或者至少是使它们降到了次要的东西的地位。然而，确切地看，情况恰恰相反。意识形态的东西最终规定着哲学和艺术的形成

---

① 卢卡契：《关于社会存在的本体论》下卷，重庆出版社1993年版，第606页。
② 《马克思恩格斯全集》第二十三卷，人民出版社1972年版，第24页。

过程以及它们的持久影响，它作为先导，作为切实起支配作用的因素，既不是从外部被输入到整体中去的东西，也不是由某种它物在这个整体之内造成的原因，意识形态的东西乃是为促使在一定情况下产生的整体形成此时此地的定在而发生的推动"。①

---

① 卢卡契：《关于社会存在的本体论》下卷，重庆出版社 1993 年版，第 592—593 页。

第五章

诗学的自我反思

在对诗学形而上学的建构与解构进行分析之后，诗学研究应当给出我们这个时代的诗学阐释。无论是以建构为主的诗学还是以解构为主的诗学，都是同属诗学共同体名下的一种具体的行为。从对这些具体的行为的分析中抽身出来，我们看到，诗学是人类一种独特的自主自觉的精神活动。那么，诗学在进行建构或解构的同时，是否存在一种对自身的反思呢？或者说，诗学是否具有一种对建构或解构行为的反思能力？

就笔者看来，一门学科的健康发展有赖于对象意识和学科的自我反省意识，而且后者更为重要，因为自我反省其实就包括了对学科与其研究对象关系的反省。而对诗学来说，超出诗学对象这一问题之外，我们看到，诗学作为一门学科其实并不是由其研究对象所确证的，或者说，至少不唯有研究对象才能确证诗学这一门学科。

笔者认为，诗学作为一种共同体，现今更为紧要的问题是"诗学何为"的问题。诗学应该越出知识论的视野，重新将诗作为人之生存方式之一种，从而走向一种生存论的诗学。

第一节　反思于诗学的建构与解构

反思意识是人类所独有的意识，从古希腊阿波罗神庙前殿墙上刻的"认识你自己"的神谕或箴言，就可见出，人类一进入文明社会就开始了对自我的自觉的认识与反思。其后，柏拉图与亚里士多德分别提出"对认识的认识"和"对思想的思想"的命题，对整个近现代西方哲学的发生与发展产生了决定性的影响。对诗学而言，对诗学的再思即是诗学的自我之反思。

诗学之自我反思的重要性见于反思对诗学之产生与发展的关键性作用。首先，从"潜在诗学"向清晰诗学的过渡就有赖于诗学的自我之反思。最初，人类还只能把文学见解写入自己的诗歌作品中。"所以，人类自有了诗歌，雏形的文学理论便相偕出现。荷马在他的史诗卷首，向缪斯女神呼求灵感。这种行为便暗示一种诗的创作理论——即是诗篇的形成乃是神赐灵感的结果。……自荷马至第一位正式的西洋文学理论家柏拉图（Plato），其间经历数世纪，其中的希腊人如黑希和（Hesiod），梭仑（Solon），西蒙乃底斯（Simeonides），品达（Pindar），以及第五世纪的修辞家，戏剧家，都有或多或少的文学见解……"① 但是，这些还只是潜在于作品中的诗学，诗学的真正诞生是在亚里士多德手里。值得注意的是，亚氏是在对人类的知识共同体的分类的前提下创立"诗学"这一学科的。在亚氏对不同学科的分类中，我们明显可以见出他以研究的特殊对象来界定学科的方法。而这其实就是他超越于各门具体学科之上，对各门学科的一种反思。没有对诗学在人类知识共同体的地位与作用、诗学的研究对象、诗学的目的等对诗学自身的反思的话，根本不可能有诗学的创立和建构。因为，命名实际上就意味着与"诗"相关的各种分散、零碎的概念统一的必要性。这一点与鲍姆嘉通提出"感性学"这一术语的意义一样。因为审美这个词不只是作为美的同义词出现，而是作为新的范围出现的，"这种范围表现了标明审美关系范围同各个概念之间的统一的科学需要"。②

　　其次，诗学的发展更与诗学自我反思有着直接的联系。恩格斯说："我们只能在我们时代的条件下进行认识，而且这些条件达到什么程度，我们便认识到什么程度。"③ 任何时代的诗学，不管它有多大的超前性与叛逆性，从根本上说都是基于对它所产生的那个时代所能见到的诗学的反思。布鲁姆说，一部诗歌史就是一部诗的影响史。后来的诗人与前辈总是处于一种创造性的冲突之中。我们也

---

① 卫姆塞特、布鲁克斯：《西洋文学批评史》，中国人民大学出版社 1987 年版，第 1 页。

② 列·斯托洛维奇：《审美价值的本质》，中国社会科学出版社 1984 年版，第 129 页。

③ 恩格斯：《自然辩证法》，《马克思恩格斯选集》第 3 卷，人民出版社 1972 年版，第 562 页。

可以说，一部诗学史也是一部诗的影响史。后来的诗学家与"前辈"无疑也总是处于创造性的冲突之中的。后来的诗学除了受限于其研究对象之外，对"前辈"往往采取一种"误读"的方式。如米勒就说过："在历史上，起作用的往往是对文本的误读。譬如，席勒在《审美教育书简》中对康德的误读就影响了众多的读者，其人数远远超出费劲地啃康德原著的人。"① 而"误读"，在我看来就是以反思作为前提的（广义的）解构。没有对以往诗学的反思，就生长不出新的诗学模式。有学者曾将从亚里士多德到结构主义的诗学发展简化为摹仿诗学、接受诗学、表达诗学、客观诗学几个阶段②，这些诗学的出现无疑都是以他们对"前辈"诗学的反思为前提的。比如，如果没有对以往诗学将文学缩减成为作者的自传或对现代社会的描写，或被纳入某些哲学或宗教理论中去这些缺陷的反思，也就不可能有俄国形式主义诗学对"文学性"的强调。诗学发展的这种方式与人的发展方式类似，人也是在自我理解中才会不断塑造自己，正如兰德曼所说："人的不完满性为自我理解所补偿，这种自我理解告诉他能够怎样来完善自己。"③ 同样，诗学也是在自我理解、自我反思中得到发展的。

第三，诗学的自我反思对诗学的具体实施有着规范和制约的作用。因为在自我反思中，诗学就会确定自己的逻辑起点、思维方法、概念范畴。如法国结构主义诗学对"结构分析方法"的重视就直接来于其对诗学的反思。托多洛夫在《叙述的结构分析》一文中

---

① J. 希利斯·米勒：《解读叙事》，北京大学出版社 2002 年版，第 1 页。
② 达维德·方丹：《诗学》，天津人民出版社 2003 年版，第 1—28 页。
③ 兰德曼：《哲学人类学》，上海译文出版社 1998 年版，第 9 页。

就提出:"诗学与文学一样,也包含着一种在两极之间不断的往复运动:一极是自我指涉,对自身的关注;另一极是我们通常所谓的它的研究对象。"也就是说,诗学除了要面对其研究对象(文学)之外,还有一个自身的方法论的问题,后者在托多洛夫看来这是诗学这一领域的一个"中心",或者说是它的主要"目的"。因此,在托多洛夫所区分的三种不同的文学研究和批评方法:投射、评论和诗学中,他就将诗学的目的定位于探寻特定作品中所体现的一般原则,即作品所体现出的抽象结构逻辑结构,作品也就只是一种中介,一种语言。① 可见,托多洛夫对诗学"自身的关注"对其结构主义叙事学理论有着奠基的作用。

同样,解构主义诗学对标识其自身的"解构"一词也有着严谨的反思。我们不妨看看解构主义者希利斯·米勒自己对建构与解构关系的解释。在他看来形而上学与对形而上学的怀疑并不是历史的区分。他一再强调:"一定不要把它误解为是一种历史的区分(事实上,这种误解时常出现)。确切地讲,它实际上是对某种历史特有型式的挑战。我这里一直在探讨的一切,应该这样来理解:我是在对熟知的历史体系提出质疑,这种历史体系预设有过一个信仰的时代或形而上学的时代,在它之后是现代时期的怀疑主义,崩溃或分裂。……西方文化中的任何时代的文学和哲学文本,每次都以不同方式包含着两方面的内容,即我说的形而上学以及对形而上学的质疑。"② 这个"任何时代的文学和哲学文本"应该说既包含形而上

---

① 王逢振等编:《最新西方文论选》,漓江出版社 1991 年版,第 130 页。

② J.希利斯·米勒:《重申解构主义》,中国社会科学出版社 1998 年版,第257 页。

学时代的文本，同时也包含了怀疑形而上学的时代文本，因为，一方面"以逻各斯为中心的文本都包含其自我削弱的反面论点，包含其自身解构的因素"。① 即以逻各斯中心建构出来的传统诗学内部就包含了解构的因素；另一方面，米勒又认为"任何一种解构同时又是建构性的、肯定性的。这个词中'de'和'con'和并置就说明了这一点。……它在破坏的同时又在建造"。② 即解构诗学在解构的同时也是有所建构的。对"解构"的这一反思奠定了解构主义具体阅读行为的基础。

因此，反思对于诗学的建构或解构其实是一种预备性的知识。海德格尔的诗学也是建立在对艺术作品的本原的反思基础上的。在他看来："这种反思不能支配艺术及其进入存在。但是这一反思的知识是预备性的，因此是艺术生存必不可少的维度。唯有这种知识为艺术准备了空间，为创造者准备了道路，为保存者准备了地盘。"③ 海德格尔的艺术是真理设入作品的思想是针对着黑格尔的艺术终结论的，即起于对黑格尔的艺术不是真理获得自我存在的最高样式的反思。有此反思，海德格尔才会提出艺术作品的本原的问题。而海德格尔对反思也下过定义，认为反思意味着"在某物上折射，从那里回射，亦即从某物出发在反射中显示自身"。④ 这一点决定了海德格尔与流俗的对艺术反思的不同方式，即不是从艺术家来

---

① J. 希利斯·米勒：《解读叙事》，北京大学出版社 2002 年版，第 2 页。

② J. 希利斯·米勒：《重申解构主义》，中国社会科学出版社 1998 年版，第 130—131 页。

③ 海德格尔：《诗·语言·思》，文化艺术出版社 1991 年版，第 72 页。

④ 转引自倪梁康《自识与反思》，商务印书馆 2002 年版，第 494 页。

寻找艺术作品的本原，而是首先将艺术视为艺术家与艺术作品的本原，再探讨艺术是如何在艺术家的创造和艺术作品里显示自身的。这种反思它有别于一种对象化的思维，避免了对艺术的宰制，从而让艺术如其所是地在其反思中出场。这对于他解构传统诗学及建构自己的生存论诗学起到了奠基的作用。

第二节　知识论立场上的诗学反思

反思的核心问题到底是什么？抛开哲学家们对"反思"这一概念的不同用法不谈，我们看到，所谓的"反思意识"，是区别于"对象意识"和"自身意识"的。对象意识是一种关于某物的意识，是最常见的直向的意识方式，例如，看见一棵树，听到一个声音，以及如此等。而自身意识则是指与对象意识的进行同时发生的、对此进行活动本身的觉晓方式，例如在看这棵树时，看的行为同时也被看者本人或多或少地意识到。而反思意识则"是一种回顾的意识方式"，如对刚才看见树的看之行为的反思。[①] 以此推论，诗学之反思即是对诗学之建构与解构行为的反思，是对诗学研究的再研究。而诗学的反思是无法像哲学领域一样采取一种先验形式进行的，毕竟诗学并不是哲学。因此，诗学之反思是受制于反思的具体立场的。大体而言，我认为有两种立场对诗学之反思起到了决定性的作用：一种是（知识）形而上学立场的诗思反思（简称知识论立场）；

---

① 倪梁康：《自识与反思》，商务印书馆 2002 年版，第 19 页。

另一种是超越了形而上学局限的生存论立场。

从知识论立场出发对诗学反省，即是以知识形而上学作为基础对诗学学科的反省。而知识形而上学的基本特征是"把求知理解为人类的最根本的特征，并从这一特征出发去解释作为认识主体的人和外部世界的关系。这样一来，认识论就成了知识论哲学所关注的核心，思维与存在的关系就成了知识论哲学的基本问题"。① 知识形而上学对诗学反省的表现在于，将诗学视为人类求知的一种方式，进而将诗学这一学科的基本问题限定为诗学与其对象的问题。

诗学与其对象的问题在知识论立场中的重要性基于这样一种信念，认为学科的基本问题是由其特定的研究对象所给定的。而就诗学的对象来说，诗学史经过了由"诗"（文学）到"诗性"（文学性）到互文性的演变。

诗学的对象是"诗"（文学），这是传统诗学的一个不约而同的约定。这一约定起于亚里士多德对"诗学"这一学科的界定与规范。亚里士多德在历史上第一个将人类知识共同体进行了划分。亚氏先将活动区分为自然活动和人类活动，进而又将人类活动区分为研究活动、行为活动与生产活动。生产活动又分为非技艺性生产和技艺性生产。而"由于技艺是一种基于人类理性的有规律可循的活动，因此，人类就可以凭借自己的理性去建立各门技艺的科学。同理，如果诗是一门技艺，当然就有理由去建立一门专门研究'诗艺'的'诗学'"。因此，诗学是"按其（即亚里士多德）创建不同门类技艺学科的方式来建构的，这种方式就是在严格分类基础上的

---

① 俞吾金：《实践诠释学》，云南人民出版社 2001 年版，第 368 页。

特殊类别研究，特殊类别即不同学科的特殊研究对象"。① 因为，亚氏进而将技艺区分为"补充自然的技艺"和"摹仿技艺"，"诗"属于摹仿技艺。至此，亚氏便确立了其诗学思考诗的两度空间。第一是诗与一般摹仿技艺的从属性关系空间；第二是诗与别的摹仿技艺之间的并列性空间关系。这种以研究对象来界定学科的方式在根本上规定了后世诗学及文学理论的界限。"尽管近代以后，亚氏的'摹仿技艺'这一概念被狭义的'艺术'所取代，'诗'这一概念被狭义的'文学'所取代，但艺术与文学间的属种关系模式，各门艺术间（文学、造型艺术、音乐）的并列关系模式却无根本改变"。② 亚氏的学科界定方式，一言以蔽之，诗学是"诗"之学，诗学是由研究对象所给定的。对诗学这一学科的认识，即使至 19 世纪末 20 世纪初"语言学转向"后的诗学也是如此。如俄国形式主义诗学为了建立一门独立的诗学，提出以"文学性"为诗学研究的对象。他们认为传统诗学以文学为研究对象，只会将研究重点放在文学与对象、文学与创作主体及欣赏主体（读者）的关系上，而不会注意到文学作品本身。因此，在俄国形式主义诗学看来，为了进入文学自身的"内在"世界，就有必要重新划定诗学研究的对象。他们认为"文学"或文学作品并不是诗学研究的特定对象，只有作品的文学性（文学之所以成为文学的内部规律）才是诗学研究的对象。

无论是以"诗"（文学）还是"诗性"（文学性）为研究对象，诗学都有着一种强烈的对象意识。在知识论立场上来看，"诗学是

---

① 余虹：《中国文论与西方诗学》，三联书店 1999 年版，第 18—19 页。
② 同上书，第 23 页。

什么"的答案一般都表述为"诗学是研究诗（文学）之学科"。从亚里士多德对"诗学"的自觉命名始，到古典主义的"诗艺"或"诗辨"，以及到黑格尔的"艺术哲学"，俄国的形式主义诗学和结构主义诗学，他们都有一个确定的研究对象，诗学与对象间的关系非常明朗。但是，时至今日，我们显然不可能再从知识立场纯粹以对象来界定诗学这一学科。

首先，知识论立场上的诗学，在一定的意义上恰恰是"诗"的终结。因为，就知识论立场来看，诗学的研究对象在本质上其实只是一堆"文物"而已。柏拉图在理想国中明确地要取消诗的存在，黑格尔也在其绝对精神的自我运动中让哲学来取代文学。这些都是知识论哲学在诗学中运用的结果。柏拉图、黑格尔都是以"诗"对某一外在的东西（理念或绝对精神）摹仿或表现的完善程度来判定文学的价值与地位。如此，诗学也就成了对"文物"的记录、整理、分类等。

其次，解构诗学虽然是"语言学转向"的产物之一，但是其所认定的研究对象已经远远超过"文学"或"文学性"。凡一切由语言所编织成的产品和非语言性的文本，都在解构诗学的分析之列。对于"文学是什么"这样在传统诗学中占据中心地位的理论问题，在解构诗学那里，则被认为是"并没有太大的关系"。① 很明显，在解构诗学解构文学与哲学、哲学与批评间的界限之后，解构诗学的特征已经无法用其研究的对象（泛化的文本）来加以指证了，我们

---

① 乔纳森·卡勒：《当代学术入门：文学理论》，辽宁教育出版社1998年版，第19页。

已经不能纯粹的只依据研究对象来确证传统诗学与解构诗学所属之共同体的归属感。后现代主义诗学的"理论的文本化"倾向已经使其研究对象失去了疆界。乔纳森·卡勒说，1960 年以来发生了如下的事实："从事文学研究的人已经开始研究文学研究领域之外的著作，因为那些著作在语言、思想、历史或文化各方面所做的分析都为文本和文化问题提供了更新、更有说服力的解释。这种意义上的理论已经不是一套为文学而设的方法，而是一系列没有界限的，评说天下万物的各种著作。"① 诗学或文学理论在其研究对象问题面前，似乎确实是陷入了当代学者所津津乐道或痛心疾首的"终结"命运。

再次，最根本的就是，这种以研究对象来定位诗学的方法，反映出来的思维方式与受知识论影响的诗学的思维方式大同小异，都是一种主客二分的思维模式。因为这种诗学之自我反思，意味着诗学回过头来面对自己，使自己成为主体的客体。如此，诗学只能是哲学的一种替身。丹纳、谢林、黑格尔等人毫不犹疑地就将有关艺术的理论称为"艺术哲学"原因就在此。显然，单纯用研究对象是无法界定诗学共同体之共有的归属感的。

第三节 生存论立场上的诗学反思

诗学反思是否可以从知识论立场中超出而持一种生存论的立场

---

① 乔纳森·卡勒：《当代学术入门：文学理论》，辽宁教育出版社 1998 年版，第 4 页。

呢？我们看到，诗学本身已然随哲学经过了本体论、认识论和语言论几个阶段，但是如果在反思上还执著于认识论立场上的话，那么诗学之反思是滞后于诗学的发展实际的，它阻滞了诗学的可能性的发挥。我国学者俞吾金曾批判过知识论①哲学："二千多年来，西方文化一直在知识论哲学的旧靴子中打转。知识论哲学规约着人们的伦理观念、影响着人们的审美情趣，把整个文化生活淹没在抽象的概念之中。主要是借助于上世纪和本世纪的少数伟大的思想家的卓越洞察力和批判力，西方文化才得以从知识论哲学窠臼中超拔出来，进入到一个崭新的世界，即寻求意义的世界。"② 那么，诗学之反思也就不应滞留于寻找"诗学是什么"这样问题的答案，而应该转向诗学与人类生存关系的问题上来。诗学的反思立场也应该抛弃知识论的立场，转而从生存论立场出发做出应有的自我反省。当然，"抛弃"并非是完全拒绝，而是吸收合理成分之后的一种超越态度，生存论立场的诗学对于知识论立场的诗学态度就应是如此。

西方诗学的生存论转向在哲学基础上源于康德的"实践论的转向"。这一转向的意义"就其基本精神来说也就是要求哲学从传统知识论哲学那种以物为本的、以探讨世界的本原和基质为己任的抽象性、思辨性、纯理论的倾向中摆脱出来，转向以人为本、转向对人生的介入；具体地说，也就是从人、从人的实际生存活动出发，面对现实人生、思考现实人生、以服务人生为己任"。③ 这一转向对

---

① 学界对知识论、认识论两者的关系存在争议，但两者的英文都是 epistemology，本书对两者不做区分，视为同一个概念。

② 俞吾金：《超越知识论》，载《复旦学报》（社科版）1989 年第 4 期。

③ 王元骧：《文学理论与当今时代》，浙江大学出版社 2002 年版，第 483 页。

诗学的发展产生了深远的影响。"自 18 世纪末 19 世纪初的德国浪漫主义以来，现代的许多哲学家、美学家和文艺理论家也不再把文艺看作只是一种知识的形式，而认为它是一种'存在的圣化'、'生存的真理'，一种对人生目的、意义、价值的探询和追思，一种对人的生存的终极关怀"。① 诗学的生存论转向表明，诗学对诗学自身的任务、对象、目的以及诗学在人类精神共同体中的作用有了不同的认识，也即内含于诗学的生存论转向的同时，诗学的反思也有着向生存论转向的趋势。

　　生存论立场与知识论立场的诗学反思的最大区别在于：知识论立场的诗学反思将诗学目标定位于"真"，而生存论立场的诗学反思目的则将诗学目的视为价值。在此，我引入目标（target）和目的（Telos）两个术语来说明这个问题，目标是具体行为所追求的"一旦达到也就被消费掉"的东西，而目的则是"既不能最终完成又永远被追求的东西"。② 一个目标总是可以有结局的，除非缺乏机会和条件，但目的在生活中是永远不会有结局的，它只能在生活中体现而不能最终达到。知识论要求诗学所要做到的就是揭示诗中所含之"真"，不管这种"真"是生活之真还是情意之真。这种诗学或许承认诗有着丰富意义的可能性，但是它将每一次的阐释都视作一种有着封闭性特征的运动。诗在诗学面前被当做粗鲁、坚硬的东西，只要诗学剥去诗的坚硬的外壳，找到支撑诗的真的根基，那么诗学即告完成。在此，诗学只是面对具体的诗的一次具体的行为，

---

① 王元骧：《文学理论与当今时代》，浙江大学出版社 2002 年版，第 484 页。
② 赵汀阳：《论可能生活》，北京三联书店 1994 年版，第 8 页。

诗学只要达到真，诗也就被"消费掉"。如此，对诗学而言，他们往往以太阳底下没有新思想来拒绝新的诗学运动。因为，有所不同的只是消费对象（诗）的不同，而消费的方式（诗学）则只能局限在知识论视域之中。如有学者就指出："在亚里士多德那里，统辖诗的规则出自对戏剧实际情况的研究（特别是《俄狄浦斯王》）"，但是因为亚里士多德的诗学是一种"科学框架的诗学理论"，因此"在17世纪的法国文学批评理论中，那些规则成了社会价值的表达和古典正统的象征"。[①] 法国新古典主义的三一律在古典主义时期一直享有至高无上的权威。其原因就是三一律被视为"真理"。福利德尔在讨论到路易十四时代艺术的性质时就讲道："布瓦洛的艺术的目的和笛卡尔的哲学的目的是一样的，完全是在寻求真理。"此处真理并非和经验符合，而是和逻辑符合。[②] 正是如此，古典主义诗学工作基本上是用三一律去衡量"诗"，而不是从诗出发去构建一种新的诗学理论。因为三一律作为"真理"一经被制定出来，那么它也就自行封闭，不再向诗敞开。所以，在知识论立场上一般展开不了截然对立的诗学斗争，后来诗学所做的一般都是在已往的诗学上附加条件或补充以往诗学的不足。如再现论诗学与表现论诗学表面上前者是从作品与现实世界的客观角度出发，后者是从作者的主观角度出发，两者切入角度不同，但两种诗学在本质上并不形成截然的对立。再现何尝不是某种表现，而表现又何尝不是某种再现呢？因此，塞尔登在选编文论时，在"再现"这一主题下不仅选了

---

① 拉曼·塞尔登：《文学批评理论：从柏拉图到现在》，北京大学出版社2000年版，第77—78页。

② 福利德尔：《现代文化史》中册（一），商务印书馆1935年版，第139页。

亚里士多德的摹仿说，而且还选了柏拉图的摹仿说，以及柯勒律治、科林伍德、叶芝等人关于想象、心灵等的论述。

生存论立场则是将诗学目的视为价值。它当然并不反对事实（真），而是把事实当做达致价值的基础。而且此处所指的价值并非是相对主义意义上的价值，而是自足型的价值，是一种人类永远在追求之中但无法最终完成的价值。此立场上的诗学将诗本身也视为人类追求价值的行为之一，它对诗的态度不是终结之，而是与其一起运思。这一点决定了诗学不可以是某种结局或结果，而只能是人之生存的方式之一。弗·施莱格尔就指出：“诗的本分是再现永恒的东西，亦即在所有时间和所有地方都有意味和美感的东西……她拥抱过去、现在和未来，真实生动地再现永恒而完美的时间。从哲学的意义上说，永恒并不是非实体，不是对时间的纯粹否定，而是浑然不分、完整充实的时间，在这样的时间里，所有成分都统一起来，过去重新成为现在，和现在一起充满对未来的无限希望。”① 在此，我们要接着说，未来是没有终结的，诗参与了对未来的期待，诗学同样也对未来持敞开的态度。因此，生存论立场的诗学并不把自己的运思当做定论，而且它对不同派别的诗学持开放的态度，甚至邀请其他诗学一起运思。生存论立场视诗学间斗争是诗学之必然，因为生存就是无限可能性的生存，生存论诗学同样也应该有无限的可能性。诗学之兴盛只有在生存论立场上才有真正的可能性。解构主义诗学之后，女性主义、新历史主义、后殖民主义、西方马

---

① 转引自拉曼·塞尔登《文学批评理论：从柏拉图到现在》，北京大学出版社2000年版，第17页。

克思主义等皆从解构主义诗学得到过灵感，但是其间充满着诗学间的斗争，其原因即在于这些诗学采取了与实际人生紧密合作的姿态。

如此，知识论立场的诗学形态表现出来的是与现实的分离，而生存论立场诗学则回归到生活之中。这种区分类似于克尔凯郭尔所区分的"抽象的思想家"与"实存的思想家"：抽象思想家"他只是埋头于抽象的逻辑思想过程，而把自己的全部个人的现存排除在外。用一种形象的说法就是，他在自己的思想中建筑宫殿，但自己并不住入其中……相反，对于实存的思想家来说，认识既不是冷漠的观察，也不是离开了世界的目的本身，也不是在生活之外进行的美的消遣；相反，他是从自己实存的最内在的困境出发进行哲学思考的，思想对于他来说是为实存效劳的，他以自己的全部个人激情钻研向他提出来的问题。因此对于他来说，就永远也没有一个完成了的体系。因为他对包含有难以理解之谜的现实世界是无限诚实的"。① 按照认识论的观点，人们认识世界的目的是为了掌握世界的本质和规律，因此认识所追求的总是多中之一，现象中的本质、个别中的一般，因此，它就必须排除一切感性的、个别的、偶然的现象而趋向于对理性、一般性和普遍性的把握。由此，知识论诗学也自觉地将诗学视为是理论性的形态，其所做的工作就是要通过对诗学这种具有不确定性特征的对象，来寻求诗的本质与规律。概言之，知识论诗学充满了对确定性的寻求。亚里士多德将理论置于实践之上，就是传统哲学和诗学的一个共同特征。如亚氏的悲剧理论

---

① 施太格缪勒：《当代哲学主流》上卷，商务印书馆 2000 年版，第 182 页。

就是建立在对古希腊悲剧的丰富的感性因素的裁剪基础上，其理论表现出的不是对生活的兴趣，而是对理论的信念。这种诗学在创作论上的表现就是要求人物成为"典型"。如别林斯基说的："即使在描写挑水夫的时候，不要只描写一个挑水夫，而是要借一个人写出一切挑水夫。"① 如此，在别林斯基诗学里有价值和地位的是"一切挑水夫"，"一个"只是达到"一切"的中介而已。一切感性、盖然或偶然的东西对于诗学而言都是要去除的障碍。诗在诗学面前往往都失去了其应有的丰富性，而被简约到理论形式之中。约翰·杜威曾说：在西方传统思想中有两种知识，"其中只有一种才是真正的知识，即科学。这种知识具有一种理性的、必然的和不变的形式。它是确定的。另一种知识是关于变化的知识，它就是信仰或意见；它是经验的和特殊的；偶然的、盖然的而不是确定的"。而"确定性的寻求已经支配着我们的根本的形而上学"。② 这种"传统想法认为行动内在地低下于知识并偏爱固定的东西而不爱变迁的东西"。③ 知识论诗学受到这种传统哲学思想的影响，诗学表现出与动荡的现实人生的分离。

生存论诗学则表现出向生活的回归。生存总是活生生的有生命的个体在某时某地的现实性的生存。因此，生存论诗学并不追求普适性的知识，而是充满了对不确定性的肯定。杜威的实用主义倒是表达了与此相似的意向："它们并不涉及全部实有和知识本身，而

---

① 别林斯基：《别林斯基论文学》，新文艺出版社 1958 年版，第 129 页。

② 约翰·杜威：《确定性的寻求：关于知行关系的研究》，上海人民出版社 2004 年版，第 18—19 页。

③ 同上书，第 34 页。

只是涉及特定时间和特定地点的存在状态和在具体环境下的感情、计划和意向的状态。它们不关心于一劳永逸地构成一个完整的关于实在、知识和价值的一般理论，而只关心于发现：当关于存在的这种信仰的存在有结果地和有效用地来帮助解决人生紧迫的实际问题时这些信仰到底具有怎样的权威。"① 如果说知识论诗学是将理论置于实践之下，生存论诗学则将人之生存置于优先的地位。它将诗视为人之本真的生存方式，将诗意视为人之生存所应有的维度。如尼采说："只是作为审美现象，人世的生存才有充足理由。"② 即将审美视为生存的根基。由此，他反对对确定性的寻求，他以感性颠覆了传统哲学中理性或逻各斯的力量。他说："思想是我们情感的影子，思想总比情感暧昧、空幻、简单。"所以，如果"他是思想家，这意味着：他善于简单地——比事物本身还要简单——对待事物"。③ 他声称："上帝"，"灵魂"，"美德"，"彼岸"，"善恶"，"罪恶"，"真理"等都是不真实的臆测，最高的肯定力量是感性生命的流逝与毁灭。这样，悲剧在尼采那里就不是一种文类，而就是生存的样式。生存论诗学反对将诗作为一种包含普遍性在内的东西来追求，必然会泛化诗（或诗性）的内涵，将之贯穿到人之实际的生存活动之中。当然，诗（或诗性）并非是生存的自性相娱特征，也非飞翔于现实之上，而是蕴含在人之实际生存当中的一种可能性目的。如海德格尔引荷尔德林的诗句："充满劳绩，但人诗意地／居住

---

① 约翰·杜威：《确定性的寻求：关于知行关系的研究》，上海人民出版社 2004 年版，第 42 页。

② 尼采：《悲剧的诞生》，三联书店 1986 年版，第 275 页。

③ 尼采：《快乐的知识》，中央编译出版社 2001 年版，第 155、158 页。

在此地上。"阐释说："诗意并非飞翔和超越于大地之上，从而逃脱它和漂浮在它之上。正是诗意首先使人进入大地，使人属于大地，并因此使人进入居住。"① 海氏在这方面纠正了尼采。在海氏看来，"诗意"是人之栖居的本真状态，而非像尼采说的就是生存本身。因此，"诗意的栖居"是人之生存的可能性，它在人之实际的生存但又越出了实际的生存。

由上，相应地造成了在知识论立场与生存论立场上反思诗学的另一区别。知识论将诗学视为科学活动，而生存论则将诗学视为人文活动。科学活动所寻求的是活动主体对客体性质的认识和理解，它要求成果具有客观性、可靠性和有效性。因此，它反对主观性，在科学的客观内容中个人特色都被遗忘和抹去了，"因为科学思想的主要目的之一就是要排除一切个人的和具有人的特点的成分"。② 如此，知识论立场的诗学所欲达到的目的就是要经过对文学现象的分析，得出一个不带个人色彩的客观公正的结论。如托多洛夫的叙事诗学，就是围绕叙事作品，从结构主义科学的角度来对文学加以分析。在他看来，从文学研究科学性的角度来看，"文学只是一种中介，一种语言，而诗学用它来表现自己"。也就是说，诗学的工作在于用科学的方法对作品进行语言学的分析，目的在于对"叙述的本质和叙述分析的几条原则，提出一点一般性的结论"。③ 这种结论明显是反对研究者的个人特点的。

---

① 海德格尔：《诗·语言·思》，文化艺术出版社 1991 年版，第 189 页。

② 卡西尔：《人论》，上海译文出版社 1985 年版，第 288 页。

③ 托多洛夫：《叙述的结构分析》，载王逢振等编《最新西方文论选》，漓江人民出版社 1991 年版，第 130、123 页。

将诗学视为人文活动则意味着诗学所具有的并不仅仅是知识的成分，更重要的是还有价值的成分。如果说作为科学活动的诗学强调的是主体对客体的把握和消化，作为人文活动的诗学则注重的是主体间的对话。前者是主体对客体的一种构造和征服，后者则是主体与对象主体间的对话与交往。生存论诗学把诗看做是对人的本真生存的看护，它把诗性泛化到人的生存世界之中，认为自我与世界的本真关系不是主体与客体的关系，而是主体与另一主体和谐共在的关系。因此，诗学活动不是一种主客二分基础上的认识活动，而是主体间的对话与交流活动，它采用的不是归纳和推理的科学的方法，而是理解和体验的方法。诗学不是把自己的意志强加于对象之上，而是把文学中的形象视为另一平等的主体，并与之共同生活。由此出发，诗学也就总是带有主体的情感与评价在其中，诗学就不是可以验证的科学结论，而是通过主体间的对话与交流所形成的一种价值观念。

第四节　走向一种生存论诗学

在经过了解构主义对传统诗学形而上学的解构后，我们无疑已经步入了一个可称之为是后形而上学的时代。从哲学史的发展来看，形而上学虽然经过了从建构到被解构的过程，时至今日，不反形而上学是不可能的，但是彻底的反形而上学也是不可能的，因为，正如本书在前言中已经提出的，建构和解构是人类思维共生与共在的两面。我们所可选择的是在形而上学与反形而上学之间的第三条道路，即向后形而上学转型。所谓"后形而上学"，既坚持对各种具体的知识形而上学理论的不断克服和超越，又不期望在理论上彻底根除形而上学中的道德形而上学成分，它应该在形而上学与反形而上学之间保持适当的张力。同时，更为重要的是，使人类思想摆脱为理论而理论的狭隘，从而使思想或理论回到活生生的生活世界。因此，后形而上学是一种处在形而上学与反形而上学之间，回归生活世界的哲学。

从后形而上学的立场来看待形而上学，首先要承认无论是形而上学还是反形而上学都与"人性"有着本质关系。正如海德格尔所说："我们根本不可能把自身放到形而上学中去，因为，只消我们生存，我们就总是处于形而上学中的。"因为，人之本性就是在不断超越中获得发展与完善，而在形而上学中人之超越本性才得以呈现。"超越存在者之上的活动发生在此在的本质中。此超越活动就是形而上学本身。由此可见形而上学属于'人的本性'。"① 而对形而上学的解构则是意识到了形而上学的局限性，试图开启出人类思维新局面的一种尝试，因此它是一种对形而上学进行超越的努力，从这个意义上来说，它也是人之超越本性的表现。因此，无论就形而上学还是形而上学的解构，都是人性的表现，对于人之本性的实现都有着合理性。或者我们还可以这样说，形而上学欲望与反形而上学欲望都是与人性相关的。

其次，从后形而上学立场来看，知识形而上学必须要受到道德形而上学的辖制。知识形而上学所追求的终极知识是不存在的，因此后形而上学对知识形而上学保留一种清醒的解构精神。但是，这

---

①　孙周兴选编：《海德格尔选集》上卷，上海三联书店 1996 年版，第 152 页。

种解构不能导致一种意义虚无的游戏，而是应该有一种引导"人生最高意义"实现的责任感。应该说，形而上学在柏拉图手里的时候，还同时兼具知识形而上学和道德形而上学的两重因素，但从亚里士多德将知识置于实践之上始，道德形而上学这一维度在哲学中的地位便低于知识形而上学，至 19 世纪，康德才重新将实践置于知识之上。康德说道："在纯粹思辨理性与纯粹实践理性结合为一种知识时，后者领有优先地位。……因为，假如没有这种从属关系，理性与自身的一种冲突就会产生出来：因为如果两者只是相互并列（并立），前者就会独自紧紧地封锁住它的边界，而不从后者中接受任何东西到自己的领域中来。"康德的意思是，思辨理性的兴趣是有条件的，唯有在实践的运用中才是完整的。[①] 从人类史来看，知识形而上学（思辨理性的领域）如果不受道德形而上学辖制的话，那么"至善"这一目的将无法实现。知识形而上学的探求必须要以道德形而上学为根基，才有幸福可言。用康德的话来说就是，道德形而上学"它不仅是责任的、全部确定可靠理论知识的根基，并且是责任诸规范付诸实施的、必不可少的最重要的条件"。[②]这就表明，在布伯所说的"经验和使用能力"日益增长的科技时代，更应该把道德形而上学放在主导的地位。只有如此，人才可能不断超越必然，而达于自由和幸福的境地。

因此，最后，后形而上学应该是向人之生存敞开的，是回到生活世界的哲学。后现代主义往往将它们的思想称为是"后哲学"，

---

① 康德：《实践理性批判》，人民出版社 2003 年版，第 167 页。

② 康德：《道德形而上学原理》，上海人民出版社 2002 年版，第 28 页。

来表明传统哲学应当终结。他们虽有各自不同的观点，"但大体说来，他们大多反对和批评那种独立于人之外的概念王国，主张哲学应从抽象的天国回到具体的人世和现实生活；反对主体与客体的二分，强调人与世界的合一、物我交融的生活世界"。① "回归生活世界"是后解构时代的必然之路。因为，按尼采的看法，传统先验理性主义哲学是把生活世界宣布为"表面世界"、"假象世界"或"不真实世界"，而另外设定了一个"真实世界"，人们应该舍弃生活世界而奔向另一个世界，而这个世界由于否定了生活世界，其实是一个死的世界，"当人们凭空捏造了一个理想世界的时候，也就相应地剥夺了现实性的价值、意义和真实性……'真实世界'和'表面世界'——用德国语言说就是：虚构的世界和现实性"。② 包括尼采在内的西方的现代人本主义哲学的共同特征就是回归生活世界。后哲学时代的诗学无疑也是回归生活世界的诗学。

在后形而上学时代，在生存论立场上对诗学进行反思包含哪些必要的工作呢？在本书看来，这一反省至少有两项内容：一是对诗学的"实是"（即历史中的诗学）做一种生存论立场上的重构；二是在生存论立场上探寻人之生存与诗的内在关系。而这两项工作都要以对传统形而上学的反思为前提来进行。具体来说：

首先，对诗学实是做一种生存论立场上的重构，表明生存论诗学并没有与诗学史（诗学实是）形成一种截然的断裂，生存论诗学通过重构诗学实是表明它是具有历史感的一种诗学。生存论诗学由

---

① 张世英：《哲学导论》，北京大学出版社 2002 年版，第 6 页。

② 尼采：《权力意志——重估一切价值的尝试》，商务印书馆 1991 年版，第 5页。

于引入了价值这一范畴，它对诗学实是并不是纯粹当做已经完成的"如是"来对待，而是当做未完成的和可赎的。确实，诗学史中诸如柏拉图的诗学、亚里士多德的诗学、莱辛的诗学等，所包含的纯自然真实的成分是不能随意改变的，但是只要这些过去还未曾发挥其可能的效应，它们的价值就尚未完成，它们的意义也就尚未确定。这一点就如同价值现象学家舍勒所说的个体生命一样："个体不仅支配着个体的未来，而且，个体逝去的生命的每一部分——就其意义要素和价值要素而言——其实都可以改变，即通过某种（始终可能的）新的编织将它作为部分意义引入个体生命的总体意义，诚然，它所包含的纯自然真实的成分不能像那种未来之要素一样随意改变。"① 我们看到，就诗学的建构和解构来说，解构其实也就是对建构所包含的可能的意义要素的分解。如解构诗学尽管把从古希腊至海德格尔的诗学都当做是逻各斯中心主义的诗学，但是解构诗学却又恰恰认为"解构"就已经被包含在其所解构的逻各斯中心主义诗学中。在一定意义上可以说，"解构"是逻各斯中心主义诗学未完成和有待发挥的效应。

而诗学史上一些诗学之所以能够培育出大量的信徒来，在很大程度上就是依赖于这些观点的未完成性。如柏拉图要把诗人逐出法度修明的理想国，但是"后来的柏拉图主义者们把艺术从认知等级的最低层提升到最高层，公然反对他在《理想国》中贬逐诗人"。② 而像亚里士多德的《诗学》中的摹仿观念也是影响了现实主义的创

---

① 刘小枫选编：《舍勒选集》上卷，上海三联书店 1999 年版，第 680 页。

② 拉曼·塞尔登：《文学批评理论：从柏拉图到现在》，北京大学出版社 2000 年版，第 3 页。

作，但是像司汤达和巴尔扎克等现实主义小说家却根据当时的历史环境从日常生活中任意挑选个体的人，使其成为严肃小说、问题小说甚至是悲剧作品中再现的对象，这就与亚里士多德要求悲剧要再现比我们普通人好的人的原则不尽相同。这些事例都表明柏拉图、亚里士多德的诗学虽然作为事件已经完成，但它们在诗学史上的意义却是可赎的，对于各代的诗学与创作是开放的。

在生存论立场上对诗学史的重构，主要内涵在于探寻诗学实是的生存论基础。诗学史确实已经经过了本体论、认识论和语言论等阶段，但是我们完全可以在生存论立场上将其编织入新的意义织体中。诗学的创新不可能用一种揪着自己的头发飞出地球的方式，而是要保持与传统诗学的承继关系。这也许是许多当代诗学所忽略的一个问题。有学者已经指出："当代性的诗学或功能性的诗学始终致力于当前生活的发掘，要求作家和艺术家盯住现实，观察变幻多端的日常生活实际，致力于这种生活现象的描绘与评述，但是，由于创作的时空背景锁定在一个当下化的时空中，作家的想象力既无法'回视'历史，又无法'俯视'未来，作家面对生活的变异就只有绝望、焦灼，对未来的把握变得茫然无措。"恰切的做法应该是与历史保持恰当的张力，如德国浪漫派的文化诗学，"一方面，他们试图通过诗本身构建德国的浪漫主义文化；另一方面，他们试图通过对古希腊史诗、神话、绘画和音乐的重新诠释，达成对古典文化的崭新理解……历史与现实，古典与现代在这种文化诗学的'想象性构拟'中似乎变成了一种文化真实"。[①] 即使是很多声称反传统

---

① 李咏吟：《诗学解释学》，上海人民出版社 2003 年版，第 361、364 页。

的诗学其内在精神也没有完全离开传统，如巴雷特就指出："尽管存在主义哲学力求与柏拉图主义传统决裂，但矛盾的是，对于柏拉图的思想来说也有存在主义的一个方面。"① 巴雷特的存在主义哲学研究就一直将其渊源追溯到古希伯来文化和古希腊文化。在诗学传统中，像柏拉图强调的理性实际上有着生存理性的内涵，不同于启蒙运动的工具理性，生存论诗学对此线索应该加以重构。我国有学者在进行中西诗学文论比较时就谈道："中西传统文论诗学均为一种双重关系结构。一是主流文论诗学内部的二元对立关系（理性与感性、正统与异端），二是主流文论诗学和非主流文论诗学间的二元对立关系（自然与人为或神性与人性）。"而且，"中西文论诗学的二元冲突乃不同生存论之二元预设，准确地说，是不同生存论的二元预设规定着文论诗学内部的冲突样式与关系。……中西文论诗学的四种主要样式（自然文论、理性文论诗学、感性文论诗学、神性诗学）都是特定生存论派生的产物，因此，它们之间的冲突实质上是不同生存论之间的冲突"。② 如此，诗学史与人之生存就不是一种分离的关系，而就是人之生存样式的表达，归属于人之生存的总体意义。

其次，生存论诗学视诗为对人之生存本真的辩护，而且这种辩护不是采取将现存东西合理化的方式，而是面向着未来，以一种回来的方式从将来来到自身进行辩护。诗不是人的日常生活的直接反响，诗学不能将诗视为工艺性或技术性的知识。诗在一定意义上是超时间的，如此，诗才与人之本真生存有本质的联系。人之本真生

---

① 威廉·巴雷特：《非理性的人》，商务印书馆1995年版，第80页。
② 余虹：《中国文论与西方诗学》，三联书店1999年版，第129—130页。

存按海德格尔的说法是寓于日常生活而又超越于日常生活的。它与人的日常的非本真有着质的不同，但又是非本真状态可以发展出的一种可能性。而这种可能性的度量是源自将来的。如海氏认为，死亡在当前就起着作用，但是死亡作为实际的事件又只有在将来才会发生，那么人为何又是"走向死亡的存在"呢？原因就在于"一定有一种在时间本身的本质之中存在着的将来向当前的回溯关系"。①

这样，生存论诗学在时间的三维性的问题上，就不是像传统诗学那样认为过去、现在和将来是分割的，而是认为它们是互相渗透和互相规定的，而且将来具有规定的作用。诗在生存论诗学中也就不再是对纯粹过去事件的再现，或是对当前情感的表现，而是以将来的尺度来度量过去和现在，如此，诗才是以人的本真生存为目的的，如对于度量"居住"是否本真，海德格尔的诗学使用了"诗意"这一尺度。在他看来："居住的发生条件是诗意实现并且现身"，但是诗意作为居住的本性，并不表明我们的现实的居住就是诗意的。在现实中，往往是"我们非诗意地居住，它没有能力度量，这源于狂热的度量和计算的荒谬过剩"。而如何从非诗意的居住转向一种诗意的居住呢？海德格尔用了"期待"这一词语，他说："当我们知道诗意，我们就能在任何情况中体验到，我们非诗意地居住着，和在何种程度上非诗意地居住着，我们是否和何时将会达到转折点。当我们注意诗意时，我们也许只能期待我们的行为和意愿能够参与这一转折，只有我们自己证实，如果我们认真地对

---

①　施太格缪勒：《当代哲学主流》上卷，商务印书馆 2000 年版，第 186 页。

待诗意。"① 也就是说，诗意虽是居住的本性，但对于人而言，要使居住成为诗意的，却必得"期待"。从这一意义上来说，吟唱本真的诗人是"先驱者"，因为这种诗人是源于未来而到达。在此我们不得不引出海德格尔对荷尔德林的长篇评价：

> 荷尔多林乃是在一贫乏时代的诗人的先驱者。此正为何这一世界之时的诗人不能超过他。然而，先驱者并没有消失于未来，相反，他源于那未来而到达。在这种方式中，未来唯有在他语词的到来中现身。到达越是纯粹地产生，那么，它的保留越是显现为现身。到来者越是在预示中隐藏自己，那到达越是纯粹。因此，下列看法是错误的，即当一天所有世界都听到他的诗歌时，荷尔多林的时代才会到来。它在这种误谬的途中将永远不会到达。②

荷尔德林之所以如此被海德格尔所重视，关键一点即在于荷尔德林"回应了到来的世界之时"，即荷尔德林虽是在一贫乏时代的诗人，但他的言说是在到来中出现的东西，是贫乏时代所无法超越的。海德格尔说诗人"在世界之夜的时代里"，应该"去注视、吟唱远逝诸神的踪迹"③，如此人才能走向澄明，获得诗意地栖居。这说明他并没有放弃对读者的形而上品性的建构，但这种建构仅仅是以辩护的方式出现，而非以"正义"的面目达到。

---

① 海德格尔：《诗·语言·思》，文化艺术出版社 1991 年版，第 198—199 页。
② 同上书，第 129 页。
③ 同上书，第 85 页。

　　第三，生存论诗学对于"诗"不是当做对象剥夺它的独立性，而是采取"守护作品"的方式"让作品成为作品"。希利斯·米勒在《探寻文学研究的依据》一文中曾归纳出文学批评在阐释文学现象时的四种方式：心理阐释、社会学阐释、语言学阐释、形而上学的阐释。他提出这四种方式中任何一种都具有排他性或扩张性。也就是说"对于文学中的怪异现象，即要求对他者实施王权，强迫他者以自己为本，每一种方式都有一种解释或论证的方式。……每一种方式都坚持一种绝对的对他者的权力意志"。① 这些批评方式都是"对于文学描写中不合理或不可解释的现象做出合理的解释，指出其原因或发现其依据"的方式，因此其本质实际上是使文学描写中的怪异现象失去了其独立性。米勒认为亚里士多德的《诗学》是这方面的奠基之作。"迄今为止，林林总总的西方文艺批评理论几乎都在《诗学》中得到某种方式的预见：形式主义、结构主义、读者反应批评、心理分析批评、摹仿批评、社会批评、历史批评，甚至修辞性即解构性批评也莫不如此。弗洛伊德步亚里士多德之后尘，将索福克勒斯的《俄狄浦斯王》解读成了本原之作。在弗洛伊德眼里，索福克勒斯的剧作是他认为世人皆有的'俄狄浦斯情结'的样板。列维—施特劳斯在解读该剧时采用的是典型的结构主义方法，得出的也是典型的结构主义分析的结论。德里达的《白色神话》一文中对《诗学》的重新解读，则构成了所谓解构主义的关键文本"。② 可以说，这些批评的就在于扭曲批评对象，以达到检验批评

———————

　　① Ｊ.希利斯·米勒：《重申解构主义》，中国社会科学出版社1998年版，第59页。

　　② Ｊ.希利斯·米勒：《解读叙事》，北京大学出版社2002年版，第2页。

基础的目的。

与米勒所介绍的上述几种批评方式不同，生存论诗学采取是一种守护作品的方式。而"守护作品意味着，站立到作品中产生的存在者的开放中去"。它对于作品"没有剥夺作品的独立性，也没有强行将它拉入体验的阶段，也没有将它降低为一体验刺激者的角色"。① 至于为什么如此，就在于生存论诗学对于诗并不是采取一种"计算思维"，把一切都视为对象性的，而是采取一种诗思合一的方式。海德格尔说："一切凝神之思就是诗，而一切诗就是思。"因此，诗与思有着隐蔽的亲缘关系。关于诗歌的阐释，无论是用诗歌的方式，还是论文的方式，如果是出于思之必然，那么它必然是诗意的。因为"为了充分地领悟诗歌，我们就必须与之亲熟。可是，真正与诗歌和作诗活动相亲熟的，惟有诗人。与诗歌相合的从诗歌而来的道说方式，只可能是诗人的道说。在诗人的道说中，诗人既不做关于诗歌的谈论，也不做从诗歌而来的谈论"。② 也正如此，对诗歌的阐释目的并不在阐释，而在于进入存在者的开放中，阐释最终也就会出现这种情况："为了让诗歌中纯粹的诗意创作物稍为明晰地透露出来，阐释性的谈论势必总是支离破碎的。为诗意创作物的缘故，对诗歌的阐释必然力求使自身成为多余的。任何解释最后的、但也最艰难的一个步骤乃在于：随着它的阐释而在诗歌纯粹显露面前销声匿迹。"③

第四，生存论诗学也有解构的一面。但它解构的对象并不像解

---

① 海德格尔：《诗·语言·思》，文化艺术出版社 1991 年版，第 64 页。

② 海德格尔：《荷尔德林诗的阐释》，商务印书馆 2002 年版，第 227－228 页。

③ 同上书，第 3 页。

构主义诗学一样纯粹是文本，它不做一种语言的游戏，而是将解构的目标定在阻碍诗意栖居实现的可能性上。在解构上，生存论诗学只能说是它有"解构"的精神，但并不与解构主义完全同路。因为生存论诗学还葆有着形而上学的精髓。它的目标并不是要使人生堕入虚无主义的幻影，而是强调诗对人的精神的提升。海德格尔说："当今人的根基持存性受到了致命的威胁。更有甚者：根基持存性的丧失不仅是由外部的形势和命运所造成，而且也不仅是由于人的疏忽和浮浅的生活方式。根基持存性的丧失来自我们所有人都生于其中的这个时代的精神。"海德格尔还说：有两种思想，一种是计算性思维，一种是沉思之思。① 根基持存性的丧失原因即在计算性思维占据了时代的主导。唯有以沉思之思解构计算性思维，人才能获得一种新的根基持存。这是在技术世界内所可采取的途径：既在技术世界但又对技术世界持一种解构的态度。用海氏的话来说是："我们可以对技术对象的必要利用说'是'；我们同时也可以说'不'，因为我们拒斥其对我们的独断的要求，以及对我们的生命本质的压迫、扰乱和荒芜。"一言之，这是"对于物的泰然任之"。② 这既是一种无奈但恰恰又是唯一可通往一个新的基础和根基的道路，就如同解构主义不满于"形而上学的恐怖"，但又只能在形而上学内部进行一样。像米勒就指出："诉诸语言的喻象本质来对形而上学实行'解构'……其自身都始终包含着两难境地。……诗人和他的影子亦即批评家，只能用某种分析的工具对形而上学进行

---

① 海德格尔：《海德格尔选集》下卷，上海三联书店 1996 年版，第 1233—1235 页。
② 同上书，第 1239 页。

'解构'，而分析反过来又会变成另一种形式的形而上学。"① 当今世界之所以有价值虚无主义的盛行，在某种程度上可以说是解构主义的文本游戏现实化的后遗症，生存论诗学对技术世界说"不"，关键还在于要怀有对人生境界探索的形而上学的精神。但这种形而上学精神并不呈现为传统知识形而上学所要求的理性，而是包蕴在一种与人之生存贴近之"思"之中。

沉思之思与诗在海德格尔那里是近邻的关系。"思即是诗，且诗不只是诗歌和歌唱意义上的诗。存在之思是诗的原始方式……思乃原诗（Ur—dichtung）。思的诗性本质保持着存在之真理的运作"。本真的诗与思在海德格尔那里皆归属于"大道"（ereignis）的人的"谢恩"，是响应"道说"（sage）的有亲缘关系的两种形式。对这种思的理解，学界有认为海德格尔已经跳出了传统的形而上学思维，但究其实，现代思想终结的只是形而上学理念论而不是形而上学问题。海德格尔本人在肯定了哲学与人的生存活动的紧密联系后也承认："只消我们生存，我们就总是已处于形而上学之中。"只有"在形而上学中哲学才能尽兴"。这种超越了传统知识形而上学而又具有道德形而上学品性，重新回到活生生的生活世界的思想，正是我们所称为的后形而上学思想。近年来，国内也有学者在新的语境中对艺术的形而上学品性进行了分析。② 实际上，海德

---

① J. 希利斯·米勒：《重申解构主义》，中国社会科学出版社 1998 年版，第 128 页。

② 王元骧：《关于艺术形而上学性的思考》。王元骧论文吸取了柏拉图、康德和浪漫主义诗学的资源，认为形而上学应该分为知识形而上学和道德形而上学，后者应该是艺术所必需的。他从三方面对艺术的形而上学性进行了讨论。认为艺术的形而上学性是艺术的对象本身所必有、是对人的生存所必需，又是一切美的艺术所必具的。

格尔本人也以一种较为晦涩的方式提出了，在技术世界既要"泰然任之"，又要有一种"对于神秘的虚怀敞开"，"对于物的泰然任之与对于神秘的虚怀敞开是共属一体的。它们允诺给我们以一种可能性，让我们以一种完全不同的方式逗留于世界上。它们允诺我们一个全新的基础和根基，让我们能够赖以在技术世界范畴内——并且不受技术世界的危害——立身和持存"。[①] 可见，海德格尔在以思和诗解构技术世界的时候，并没有完全地放弃对"存在"呼声的形而上的回应。诗作为"人言"，是对"道说"的回应，人如果不想被技术世界所吞没，除了以思和诗回应"道说"，别无他途。当然，此思与诗并非是规范，因为"无论在当时还是在今天，海德格尔的思想都没有提供出一种规范，可以让人们在语言上和其他方面据以决定应如何应答这样一种呼声，因为在深度、决心以及呼声中发出的存在的纯粹强力之外没有任何规范"。[②]

　　如果人之天命就是"一个深思的生命本质"，人需要规范吗？当诗学在摆脱了传统诗学的桎梏之后，还愿意再在自己身上带上一副鞍辔吗？问题只是：在技术世界中，我们准备好了要拯救我们自身吗？此之追问已经超出了传统诗学及解构诗学的限度，但恰恰留给了生存论诗学无限的空间与意义。

---

　　① 海德格尔：《海德格尔选集》下卷，上海三联书店 1996 年版，第 1240 页。

　　② 约纳斯：《海德格尔与神学》，载海德格尔等《海德格尔与有限性思想》，华夏出版社 2002 年版，第 220 页。

参考文献

1.《马克思恩格斯选集》（一至四卷），人民出版社 1995 年版。

2. 柏拉图：《柏拉图文艺对话集》，朱光潜译，人民文学出版社 1983 年版。

3. 柏拉图：《理想国》，郭斌和等译，商务印书馆 2002 年版。

4. 亚里士多德：《形而上学》，吴寿彭译，商务印书馆 1991 年版。

5. 亚里士多德：《尼各马可伦理学》，廖申白译，中国社会科学出版社 1999 年版。

6. 亚里士多德：《诗学》，罗念生译，人民文学出版社 1962 年版。

7. 康德：《判断力批判》（上、下），宗白华、韦卓民译，商务印书馆 1993 年版。

8. 康德：《纯粹理性批判》，邓晓芒译，人民出版社 2004 年版。

9. 康德：《实践理性批判》，邓晓芒译，人民出版社 2004 年版。

10. 康德：《未来形而上学导论》，庞景仁译，商务印书馆 1997 年版。

11. 席勒：《席勒散文选》，张玉能译，百花文艺出版社 1997 年版。

12. 尼采：《悲剧的诞生》，周国平译，三联书店 1986 年版。

13. 尼采：《快乐的知识》，黄明嘉译，中央编译出版社 2001 年版。

14. 弗雷德里克·詹姆逊：《政治无意识》，王逢振等译，中国社会科学出版社 1998 年版。

15. 保罗·费耶阿本德：《告别理性》，陈健译，江苏人民出版社 2002 年版。

16. 伽达默尔：《哲学解释学》，夏镇平等译，上海译文出版社 1994 年版。

17. 伽达默尔：《真理与方法》（上、下），洪汉鼎译，上海译文出版社 1992 年版。

18. 卡西尔：《人论》，甘阳译，上海译文出版社 1985 年版。

19. 海德格尔：《存在与时间》（修订译本），陈嘉映、王庆节译，商务印书馆 1999 年版。

20. 海德格尔：《诗·语言·思》，彭富春译，文化艺术出版社 1991 年版。

21. 海德格尔：《荷尔德林诗的阐释》，孙周兴译，商务印书馆 2002 年版。

22. 海德格尔：《海德格尔选集》（上、下），孙周兴选编，上海三联书店 1996 年版。

23. 海德格尔：《林中路》，孙周兴译，上海译文出版社 1999
年版。

24. 海德格尔：《尼采》（上、下），孙周兴译，商务印书馆 2002
年版。

25. 约翰·杜威：《确定性的寻求：关于知行关系的研究》，傅统
先译，上海人民出版社 2004 年版。

26. 威廉·巴雷特：《非理性的人》，杨照明等译，商务印书馆
1995 年版。

27. 麦金太尔：《谁之正义？谁之合理性?》，万俊人等译，当代
中国出版社 1996 年版。

28. 列奥·施特劳斯等主编：《政治哲学史》（上、下），李天然
等译，河北人民出版社 1988 年版。

29. 德里达：《论文字学》，汪家堂译，上海译文出版社 1999
年版。

30. 德里达：《文学行动》，赵兴国译，中国社会科学出版社 1998
年版。

31. 德里达：《书写与差异》（上、下），张宁译，三联书店
2001 年版。

32. 德里达：《多重立场》，佘碧平译，三联书店 2004 年版。

33.《一种疯狂守护着思想：德里达访谈录》，何佩群译，上海
人民出版社 1997 年版。

34. 保罗·德曼：《解构之图》，李自修译，中国社会科学出版
社 1998 年版。

35. 福柯：《福柯集》，杜小真编选，上海远东出版社 2003 年版。

36. 福柯：《词与物》，莫伟民译，上海三联书店 2001 年版。

37. 福柯：《疯癫与文明》，刘北成等译，三联书店 1999 年版。

38. J. 希利斯·米勒：《解读叙事》，申丹译，北京大学出版社 2002 年版。

39. J. 希利斯·米勒：《重申解构主义》，郭英剑等译，中国社会科学出版社 1998 年版。

40. 乔纳森·卡勒：《论解构》，陆扬译，中国社会科学出版社 1998 年版。

41.《后现代性与公正游戏——利奥塔访谈录》，谈瀛洲译，上海人民出版社 1997 年版。

42. 利奥塔：《后现代状况：关于知识的报告》，岛子译，湖南美术出版社 1996 年版。

43. 莫瑞·克里格：《批评旅途：六十年代之后》，李自修译，中国社会科学出版社 1998 年版。

44. 乔纳森·卡勒：《当代学术理论入门：文学理论》，李平译，辽宁教育出版社 1998 年版。

45. 于尔根·哈贝马斯：《后形而上学思想》，曹卫东等译，译林出版社 2001 年版。

46. 波林·罗斯诺：《后现代主义与社会科学》，张国清译，上海译文出版社 1998 年版。

47. 贝斯特、凯尔纳：《后现代理论：批判性的质疑》，张志斌译，中央编译出版社 2001 年版。

48. 特里·伊格尔顿:《后现代主义的幻象》,华明译,商务印书馆 2000 年版。

49. 格里芬:《超越解构》,鲍世斌等译,中央编译出版社 2002 年版。

50. 王治河:《扑朔迷离的游戏:后现代哲学思潮研究》,社会科学文献出版社 1998 年版。

51. 马克·爱德蒙森:《文学对抗哲学:从柏拉图到德里达》,王柏华等译,中央编译出版社 2000 年版。

52. 马尔库塞:《审美之维》,李小兵译,三联书店 1989 年版。

53. 特里·伊格尔顿:《美学意识形态》,王杰译,广西师范大学出版社 1997 年版。

54. 黑格尔:《美学》(一至三卷),朱光潜译,商务印书馆 1996 年版。

55. 让·贝西埃等主编:《诗学史》(上、下),史忠义译,百花文艺出版社 2002 年版。

56. 达维德·方丹:《诗学·文学形式通论》,陈静译,天津人民出版社 2003 年版。

57. 弗·施莱格尔:《〈雅典娜神殿〉断片集》,李伯杰译,三联书店 1996 年版。

58. M. H. 艾布拉姆斯:《镜与灯:浪漫主义文论及批评传统》,郦稚牛等译,北京大学出版社 2004 年版。

59. 伍蠡甫主编:《西方文论选》(上、下),上海译文出版社 1985 年版。

60. 王逢振等编:《最新西方文论选》,漓江人民出版社 1991 年版。

61. 拉曼·塞尔登：《文学批评理论：从柏拉图到现在》，刘象愚译，北京大学出版社 2000 年版。

62. 卫姆塞特、布鲁克斯：《西洋文学批评史》，颜元叔译，中国人民大学出版社 1987 年版。

63. 蒋孔阳、朱立元主编：《西方美学通史》（一至七卷），上海文艺出版社 1999 年版。

64. 王元骧：《文学理论与当今时代》，浙江大学出版社 2002 年版。

65. 王元骧：《文学原理》（修订本），广西师范大学出版社 2003 年版。

66. 余虹：《中国文论与西方诗学》，三联书店 1999 年版。

67. 王一川：《二十世纪西方哲性诗学》，北京大学出版社 2000 年版。

68. 李咏吟：《诗学解释学》，上海人民出版社 2003 年版。

69. 杨乃乔：《悖立与整合：东方儒道诗学与西方诗学的本体论、语言论比较》，文化艺术出版社 1998 年版。

70. 肖锦龙：《德里达的解构理论思想性质论》，中国社会科学出版社 2004 年版。

71. 俞吾金：《俞吾金集》，学林出版社 1998 年版。

72. 俞吾金：《意识形态论》，上海人民出版社 1997 年版。

73. 刘小枫：《现代性社会理论绪论》，上海三联书店 1998 年版。

74. 张隆溪：《道与逻各斯》，冯川译，四川人民出版社 1998 年版。

75. 洪涛：《逻各斯与空间：古希腊政治哲学研究》，上海人民出版社 1998 年版。

76. 赵汀阳：《论可能生活》，三联书店 1994 年版。

77. 倪梁康：《自识与反思》，商务印书馆 2002 年版。

78. J. H. Miller, *On Literature*, Routledge, London, 2002.

79. David Carroll, *Paraesthetics*: *Focault*, *Lyotard*, *Derrida*, New York , 1987.

80. *Deconstruction and Philosophy*, edited by John Sallis, Chicago, 1987.

81. T. W. Adorno, *Aesthetic Theory*, translated by C. Lenhardt, Routledge &Kegan Paul, 1984.

82. Cardiff, *Deconstruction and the Interests of Theory*, London, 1988.

83. *Realism and Representation*: *Essays on the Problem of Realism in Relation to Science*, *Literature*, *and Culture*, edited by George Levine, University of Wisconsin Press, 1998.

附 录 一

基督教的"上帝观"与西方诗学

从起源来说，古希腊柏拉图的理念论和亚里士多德的摹仿论一直分别是西方诗学唯心主义路线和唯物主义路线的源头。但是自基督教产生以后，中世纪的新柏拉图主义把柏拉图思想和基督教教义糅合在一起，对西方诗学的整体面貌产生了决定性的影响。它首先是影响了西方诗学总的思维特征，然后是以其教义和一系列的解经著作给西方诗学的具体理论提供了取之不尽的灵感，尤其是基督教的上帝观对文学本质、创作手法、文学解释等理论的影响尤为深远。

"六日工程"与文学本质

相信上帝在六日内造出了宇宙和世界，这是基督教信仰的前提。据《旧约·创世记》所记，上帝用六天时间就创造出了世界和人类，这六天被称作"六日工程"。《创世记》对"六日工程"的描述极为简洁，却引出了后世神学家的微言大义式的探讨。滤去信仰的因素不论，六日工程包含了两个重要的思想：一是上帝在第六日造人的时候，上帝是照着自己的形象造人，是照着他自己的形象造男造女。即上帝是依照某个形象造出了人类，这与摹仿论的思想相似，但在本质上更接近于柏拉图而非亚里士多德，因为上帝毕竟是"神"，而非肉眼可见的实体。由此，自然和人以及人造物（包括文学）都有着一种源于上帝的神秘的超感性的东西，而且这才是它们的本质。二是上帝的造世在本质上是"语言创世"。开天辟地的工作，上帝只要"说"就成了。上帝的"说"在英译本中为 Word，来自希腊文 Logos，汉译"逻各斯"。逻各斯主要有"语言、思想、理性"三种含义。上帝通过"说"，也就是通过逻各斯这一中介进行创造性的活动。而作家也是通过语言进行创造性的劳动。"语言"在从无到有的过程中起到了关键性的作用，它无疑也会架起神学向诗学过渡的一座桥梁。

最早将六日工程引入诗学的是古罗马时期新柏拉图主义的代表普罗提诺。他在宇宙观上融合了柏拉图的"理念论"和基督教的上帝观，提出世界的终极性本原是"太一"（也可说是上帝），一切存在都分有着"理念"。在诗学上他一方面提出:"各种艺术并不只是抄袭肉眼可见的事物,而是要回溯到自然所由造成的那些原则。"艺术家的创造虽以自然为蓝本,但又能深入到"自然的蓝本",甚至能"了解外在事物的缺陷",从而"并不按肉眼可见的蓝本,而是按他的理解"去表现美。[①] 这在一定程度上回到了古希腊摹仿自然的传统上,但又否定了柏拉图艺术不能揭示真理的说法。其后在文艺复兴的达·芬奇的理论中我们可以看到类似的观点。达·芬奇说:"在艺术里我们可以说是上帝的孙子。"这可以说是达·芬奇艺术理论的前提。将艺术创造类比于上帝的创造性的活动,艺术才不仅仅是"真实地反映面前的一切",而且还能反映"第二自然"。[②] 学界一般把达·芬奇列入亚里士多德摹仿论一类,但实质上他的思想已有基督教的烙印。

另一方面,普罗提诺又提出:艺术创造是对物质材料的征服,是把先存于艺术家心里的理念贯注到物质材料上去。他以石头为例,认为:"已由艺术按照一种理念的美而赋予形式的石头之所以美,并不因为它是一块石头(否则那块未经点染的顽石也就应该一样美),而是由于艺术所赋予它的那种理念。"[③] 这一观点一直延伸到歌德和黑格尔那里。如歌德强调"艺术家既是自然的主宰,又是

---

① 转引自缪朗山《西方文艺理论史纲》,中国人民大学出版社 1985 年版,第 206、204 页。

② 伍蠡甫主编:《西方文论选》上卷,上海文艺出版社 1985 年版,第 182—183 页。

③ 转引自缪朗山《西方文艺理论史纲》,中国人民大学出版社 1985 年版,第 211 页。

自然的奴隶"。"艺术要通过一种完整体向世界说话。但这种完整体不是他在自然中所能找到的，而是他自己的心智的果实，或者说，是一种丰产的神圣的精神灌注生气的结果"。这种神圣的精神在歌德看来实际上就是"上帝的特赐"，因为"上帝自从人所共知的、凭空虚构的六天创世工作之后，并不曾隐退去休息，而是一直和开始一样在继续起作用。……所以上帝现在仍在继续不断地在一些较高明的人物身上起作用，以便引导较落后的人跟上来"。①

普罗提诺"对以后——中世纪、文艺复兴乃至现代——思想的影响，简直令人难以夸张"。自新柏拉图主义以后，西方诗学实际上并不是严格地分为两条路线前进，而是亚里士多德的摹仿论和新柏拉图主义的"理念论"互相渗透。

《创世记》"语言创世说"给西方诗学提供的另一灵感是：语言或文字在文学中就是事物，它构成文学的本质。浪漫主义诗人柯尔律治在 1800 年 9 月 22 日写给高德文（William Godwin）的信中就谈到应该消除"文字与事物之间往昔对峙的情况；提升文字入于活生生的事物之中"。② 其后美国的爱默生、梭罗（H. D Thoreau）、梅费尔（Herman Melville），以及象征主义者和在现代的克罗齐、柯林伍德、卡西尔、苏珊朗格等人"对消除文字与事物间往发对峙的工作，作了今人满意的努力"。③ 他们一方面是或显或隐地把作家的创造与上帝的"语言创世"进行类比。爱默生就宣称："文字与

---

① 《歌德谈话录》，人民文学出版社 1990 年版，第 137、256 页。

② 卫姆塞特等：《西洋文学批评史》，中国人民大学出版社 1987 年版，第 536 页。

③ 同上。

事实是神圣能量的无多区别的两种形式。文字是行为，行为也是一种文字。"诗人的创作不是艺术的技巧，而是"表达或命名"，而且这是"人的第二天性，乃从第一天性滋生出来的"。① 这无疑与上帝的"命名"是类似的。另一方面就是强调语言（卡西尔称为符号）是艺术家甚至是人类的安身立命之所，人类的创造性行为就是符号的行为。卡西尔就把人称为"符号的动物"。艺术也是一种符号语言，它的特性不在于摹仿，也不在于表现，而是在于"构型"。所谓"构型"就是把艺术家要表达的意念、情感、形象用一定的感性媒介物加以客观化、符号化。因此，在艺术家的作品中，"情感本身的力量已经成为一种构成（型）力量（formative power）"。即情感在艺术中经过艺术家的构型已经发生了质变，其结果在卡西尔看来就是造成了"积极而自由的审美状态"，艺术也因此能使人获得一种"审美的自由"。② 这是对席勒、黑格尔审美教育理论的继承与发挥。而席勒、黑格尔的审美教育理论正是普罗提诺"美是属于彼岸世界的"这一基督教观念的回声。

启示与象征主义文学观

一世纪初，圣保罗在宗教领域内创立了用象征解释《圣经》的

---

① 卫姆塞特等：《西洋文学批评史》，中国人民大学出版社 1987 年版，第 537 页。

② 卡西尔：《人论》，上海译文出版社 1985 年版，第 188—190 页。

方法，他的努力被后世的神学家继承发展。按他们的解释，世界是上帝的书本，世上一切事物是布满上帝意义的一部字典。在《圣经》中上帝不仅使用文字的语言，他更使用直接象征他所意指的事物的语言——即一种象征事物的象征语言，给人以教导。所以在《圣经》中有两种象征：一种是显示上帝存在于世上的事物。另一种是文字的象征及意象语的运用。后者被称为"启示"，即以神谕方式揭示隐秘之真理，如启示文学《但以理书》中的"泥足巨人"就是影射征服以色列的巴比伦统治者。

解经学虽不是诗学，但中世纪的象征解经方法也是一种文本诠释方法，它促进了西方诗学象征思维的发展。但丁接受了托马斯·阿奎那关于《圣经》四层寓意的说法，在《致斯加拉大亲王书》中将解经法引入诗学，用来解释自己的《神曲》。他说："我们通过文字得到的是一种意义，而通过文字所表示的事物本身所得到的则是另一种意义。头一种意义可以叫做字面的意义，而第二种意义则可称为譬喻的、或者神秘的意义。"① 这种观念的传播导致了把诗与神学并列，认为"诗是神学，而神学也就是诗"。而在文学创作上则表现为"象征主义文学"（广泛意义上的）的大量出现。德国奥伊巴哈就指出，纷繁多样的文学作品，基本上可以分成两大类别："荷马方式"和"圣经方式"。后者正是依靠象征创作出来的。

"象征主义诗学观"在19世纪的象征主义文学流派和20十世纪弗莱的原型批评中得到了延伸和发展。

象征主义者是从浪漫主义"夺路而出"的，但并不就是对浪漫

---

① 伍蠡甫主编：《西方文论选》上卷，上海文艺出版社1985年版，第159页。

主义的完全逆反，他们在韩波看来都是"通灵者"。象征主义的象征的世界观与浪漫主义诗人柯尔律治的世界观就有承继性。他们都认为世界是一个整体，但在表现上又是二元的。柯尔律治受普罗提诺影响，将世界本原也归为"太一"，但又认为任何生命体都是对立两极的有机统一；象征主义则认为世界是二元的：一是物质世界，一是精神世界，但它们并非彼此割断，而是在时间上共存、在空间上相互渗透。由此世界观，象征主义得出了自己的象征主义诗学。

一是感应说。波德莱尔说："自从上帝说世界是一个复杂而不可分割的整体那一天起，事物就一直通过一种相互间的类似彼此表达着。"[①] 事物间的这种关系就是感应关系。用他的《感应》诗来表述就是，世界是一座象征的森林，其中"芳香、色彩、音响全在互相感应"。成为诗人首先要具备的就是感应能力，其中最重要的是"想象力"。它是"一种近乎神的能力，它不用思辨的方法而首先觉察出事物之间内在的、隐蔽的关系，应和的关系，相似的关系"。它"确实和无限有关"。[②]

二是暗示说。暗示是象征主义诗歌创作的法宝。莫雷亚斯在《象征主义宣言》中指出："象征艺术的基本特征就在于它从来不深入到思想观念的本质。因此，在这种艺术中，自然的景色，人类的行为所有具体的表象都不表现它的自身，这些富于感受力的表象是

---

① 《波德莱尔美学论文选》，郭宏安译，人民文学出版社 1987 年版，第 556 页。
② 同上书，第 200 页。

要体现它们与初发的思想之间的秘密的亲缘关系。"① 也就是说艺术中具体的表象是一种暗示，而且它与所暗示的思想之间的关系是秘密的，难以确定的。这与上帝的"启示"的意味是相通的，以至于后期象征主义者直接就到宗教神秘主义中寻找象征手法的理论依据。如梅特林克说："人生真正的意义，不是在我所感知的世界里，而存在于那个目所不见，耳所不闻，超乎感觉之外的神秘王国中。"叶芝则认为象征的目的应该是使读者摆脱世俗的烦恼，在神与人的空间中活动，最后使人"在空中与上帝相会"。②

如果说，"象征"在象征主义文学中还只是一种创作原则的话，那么在《批评的剖析》一书中它则是弗莱建构原型批评的一块理论基石。所谓原型就是"典型的即反复出现的意象"。弗莱认为"文学的结构原则同神话和比较宗教有着千丝万缕的联系"，所以在原型批评中，他就是要"运用《圣经》中的象征系统，并且在较小的程度上运用古典神话，和为文学原型的基本规则"。他把原型分为三大类型：神启意象、魔怪意象、类比意象。对这些意象的分析他主要依据《圣经》来进行，因为在他看来"《圣经》中的启示录就意味着神启意象（apocalyptic imagery）的基本规则"。

弗莱的原型批评把每一部作品置于整个文学体系中，从宏观上把文学视为一体，这在一定程度上能达到对文学总体轮廓的更为清晰的把握，为西方文学批评开拓出了新的思维空间。但是，他的这一理论成果却是从《圣经》中吸取灵感而得来的。在尼采宣称"上

---

① 黄晋凯等主编：《象征主义·意象派》，中国人民大学出版社 1989 年版，第45 页。

② 转引自廖星桥主编《西方现代派文学 500 题》，辽宁人民出版社 1988 年版。

帝已死"之后的 20 世纪，上帝似乎还在以其深不可测的不言之言继续默默地启示着爱智者和爱上帝者。

"约"与解释学

"约"是《圣经》的核心精神。据《旧约》记载，上帝与人订约的事情发生了三次：第一次是上帝与挪亚立约，应许不再以洪水灭绝地上生物；第二次是耶和华与亚伯拉罕立约，允诺他的后裔繁盛；第三次是耶和华以十诫与色列人立约，保证他们有自己的国土。《新约》的基本精神也是"约"，是耶稣用自己的生命为赎价，代表全人类与上帝订立的新的永恒的盟约，它主要以爱为戒律的核心。可见，上帝观念在《旧约》和《新约》中有一个变化的过程。在《旧约》中上帝既陌生又威严，人类必须严守誓约关系，无条件地承担义务才可获得上帝的喜爱；《新约》中的上帝通过耶稣则显得富于爱心，他与人类是一种精神性的联系。总之，如果像神学家所解释的，世界与人类是上帝的书本的话，那么人类在阅读的时候就必须遵守与上帝的盟约关系，才能与上帝的旨意达成一致。把上帝比喻为世俗社会中的作者似乎有点不恭，但如何阐释他以"约"写成的《圣经》却确实引出了西方解释学这门学科关于如何理解本文的无尽的话题。

解释学（Hermeneutik）最早源于古希腊，从其词源来看它的产生就与"神—人"关系分不开，因为它是一门关于上帝的信使赫尔墨斯（Hermes）的学问，而赫尔墨斯在古希腊神话中的职责主要在于把上帝的旨意传达给人类。古希腊的解释学基本上属于逻辑学的范畴，中世纪在基督教教父释经的过程中产生的"释义学"才是西方解释学的真正源头。它在发展的过程中逐渐普遍化，但都贯穿着一个明显的客观主义精神，"解释学努力要帮助读者去把握'本文'的原意，去把握创作该本文作者的原意，以克服误解现象的发生"。解释学还只是一门解释本文的技术。直到近代德国施莱尔马赫才使解释学成为一门哲学。

施莱尔马赫是德国神学家和近代方法论解释学美学的奠基人。他的解释学理论是与他的神学理论结合在一起的。他"为了决定有关基督本身的教义，把伊比奥尼派和多塞蒂派表现为两个异教的极端"。① 而伊比奥尼派和多塞蒂派之所以被视为异教就在于在释义上出现了有意的误解，前者否定基督的神性，后者则否定基督的人性。施莱尔马赫由此提出在理解基督上应把信仰的要求和科学的要求结合起来。引用到解释学中也就是"语法的解释"和"心理的解释"的关系问题。他认为在理解"本文"时首先要了解构成它的语言的特点，然后要在心理上在想象中把自己变为作者，从而获得本文的原意，最终达到理解和解释，他的一句名言就是"理解一位作者要像作者理解自己一样好，甚至比他对本人的理解还要好"。

施莱尔马赫的解释学继承的还是传统的"释义学"的理论，因为早在中世纪的教父时期，在释义学中就存在着按字面意义解释《圣经》的安条克派和以索隐方法解释《圣经》的奥立金派的对立。施莱尔马赫的贡献在于将传统的解释学系统化，并把研究的重心由

---

① 施特劳斯：《耶稣传》第一卷，商务印书馆 1996 年版，第 37—38 页。

被理解的本文转到了理解活动本身，对现代解释学产生了重要影响。

施莱尔马赫的思想直接启发了狄尔泰、赫施、利科尔等解释学美学家。这些美学家所要做的按利科尔的说法就是要："将释义学和语言学提高到一门'技艺学'的水准，即一门'工艺学'的水准。"① 他们的核心思想多少都得益于《圣经》或传统的释义学。如赫施对本文的"含义"与"意义"的区分："含义存在于作者用一系列符号所要表达的事物中……而意义则是指含义与某个人、某个系统、某个情境或某个完全任意的事物之间的关系。"② 与奥立金对《圣经》字句的"隐义"与"显义"区分就相类似。而利科尔则更明确地把自己对《创世记》的研究用于说明"说明"和"解释"的区别。他们之所以这样做其原因之一就在于认为"世俗的解释"与"宗教的解释"没有很大的区别。当然，这批学者所做的已不仅是"宗教的解释"，没有了现代哲学语境，释义学便无法转变成更普遍的解释学。开启现代解释学新方向的海德格尔，其解释学理论虽也得益于其早期的神学研究，但其目的已转向于追寻存在的意义。

正如《圣经》所说："文字是死的，精神是活的。"上帝所书写的文字也是"死"的，但其活的精神却在西方政治、宗教、哲学、诗学、文学中得到了延续。西方诗学从中世纪起就被烙上了"上帝"的烙印，这既是无疑的事实，但更是西方诗学难逃的命运。

（原载《怀化师专学报》2002 年 1 期）

---

① 保罗·利科尔：《解释学与人文科学》，河北人民出版社 1987 年版，第 44 页。
② 赫施：《解释的有效性》，三联书店 1991 年版，第 23 页。

附 录 二

新主体性如何断定?

——兼与张文初"新主体性"理论商榷

自笛卡尔以来,有关主体性的问题就一直伴随着西方哲学的发展。首先在主体性哲学内部就存在主客二分与主客合一的对立。前者以笛卡尔的建立在"我思故我在"基点上的思想为代表,后者则以德国古典哲学的主客对立统一的思想为代表。其次,主体性诉求与反主体性的思想也一直纠缠着西方哲学。如尼采、狄尔泰对笛卡尔的主体概念和主体性原则进行嘲讽后,就马上遭到了法兰克福学派的霍克海默及阿多诺的批评，他们认为尼采与狄尔泰过于强调非理性，妥当的做法是应当恢复人的主体性。时至今日，我们清醒地认识到，正如对形而上学每一次拒斥都只是使形而上学又一次提高了自己的层次，反主体性也必然会导致对已有主体性思想的反思，从而激发一种新主体性思想的产生。因为，无论是形而上学还是主体性，都有着人性的根源。而且，对主体性的思考恰恰是与形而上学联系在一起。海德格尔就说："形而上学属于'人的本性'"，"只消我们生存，我们就总是已经处于形而上学中的。"① 另外，他还说到，从通向"存在"的近处来思人是一种最高意义的人道主义。"但这同时就是这样的人道主义，在这种人道主义中，不是人，而是人的历史性的本质在其出自存在的真理的出身中在演这场戏"。② 既然如此，海德格尔的形而上学"仍还是一种整体的关闭"及"这种形而上学恐怕本质上与某种人道主义联系在一起"。如果有的学者所断言的形而上学是西方哲学的宿命的话是确论的话③，那么，主体性无疑也是西方哲学所无法逃避的命运。在后结构主义者们在理论上宣称"人之死"之后，在当今的后形而上学时代，在重思传统主体性原则基础上重建一种新主体性，明显是一项既是学理自身提出同时又是现实所呼吁的紧迫任务。出于此，笔者很高兴看到张

---

① 海德格尔：《海德格尔选集》上卷，上海三联书店 1996 年版，第 152—153 页。

② 同上书，第 385—386 页。

③ 邓晓芒：《西方形而上学的命运》，载《中国社会科学》2003 年第 1 期；《西方形而上学史的启示》，载《求是学刊》2003 年第 1 期。

文初教授在其《能力主体与时间本位：新主体性的两重断定》[①]（下简称《新主体性》，所引此文不再加注）一文中明确地提出了重建新主体性的口号。不过，笔者在读完《新主体性》一文后，对于张教授对新主体性的两重断定的内涵却心存疑惑。在此，就张教授对新主体性的两重断定提出商榷，以就教于学界。

一

张先生对新主体性的第一重断定是"超越欲望的能力构成"。这里包含了三个层面上的思想：一是要对欲望的积极价值给予肯定；二是以一种有着"绝对合目的性"的能力来制约欲望，建构一种能力主体；三是在能力与欲望的合一中，生成一种新主体性。笔者认为张文对传统哲学对欲望的否定或遮蔽作出反思，认为新主体性应该正面审视欲望的积极价值，以超越传统哲学的主体性理论，这是值得肯定的，也是新主体性努力的一个方向。但是，综合其上述三个层面的思想，觉得《新主体性》一文还存在着理论上的缺陷。

一是对主体构成的界定存在误区。从《新主体性》一文可以见出，张先生认为新主体性就是由欲望与能力两大要素所构成。与传统哲学对人的界定相比，《新主体性》一文只保留了"欲望"这一

[①]　张文初：《能力主体与时间本位：新主体性的两重断定》，载《湖南师范大学社会科学学报》2004 年第 5 期。

用语，而将其他与人性相关的术语都纳入到了"能力"这一术语之中。而"能力"是什么呢？按张先生的说法："能力（capability）包括现实行为得以发生和实际发生过程中展现出来的能耐（ability），也包括尚未展现的潜能（potentiality）。在现实生活的层面上，能力具有多样性，既可是实践的，行善的，思辨的，理性的；也可是认识的，审美的，想象的，超理性、非理性的。"从《新主体性》一文对"能力"的这一界说来看，"能力"真的就成了一个有大容量（capability）的概念。凡哲学史上与人相关的只要不是欲望的概念都是"能力"所包含的内涵。也许是笔者孤陋寡闻，在西方哲学史上还无法找到像张先生这样对主体构成的界定。我们知道，"主体"一词在古希腊还只是指"实体"的意思，而"主体"指人则是近代以后的事。但是这并不表明，近代以来的主体性思想就与古希腊的人学思想无缘。而古希腊以来对人及人性构成的看法基本上都是在柏拉图所划定的界限里进行的。柏拉图首先是对人进行了身心二元的区分，即认为人由灵魂和肉体两部分组成。然后又在《理想国》首次对人的灵魂做出了理性、激情和欲望三重区分，柏拉图称它们为灵魂的三个部分。传统的主体性思想主要工作都是在如何调整灵魂三部分的关系上，典型的如康德三大批判的思想。这表现出重精神而忽视肉体的倾向。至后结构主义，才有梅洛·庞蒂的身体现象学的兴起，对传统身心关系进行了颠覆。但是，无论是哪一种倾向，人的灵魂由知、情、意三部分构成，这都没有遭到否定。欲望只是人的灵魂要素之一。《新主体性》将欲望与能力视为人的两重组成部分，其欲望内涵狭窄，能力内涵无限，两者在天平两边根本无法平衡。按照通常的理解，我们对主体进行划分的结果应该是各部分都各有所职，在价值上平等。但是《新主体性》一文除了欲望有着专属的职分处，我们根本就找不到能力辖属的相应领域。这样的一个"能力"概念不仅大而无当，而且根本无助于主体性概念的澄清。

二是能力与欲望关系的误区。我们不妨暂且承认《新主体性》一文对主体构成的划分，还是看到在能力与欲望关系的界定上仍存在缺陷。张先生的意思是要在承认欲望的积极价值的基础上，"通过更高身心机制的设立来建构主体的超越性"。而超越的任务就落实在能力上。因为，"对主体来说，能力具有绝对合目的性"，只有能力可"携带"欲望，制约欲望，"达到用其善，去其恶的目的"。这里我们更可以看出《新主体性》一文在学理上的漏洞。（1）对欲望的矛盾心态导致了对欲望的潜在的否定。《新主体性》一文虽然用了大量篇幅论证欲望的合理性，但一谈到新主体性的定位的时候，就马上说"欲望不能直接进入主体性之中，不能成为主体性的核心成分，欲望只能以潜在的被携带的方式进入主体性"。从这表述可以看出，在张先生的心目中，能力和欲望有着核心和边缘的区分。这种说法不仅没有像他所说的要吸收解构主义的合理性，而且还倒退到前现代去了。西方哲学史从柏拉图就开始了对欲望的驯服与规训，不过所用的武器不是能力而是理性，到尼采才以非理性对抗理性的霸权。《新主体性》认为欲望不是主体核心且要被能力"携带"才能进入主体，这种做法在策略上与柏拉图实无两样。在柏拉图看来，灵魂的三个部分只要各守其分，各司其职，那么人就是合乎正义的人。张先生虽不是用理性来规训欲望，而是用能力来制约欲望，其结果与张先生要承认欲望的合理性的初衷必然相反，欲望必然也还是在被规训的阶段，其合理性也就得不到学理上的伸张。我们可以设想，当能力与欲望水火不相容的时候，新主体性必然会以牺牲欲望作为代价来获得能力。《新主体性》无疑是导致了作为自然本性的主体的再次死亡。另外，张先生用到"携带"这个词让笔者很是感到模糊。人之欲望是与生俱来的，欲望在自然事实上就是直接在人之内的，这就是常说的"食、色，性也"。只要是活生生的人就会有着七情六欲。因此，欲望根本就不存在要"以潜在的被携带的方式进入主体性"，张先生在这里无疑是制造了一个虚假的与主体之自然本性不相符合的命题。（2）更为重要的是，能力与欲望之间在《新主体性》中因为不存在桥梁，因此无法像张先生说的"在能力与欲望的合一中，主体性于是得以生成"。在张先生的心目中，"能力与欲望有本质区别。能力是自体性的：能力的现实实现，是主体的自我心理体验。欲望是他体性的：欲望的现实实现，是对外在对象的占有"。那么，这样两个异质的因素是否需要桥梁才能统一在主体中呢？《新主体性》一文并没有提供答案，而只是含糊地说能力可以携带欲望，因为能力是高于欲望而又与欲望紧密相连的。而我们知道，两种异质的要素要沟通的话，其间必然需要桥梁或中介。这也是康德之所以在"纯粹理性批判"和"实践理性批判"后还要进行"判断力批判"的原因。因为从纯粹理性立法下的自然概念的领域向实践理性立法下的自由概念直接过渡是不可能的，只有"自然合目的性"的判断力概念才使过渡成为可能。而张先生的能力与欲望间之所以不需要桥梁，就在于在他看来"对于主体来说，能力具有绝对合目的性"。"能力是自体性的"。这里的绝对合目无疑与康德说的"终极目的"是一个概念。康德提道："终极目的是这样一种目的，它不需要任何别的东西作为它的可能性的条件。"① 那么，能力是否真的是绝对合目的性的呢？《新主体性》其实更多的是谈到"能力也依赖欲望。能力不具备直接存在的实体性。能力要寄生于在实现欲望的行动上"。在此，我们无法不怀疑一种寄生于他者上的要素何以能具有绝对合目的性。张先生的新主体性的建设的出发点是要吸收和扬弃历史上所有重要的主体性思想，但就其能力是绝对合目的性这一论断上是陷入了休谟和康德所批判的独断论的幻梦中去了。而且，能力与欲望不同但又要寄生于欲望来产生新主体，这无法不让我们想到这种新主体真有点美国电影中的"异形"的味道。(3) 正是上述的缺陷，导致了能力无法制约欲望。《新主体性》的能力因为被界定为是个容量极大的概念，因此在价值层面上是无法被加以评价的。所以，张先生不得不意识到，能力"从消极角度而言，它本身不具有欲望那种自伤和伤人的'劣性'，它只是在被欲望绑架引向对象性情境造成恶劣伤害效果时，才是有害的"。这也就表明了，能力并非是能完全制约欲望的，而是还会被欲望"绑架"。而为了建立其能力主体，张先生马上又说"但这种有害，是它没有被有效定位的结果，不是它本性的表现……能力本身不具有伤害性"。这里也就不难看出，原来《新主体性》是要对能力"有效定位"，是要将能力定位成超越欲望，不造成"伤害效果"。但是，既然在事实上，能力是能被欲望"绑架"的，这种定位就只能是理论上的自欺欺人。(4) 能力主体不是导向一种和谐人性的构建，而是强调人在内心自己向自己开

----

① 康德：《判断力批判》，邓晓芒译，人民出版社 2002 年版，第 292 页。

战。张先生认为："欲望具有毁灭性的品格。"按此推论，人要成为
能力主体也就意味着要在内心战胜欲望，在能力与欲望间做一个两
难的选择。这在实际效果上是造成了主体内在的分裂，而不是导向
一种和谐的主体。

二

《新主体性》一文对新主体性的第二重断定是："超越空间的时
间性规定。"此断定有两层意思：一是认为传统的生命建构本质上
是"空—时"建构，而自浪漫主义以来则是"时—空"建构。二是
"新主体性从时间之内求空间；要求在承认时间压倒性的基础上，
让空间有其充分的展现"。如此来确立"此际"在时间纬度上的本
体论意义。这两层意思同样存在理论上的缺陷。

一是时空问题。张先生指出传统的生命建构是空间性的，而后
现代的建构则是时间性的。这确实抓住了西方主体性思想在时空维
度上的本义。不过，本文认为张先生对时空关系的把握还不够准
确。我们不妨看这一段话："传统的西方和东方也并不要求绝对的
空间性，而是坚持时空一体论；将空间作为基本因素，置时间于空
间的辖属之下。基督教神学认定永恒天国的获得是一过程，是在时
间中进行的。时间性在这里是构建空间性的基础。"仅就这一段行
文，我们就能知道张先生从一个正确的前提下推出了一个错误的结
论。空间既然是"基本因素"，时间既然是在空间的辖属之下，必
然的结论当然是空间是建构时间的基础，而不是相反。传统形而上

学是一种逻各斯中心主义，而逻各斯就是一个空间概念。形而上学作为基础主义就是以逻各斯为基础建构出其庞大的体系的。"空间"在传统形而上学中是一个先验的概念，按柏拉图的说法："存在、空间、生成这三者以其自身的方式在宇宙产生之前就已存在"，其中，"空间"是"永久存在不会毁灭，它为一切被造物提供了存在的场所"。① 事物的生成与变化（时间），即是基于有一个逻辑上在先的"空间"。因此，在形而上学中，即使有"时间"，"时间"也被"空间化"了。正如有学者指出的："从根本上说，Logos 只有把那'实有'的东西当作'无'，或'无'化了，才能'说'，即Logos 把'时间''空间化'，实际上就是把'有'当作'无'来说，才能'捕捉''本已不在'的'人'和'事'，'说'那个已不存在的'世界'。Logos 把'有'的世界当作'无'的世界来'说'。"② 由此，我们不难理解，传统的时空关系是一种"时间性的空间化模式"。由此，不难看出，没有"空间"作为基础，"时间"在传统形而上学中将无从出场。

二是"此际"的本体意义问题。由于《新主体性》对传统形而上学时空关系的误解，也就导致他将"此际"这一概念定位到本体论上的高度上，这实际上还在传统形而上学的"时间性的空间模式"里转圈。传统的时间观按海德格尔理解是"沿着'自然的'存

---

① 柏拉图：《蒂迈欧篇》，《柏拉图全集》第三卷，王晓朝译，人民出版社 2003年版，第 304 页。

② 叶秀山：《从 Mythos 到 Logos》，载《当代学者自选文库·叶秀山卷》，安徽教育出版社 1999 年版，第 579 页。

在领悟的方向行进的"时间观。① 这种时间观把时间理解为是"一种无终的、逝去着的、不可逆转的现在序列"。② 因此,"现在"(或张先生所说的"此际")在传统的时间观里相对于过去和未来有着优先权。其原因在于"这在某种程度上是因为空间在我们面前是整体出现的,而时间则是一点点来到的。'过去'只能从不可靠的记忆来回顾,'将来'是不可知的,只有'现在'可以直接体验"。③米勒就认为从柏拉图到亚里士多德,到奥古斯丁,甚至到胡塞尔的《内在时间意识的现象学讲演》都有着这样的时间的空间模式,"这种时间意象的空间性系统地联系着对存在的接受,即认为存在是一种原始范畴,其他范畴都由它派生出来"。这种时间观都"将各自的时间意象建立在现在的优先权之上,他们将过去和将来都看成现在,虽然一个业已发生、一个即将发生"。④ 《新主体性》一文的"此际"概念无疑就是这种传统时间观的体现。它认为"生命的真正现实性形式只能是此际……离开此际,无所谓过去,未来。就人的身心结合所构成的生命的完整性而言,人总是生活在此际的;不可能生活于过去或未来。过去和未来作为人所能把握的时间纬度是经由人的心理想象来构成的"。张先生认为"此际"不能成为过去或未来的牺牲品,本人深有同感。但他将"此际"置放到本体的高度,则是本人不好理解的。因为,这种做法无疑与他要超越传统时

---

① 海德格尔:《存在与时间》,三联书店 1987 年版,第 494 页。

② 同上书,第 499 页。

③ G. J. 威特罗:《时间的本质》,科学出版社 1982 年版,第 116 页。

④ J. 希利斯·米勒:《重申解构主义》,中国社会科学出版社 1998 年版,第 21—22 页。

空关系的意向背道而驰的。

三是《新主体性》对"此际"缺少一种批判的精神，其必然结果是全盘接受"现实"，使主体无法超越过去与未来。《新主体性》认为："此际不能为过去和未来作牺牲，就因为此际具有能够囊括、承纳过去和未来的'母性'。"而之所以能够这样，就在于过去和未来可以经由人的心理的想象被纳入到"此际"，"过去和未来作为人所能把握的时间纬度是经由人的心理想象来构成的"。从这可以看出，《新主体性》是将"此际"的合理性问题搁置了起来，或者说"此际"本身就具有无可置疑的合理性，用《新主体性》术语来说就是，"此际"能够"自身性的提升"。这种做法导致了《新主体性》回到了笛卡尔为代表的近代哲学的主体性理论那里。笛卡尔的精神主体就是在搁置主体理性能力的基础上进行的，因为，理性具有自我设定及设定自我与外在对象的关系的能力。哈贝马斯就说道了："自笛卡尔以来，自我意识，即认知主体与自身的关系，提供了一把打开我们对于对象的内在绝对想象的钥匙。因此，形而上学思想在德国唯心论那里表现为主体性理论。自我意识不是作为先验本原被放到一个基础的位置上，就是作为精神本身被提高到绝对的高度。观念本质变成了一种具有创造性的理性的规定范围，以至于现在在真正的反思转向过程中一切都和这个独一无二的创造主体性发生了关系。"① 稍有不同的是，《新主体性》是用"想象"而不是"理性"来使主体进行自我设定。其效果比传统主体性理论还更糟。如果说，笛卡尔以来的"理性"还曾起到对抗神学，启蒙人性的作用，那么，《新主体性》将"此际"提到本

---

① 哈贝马斯：《后形而上学思想》，译林出版社 2001 年版，第 31 页。

体的高度，必然是不加任何质问地全盘接受现有生活。而如果没有对现有生活的批判精神，主体性何来的超越呢？

<h1 style="text-align:center">三</h1>

《新主体性》之所以存在上述诸多缺陷，其根本原因就在于张先生为了摆脱传统哲学对主体界定的形而上学冲动，采用了一种对当下人性描述的方法。他认为"主体性只能是当下的……不存在永恒，主体性也是如此"。因此，其新主体性的重点落在对当下中国欲望膨胀这一现实的反思上。笔者认为新主体性的建立如果缺乏对人性的形而上学思考，建立起来的新主体性理论在根本上将不具有价值论内涵。事实上，我们说了，对人性的思考是包含在形而上学之中的。形而上学有着知识形而上学和道德形而上学之分，"前者指的是终极的知识，是需要认识去验证的，后者指的是终极的关怀。它只是人们精神所追求的对象。终极的知识在实践上证明并不存在，而终极的生存真理、亦即终极关怀作为一种信仰却是为人的生存活动所不可缺少的"。① 新主体性的理论资源应是哲学史上的所有重要的主体性思想，其思考的出发点应是当下的现实（张先生也提出了这两点），而其价值内涵则应是包蕴对人的终极关怀的。《新主体性》因为固守"主体性只能是当下的"，理论只能是"现实正确"的，因此，其建构出来的新主体性理论必然缺乏一种超越性的

---

① 王元骧：《关于艺术形而上学性的思考》，载《文学评论》2004 年第 4 期。

维度，如此也就无法寻求到能够说明复杂人性的理论支点。

那么，我们该如何来"断定"新主体性呢？首先要明确的是主体性理论所要解决的问题是如何在理论上安顿人心秩序和社会秩序，尤其是人心秩序的安顿问题。可以说，主体性问题只有这一个问题，西方和中国的主体性理论都是在此问题框架里展开的。我们所说的新主体性的"新"并非是在另一新的问题框架里来建立，而只是以一种新的精神意向超越传统的主体性问题。在此，本文提出，新主体性理论的合理出路应是转向价值论，重新论证人心秩序与社会秩序的正当性的基础，新主体应是以"价值冲动"为核心范畴来建立。限于篇幅，本文作如下简单论述。

"价值冲动"概念出于舍勒的思想。人的观念的嬗变，是舍勒思想中的一个主题。舍勒认为，现代社会是实用价值优先于神学——形而上学价值的社会。现代性的诸多问题的症结就在于冲动与精神的动态性结构的失衡，导致了人之精神位格的失位。恢复冲动与精神的和谐，是舍勒思想的潜在意旨。而和谐并非是精神压抑冲动，或冲动压抑精神获得，而是在精神之生命冲动化和冲动的绝对精神化中生成。基于舍勒这一思想，本文提出"价值冲动"这一概念。首先将人的存在看视为价值存在。"价值"（value）一词最初来自于梵文的 wer（掩盖、保护）和 wal（掩盖、加固）。拉丁文中的 vallo（用堤护住、加固）、valeo（成为有力量的、坚固的、健康的）和 valus（堤），具有"对人有掩护、保护、维持作用"的意思，后来演化为"可珍惜、令人重视、可尊重"的含义。[①] 从这个意义上来

---

① 李德顺主编：《价值学大辞典》，中国人民大学出版社 1995 年版，第 261 页。

讲，价值就是人维护自身生命与存在的"堤坝"，是人类抵御空虚与虚无的防线。因此，价值感在人的精神世界和生活世界中有着优先的地位。正是何种价值优先或后置决定了人的行动序列。一旦价值感发生变化，对世界之客观的价值秩序的理解就会产生必然的变动。所以，舍勒提出，人心秩序（心态气质）是世界的价值秩序之主体方维，在人类史上，心态气质的现代转型比社会政治经济制度的历史转型更为根本。而在海德格尔对现代技术世界的批判中，也表述了同样的思想："当今人的根基持存性受到了致命的威胁。更有甚者：根基持存性的丧失不仅是由外部的形势和命运所造成，而且也不仅是由于人的疏忽和浮浅的生活方式。根基性持存的丧失来自我们所有人都生于其中的这个时代的精神。"① 海氏认为我们生于其中这个时代的精神是一个"计算性思维"占主导地位的时代，这才导致了根基持存性丧失的危险。这正与舍勒提出的现代社会是"实用价值"优先的观点异趣而同质。

其次，本文认为，价值感是人的存在的高级形式，它需要也只有在人的感性冲动中才能得以实现。正如舍勒所说："任何一个高级的存在形式与低级的存在形式相比，都相对地软弱无力，而且它不是依靠它自己的力量，而是依靠低级形式的力量来实现自己。生命过程本身，是一个具有独特结构的在时间中已形成了的过程，但是这个进程却只是借助于无机界的材料和力量才得以实现。"② 价值本身是非实体的，但是它由人这样一种生来就有感性冲动的存在物

① 海德格尔：《海德格尔选集》下卷，三联书店 1996 年版，第 1233 页。
② 舍勒：《人在宇宙中的地位》，《舍勒选集》下卷，三联书店 1999 年版，第1352 页。

来实现。

再次，本文认为现实生活世界中的活生生的个体要在价值的冲动化和冲动的价值化过程中来成为"人"。继往主体性理论的缺陷皆在于缺少一个能"穿越"主客体及主体身心和主体知、情、意的范畴。近代的精神主体理论是以心压抑身，在知、情、意三者中突出知的主导地位，而欲望主体理论则是以身压抑心，在知、情、意三者中突出情的优先性。和谐的主体或人性应该是在价值的冲动化和冲动的价值化过程中实现。在这一过程中，"价值冲动"起到了"穿越"的作用。"穿越"指"分立、平衡、各安其分、各得其所"。我们主张主体与客体、主体与其他主体、主体的身与心之间都应该是"分立、平衡、各安其分、各得其所"的关系。而要达到这种关系，不能依靠于将哪一维度置于优先地位的做法，因为此做法无疑是变相地剥夺了另一维度的异质性。"价值冲动"因是以价值实现为目的，它将充分尊重任何一个维度自身的价值，使每一维度自身价值得到实现。像《新主体性》一文所谈的时间三维度问题一样，只有以价值冲动来穿越过去、此际与将来，主体才可以获得超越性。对于过去，要将过去之事的自然成分与其价值成分剥离，过去才可以进入主体此际生活，而对于将来，则是要使将来向当前回溯，将对人类的终极价值的追求和终极关怀化入此际的冲动之中，如此，人既是不断地生活在此际，但又是时时吸收过去和面向将来的主体。

当然，上述学理上的说明在一定程度上总会给人空洞感。新主体性理论所面对的是一个价值虚无的时代，在此时代，要重建主体，不能只靠理论上的论证。正如德国当代著名哲学家赫费针对当今欧洲世界道德匮乏提出了要在全欧洲进行道德课程教育一样①，我们认为新主体的生成也依赖于我国价值课程的施行。这既是全社会面临的任务，同时也是每一个个体要考虑的现实问题。

（原载《佛山科学技术学院学报》2006 年第 2 期）

---

① 奥特弗里德·赫费：《伦理与政治：实践哲学的基本模式和基本问题》，法兰克福，索尔坎普出版社 1979 年版，第 453 页。

后　记

　　著作虽然要出版了，我的忐忑不安却一直还在心里。该著作的正文最初是我的博士学位论文。在答辩当时我就说过，我的论文并没有达到我写作的初衷。论文涉及面大，由于自己的学识积累不够，很难做一整全之思。西方诗学从柏拉图至今算起来有两千多年了，我想以一己之思追究出个所以然来，显然力不能及。我的博士生指导老师王元骧教授在我定题的时候就告诫我，说我的文章涉及的面很广，我应有足够的警惕才能抓住论题。现在看来，是被王老师说中了。另外，当下是解构之风盛行之时，我却想在论文中对西方诗学作一整全之思，显得有点有悖于时。不过，我想，无论是海德格尔将柏拉图至尼采的哲学称为形而上学史，还是德里达将柏拉图至海德格尔的哲学史都看做是形而上学的历史，这些结论如果没有对整个西方哲学的整全把握是无法得出的。这一点从解构主义著作的艰深难读就可以看得出来，甚至罗蒂都评价解构主义是文学批评史上最有理论倾向和最具哲学性质的运动。不管是回到传统的形而上学还是接受解构主义，学术致思是离不开对历史的整全观照的。

论文的完成首先要感谢我的博士生导师王元骧先生。先生虽以严厉出名，但在我的心目中却是一位和蔼可亲的长者。先生经常提醒我做学问要先做人，而写文章要写自己真正想通了的东西，而且当以一种愉快的心情去写。我常感自己愚钝，无力按先生的嘱咐去为学。幸而在跟随先生几年求学的过程，能在先生的淡泊名利中逐渐悟出一些为人的道理。在成文之际，我总是不断地想起在先生简陋的书房里无数次与他愉快的交谈（虽然先生是借助于助听器），回想自己在美丽的西湖边聆听了导师三年多的教诲，则觉没有辜负三年读博的好时光。2008 年年底时曾去探望过老师一次，当时老师正忙着搬新家。我怎么也没想到这位年过七十的老先生竟然亲手将自己的图书一本一本地整理，然后雇个三轮车慢慢地拉到新家去，又一本一本地自己放到书架上。先生说，自己动手才知道书放在哪里，以备写作时知道到哪里找资料。先生对学术的崇敬显然是做学生辈的我远远不如的。

2005 年从浙江大学博士毕业到佛山科学技术学院工作后，一直生活在忙忙碌碌中。当年毕业时向老师许下修改论文的诺言竟成了一句空话。其原因并不仅是时间的问题，而是重读自己的论文，已经失了修改的勇气和动力。尼采曾经批判过传统的哲学家，不屑地称他们为"概念的木乃伊"、"概念偶像的侍从"。我当然不是哲学家，但回头看自己写的一些微不足道的文章，它们似乎也可以贴上"概念的木乃伊"的标签。因此，我很不愿再动这一对我已成历史的文本。此次出版，只能算是给自己的博士生涯一个回忆的信物。

附录的两篇论文一篇是对西方诗学与基督教关系的阐述，其意无非是要说明如果离开了基督教的话，对西方诗学的理解必然是不全面的，但是论文限于论题无法展开这一话题；而另一篇则是与友人张文初教授关于新主体性论争的论文，它可以算是本人对于当下理论建构的一种参与。

感谢在我的成长过程中给了我很多帮助与关爱的师友们！感谢冼为坚学术基金对本著作出版的资助！感谢人文在线为本著作出版付出的努力！

莫运平

2009 年 9 月于佛山